An einem Winterabend in Stockholm beobachtet der junge Künstler Elias, wie eine Frau in seinen Wohnkomplex einzieht. Doch nachdem sie ihre Tür geschlossen hat, wird sie nicht mehr gesehen. Ein fehlgeleiteter Brief bietet Elias schließlich die Gelegenheit, mit der Nachbarin Kontakt aufzunehmen. Doch in dem dunklen Apartment rührt sich nichts. Elisabeth will allein sein, und ihre einzige Gesellschaft sind die ungebetenen Geister der Vergangenheit. Elias gibt allerdings nicht so schnell auf und spannt seinen Freund, den älteren Witwer Otto, dazu ein, Elisabeth ins Leben zurückzuholen. Und während der Frühling zum Sommer reift, entspinnt sich zwischen den dreien eine zarte Freundschaft.

LINDA OLSSON, geboren in Schweden, studierte Jura und arbeitete im Finanzgeschäft. Sie lebte in Kenia, Singapur, Japan und England und hat sich schließlich mit ihrem Mann in Neuseeland niedergelassen. Mit ihrem Debütroman »Die Dorfhexe« gelang ihr sofort der Sprung auf die internationalen Bestsellerlisten. Heute pendelt die Autorin zwischen Neuseeland und Schweden.

Linda Olsson

DER GESANG DER AMSEL

Roman

Aus dem Englischen von
Mechthild Barth

btb

Die englische Ausgabe erschien 2016
unter dem Titel »The Blackbird Sings at Dusk«
bei Penguin Random House New Zealand

Die schwedische Ausgabe erschien 2014
unter dem Titel »I skymningen sjunger koltrasten«
bei Brombergs Bokförlag, Stockholm

Sollte diese Publikation Links auf Webseiten Dritter enthalten,
so übernehmen wir für deren Inhalte keine Haftung,
da wir uns diese nicht zu eigen machen, sondern lediglich auf
den Stand zum Zeitpunkt der Erstveröffentlichung verweisen.

Penguin Random House Verlagsgruppe FSC® N001967

1. Auflage
Deutsche Erstausgabe Februar 2022
btb Verlag in der Penguin Random House Verlagsgruppe GmbH
Neumarkter Straße 28, 81673 München
Copyright © 2014 by Linda Olsson
Copyright © der deutschsprachigen Ausgabe 2022 by
btb Verlag in der Penguin Random House Verlagsgruppe GmbH, München
Covergestaltung: semper smile, München
Covermotiv: © akg-images
Satz: Uhl + Massopust, Aalen
Druck und Einband: GGP Media GmbH, Pößneck
MK · Herstellung: sc
Printed in Germany
ISBN 978-3-442-77151-6

www.btb-verlag.de
www.facebook.com/btbverlag

Für Thomas, der nie zweifelte

V

I do not know which to prefer,
The beauty of inflections
Or the beauty of innuendoes,
The blackbird whistling
Or just after.

Wallace Stevens, Thirteen Ways of Looking at a Blackbird

PROLOG

Der Wind hatte sich vom Quai in Stadsgården erhoben. Als er die steile Felsenküste auf dem Weg nach Süden erreichte, wurde er stärker. Im Gepäck hatte er die ihm eigene trockene, lähmende Kälte, aber auch eine fröstelige Feuchte, die er aus dem schwarzen Wasser unten im Hafenbecken gezogen hatte, wo das Eis gerade erst zu brechen begann. Als der Wind Mosebacke erreicht hatte, gewann er noch einmal an Geschwindigkeit und brauste nun gnadenlos durch die engen Gassen.

Jäh schlugen die Glocken der Katarina-Kirche zwei Uhr. Es klang durchdringend und schrill. Dort draußen gab es nichts, was ihn hätte aufhalten und abschwächen können. Er stürzte von den Glocken und breitete sich über dem Kirchhof mit den trockenen, abgestorbenen Rasenflächen aus, bis er schließlich dort auf die kahlen Bäume traf. Sie standen starr und düster da – unfähig, Widerstand zu leisten.

EINS

Es hatte bereits mehrmals an der Tür geklingelt. Irgendwann rollte sie ein Stück Toilettenpapier zusammen und stopfte es in die Klingel. Seitdem hatte sie nichts mehr gehört. Ob es daran lag, dass niemand mehr läutete, oder daran, dass das Papier seinen Zweck erfüllte, wusste sie nicht. Ohne diesen Eingriff hätte sie das Klingeln entweder ertragen müssen, bis derjenige aufgab, der vor der Tür stand, oder sie hätte ihren Besucher bitten müssen, sie in Ruhe zu lassen. Sie glaubte nicht, dass sie dazu in der Lage gewesen wäre. Sie traute ihrer Stimme nicht mehr. Wusste nicht, ob sie überhaupt noch sprachtüchtig war. Mit jedem Tag, der verging, wurde sie unsicherer.

Die Wohnung war für sie zu einem Kokon geworden, der sie umhüllte. Sie war kein Teil von ihr, aber sie gab ihr Schutz. Die meisten ihrer Besitztümer befanden sich noch in Kartons. Besitztümer. Was für ein seltsames Wort. Es beschrieb so gar nicht die Beziehung, die sie zu diesen Dingen hatte. Sie befanden sich schon lange nicht mehr in ihrem Besitz. Es war ihr egal gewesen, was sie da einpackte; alles war so schrecklich schnell passiert. Jetzt brauchte sie diese Dinge nicht mehr und konnte sich nicht vorstellen, sie jemals aus ihren Kartons herauszuholen.

Geräusche drangen von überallher zu ihr durch. Aus dem Treppenhaus, von der Straße, aus den angrenzenden Wohnungen. Im Stockwerk über ihr wurde ein Stuhl über den Boden gezogen. Schritte. Und was sie am meisten quälte: ferne

Stimmen. Leise Geräusche. Lebenszeichen, die wie scharfe Krallen über ihre Haut zu kratzen schienen.

Dann die Kirchenglocken. Das ständige, wiederkehrende Läuten der Kirchenglocken. Diese bedeutungslose Einteilung der Zeit. Es war März. Sie war jetzt seit beinahe zwei Monaten hier. Und heute ist Montag, dachte sie. Oder vielleicht doch schon Dienstag?

Etwas Suppe war noch da. Einige Päckchen Beutelsuppe. Der Kühlschrank und die Speisekammer sahen ansonsten ziemlich leer aus. Das bereitete ihr ein wenig Sorgen. Sie war sich nicht sicher, was sie tun sollte, wenn sie gar nichts mehr hatte. So lange hungern, bis ihr Körper aufgab? Wie lange würde das dauern? Und falls das ihr eigentliches Ziel war, warum beschleunigte sie das Ganze dann nicht und warf das restliche Essen sofort weg? Sie verdrängte den Gedanken. Schob ihn zu den anderen hinter die Tür in ihrem Inneren und warf diese dann zu. Versuchte, sich wieder ganz leer zu machen. Keine Gedanken. Nichts. Mit geschlossenen Augen sehnte sie sich nach einem Zustand völliger Leere. War das zu viel verlangt?

Wenn sie still dalag und sich geduldig gab – ihre Geduld vermochte inzwischen unerwartete Gipfel zu erreichen –, erschien manchmal die Frau in Grün. So wie sie ihr damals in ihren Fieberträumen in der Kindheit erschienen war. Sie stand jedes Mal reglos neben ihrem Klavier, mit ihrem schmalen Rücken, vom Publikum abgewandt. Und immer lautlos. Nie auch nur die geringste Regung. Nur diese unheilvolle, bedeutungsschwangere Stille, voll von erdrückender Hoffnungslosigkeit, die niemals ausgesprochen wurde und dennoch überwältigend war. Einhergehend mit einem Gefühl der Übelkeit, das sich auf ihrer Haut und auf ihrer Zunge ausbreitete. Und sich vollkommen ihrer Kontrolle entzog.

Als diese Visionen – oder wie auch immer man sie nennen mochte – wieder angefangen hatten, dachte sie zuerst, dass es sich um die gleichen wie früher handelte. Sie lag da, döste vor sich hin, die Stirn klebrig feucht, ihr Körper brennend heiß, als ob sie hohes Fieber hätte. Eine ungeheure Übelkeit überkam sie, und dann tauchte die stumme, reglose Gestalt auf, als wäre sie wirklich da. Auf den ersten Blick schien alles sehr friedlich zu sein, und doch erfasste sie ein heftiges Gefühl der Angst und der Verzweiflung.

Sie vermochte sich nicht daran zu erinnern, wann sie die Frau in Grün das erste Mal gesehen hatte. Fast kam es ihr so vor, als hätte sie schon immer existiert, dort in der Dunkelheit jenseits der Wirklichkeit. In ihrer Kindheit war die Furcht so stark gewesen, dass selbst die geringste Andeutung eines Fiebers lähmend auf sie wirkte. Nicht die Gestalt selbst ängstigte sie, sondern die Tatsache, dass nie etwas geschah. Die Frau in Grün tat nichts, sagte nichts. Sie stand reglos da, von ihr abgewandt, gefangen in ihrer düsteren Innenwelt.

Mit den Jahren hörten die Erscheinungen auf, und Elisabeth glaubte, sie hätte sie hinter sich gelassen. Doch jetzt waren sie wieder da, und sie fühlte sich genauso hilflos wie damals als Kind. Es gab keinen Schutz, kein Entkommen. Doch seltsamerweise hatten die Besuche – wie sie die Visionen inzwischen nannte – auch etwas Verführerisches. Allmählich hatte sie begonnen, sich nach ihnen zu sehnen. Sie waren so unheimlich wie früher – vielleicht sogar noch unheimlicher –, aber irgendetwas an ihnen hatte sich verändert. Was genau, war schwer in Worte zu fassen. Hätte sie es erklären müssen, würde sie sagen, dass eine Art Kontakt hergestellt wurde. Eine Art von kommunikationsloser Kommunikation. Fast so, als ob sie beide auf den Beginn von irgendetwas warten würden.

Also legte sie sich auch jetzt mit dem Vorgefühl von etwas Bedeutungsvollem hin. Sie ließ sich von der Dunkelheit umhüllen. Und sie wartete.

Doch auf einmal zerstörte ein Geräusch die Stille, die sie so sorgfältig vorbereitet hatte. In einem einzigen Augenblick löste sich dieses erwartungsvolle Vorgefühl, das sie erfüllt hatte, in Luft auf. Die zum Schweigen gebrachte Klingel klickte mehrmals hintereinander. Ihr Wunsch nach Stille ließ dieses Geräusch nur noch heimtückischer wirken.

Dann war es wieder ruhig.

Sie lag da und dachte an den Besucher, der vor ihrer Tür stand.

Kurz darauf hörte sie ein Klopfen. Einmal. Dann, aufdringlicher, ein zweites Mal. Sie ballte die Fäuste und biss die Zähne zusammen, als ob sie sich auf einen Angriff vorbereitete. Denn genau das war es, dieses Eindringen. Sie setzte sich im Bett auf und stützte sich auf ihre Ellbogen. Dann lauschte sie. Hielt den Atem an und wartete.

Ein kratzendes Geräusch. Eine Stimme.

»Hallo? Ist jemand da?« Die Stimme klang nach einem jungen Mann.

Eine Pause.

»Ich habe ein Päckchen für Sie. Es wurde aus Versehen bei mir abgegeben.«

Offenbar erwartete er, dass sie antworten würde.

Wieder hielt sie den Atem an.

»Ich lasse es hier draußen vor der Tür liegen, wenn Ihnen das recht ist. Es passt nämlich leider nicht durch den Briefschlitz.«

Sie wartete.

Das Geräusch der zufallenden Metallklappe.

Hatte er einen Blick ins Innere der Wohnung geworfen?

Ihre Dunkelheit gesehen? Falls ja, würde er doch sicher annehmen, dass niemand zu Hause war.

Endlich herrschte wieder Stille und Reglosigkeit. Sie ließ sich auf das Kissen zurücksinken und bemerkte erst jetzt, dass ihr Gesicht schweißüberströmt war.

Da hörte sie, wie der Briefschlitz erneut geöffnet wurde. Wie ein Schlag ins Gesicht.

»Also, auf Wiedersehen.«

Als ob er genau wüsste, dass sie sich dort drinnen versteckte.

Sie vernahm den leisen Widerhall von Schritten auf dem Treppenabsatz, gefolgt vom Zufallen einer Tür.

Erleichtert atmete sie auf und schloss einen Moment lang die Augen. Dann stand sie auf und ging in die Küche hinüber.

Ohne das Licht anzumachen, tastete sie nach einem Glas, von dem sie wusste, dass es auf der Küchentheke stand, und füllte es mit Wasser aus dem Hahn. Sie trank langsam, während sie versuchte, sich zu orientieren und zu erraten, wie spät es war. Was nicht hieß, dass es irgendeinen Unterschied gemacht hätte. Zeit war wie eine Sprache, die man da draußen sprach, in einer anderen Welt – eine Sprache, die sie nur dann zu verstehen versuchte, wenn ihr Leben einen Moment lang mit der Realität außerhalb dieser Wohnung in Kontakt kam.

Im Grunde ging es ihr nur darum, herauszufinden, ob sie ihre Wohnungstür öffnen und das Päckchen hereinholen konnte, ohne zu riskieren, gesehen zu werden. Sie wollte nicht, dass es dort draußen blieb, die Neugier der Nachbarn erregte und ihnen einen Grund gab, mit ihr reden zu wollen. Sie stand am Fenster und blickte hinaus. Es war dunkel, aber nicht länger so dunkel wie im Winter. Der Himmel kam ihr wie eine durchsichtige Haut vor, die über etwas Größeres, Helleres gespannt war.

Die Straße war menschenleer, daher vermutete sie, dass es mitten in der Nacht war. Leise schlich sie zur Wohnungstür, blieb einen Moment lang mit der Hand auf der Klinke stehen und drückte diese dann vorsichtig nach unten. Die Tür ging einen Spaltbreit auf. Das Treppenhaus lag im Dunkeln. Sie bückte sich rasch und hob das Päckchen auf. Es war im Grunde kein Päckchen, sondern nur ein wattierter Umschlag. Aber der Mann hatte recht gehabt: Der Umschlag war zu dick, um durch den Briefschlitz zu passen.

Sie holte mehrmals tief Luft. Sie wollte diesen Kontakt nicht. Sie wollte nicht an die Welt da draußen erinnert werden. Es war bereits schlimm genug, dass auf ihrem Fußabstreifer die ganze normale Post landete, die sie auf dem Küchentisch stapelte und dann versuchte, nicht mehr daran zu denken. Als sie den Umschlag dazulegte, fragte sie sich, warum sie die gesamte Post nicht einfach sofort nach dem Eintreffen in den Müll warf. Warum sammelte sie diese Hinweise auf das Leben da draußen? Sie hatte sowieso nie vor, sie zu öffnen und nachzusehen, was man ihr geschickt hatte.

Doch dieser Umschlag war etwas anderes. Er hatte im Nu das Gefühl in ihr wachgerufen, dem Überbringer verpflichtet zu sein. Diese Sendung hatte eine Beziehung zwischen ihrem unsichtbaren Nachbarn und ihr selbst hergestellt. Sie wollte keine Beziehung, zu niemandem, und es quälte sie, dass sie sich nun zur Dankbarkeit gezwungen sah.

Verärgert tigerte sie zwischen Küche und Wohnzimmer hin und her. Immer wieder nahm sie den Umschlag auf und klopfte damit auf ihre Handfläche. Eigentlich könnte sie ihn einfach wegwerfen. Aber das würde nichts ändern. Ihr Nachbar hatte ihr einen Gefallen getan, wenn auch unerbeten. Sie ließ das Päckchen auf den Küchentisch fallen und kehrte ins Wohnzimmer zurück. Dort öffnete sie eine der vielen, noch nicht ausgepackten Bücherkisten. Sie strich mit den Händen über die oberste Reihe Bücher und nahm ein paar heraus. Seltsamerweise erinnerten sich ihre Hände an das, was ihr Gedächtnis unterdrückte. In dem Moment, als sie ein Buch in Händen hielt, wusste sie, welches es war. Und damit auch, um welche Kiste es sich handelte. Es war nicht die Kiste, nach der sie suchte, weshalb sie zwei weitere öffnete. Da war es. Sie nahm den schmalen Band heraus und stand auf. Ehe sie Zeit hatte, ihre Meinung zu ändern, trat sie in das dunkle Treppenhaus und lief auf Zehenspitzen über den kalten Marmorboden zur Wohnungstür des Nachbarn hinüber.

Auf dem Messingschild an der Tür stand »E. Blom«. Der Fehler war also verständlich. Auf ihrer eigenen Tür stand nur »Blom«. Vielleicht befand sich in dem Poststapel auf ihrem Küchentisch auch etwas für diesen E. Blom? Bislang war sie gar nicht auf die Idee gekommen nachzuschauen, ob die Briefe tatsächlich für sie bestimmt waren.

Sie lehnte das Buch an die Wand neben der Tür. Eigentlich wusste sie nicht so recht, warum sie genau dieses Buch ausgewählt hatte. Der einzige Anhaltspunkt, den sie hatte, war seine junge Stimme. Und die Tatsache, dass er ihre Gegenwart im Inneren der Wohnung gespürt hatte. Sie wusste, dass es so war. Und dass er sich die Mühe gemacht hatte, sich von ihr zu verabschieden. Aus irgendeinem Grund musste sie immer wieder daran denken.

Briefe an einen jungen Dichter. Von Rainer Maria Rilke. Ramponiert und mit Eselsohren. Vermutlich völlig falsch, aber da stand es nun. Ohne eine Dankesnotiz. Vielleicht verstand er gar nicht, wofür es war oder von wem. Im Grunde egal. Ihr war nur wichtig, dass sie damit ihre Verpflichtung ihm gegenüber loswurde. Sie hatte ihre Schuld beglichen, und jetzt war sie wieder frei.

Stille und Frieden kehrten zurück. Sie setzte sich wieder an den Küchentisch. Das Päckchen selbst interessierte sie nicht im Geringsten. Sie legte es auf den Stapel zu den anderen Briefen. Jetzt gab es nur noch eine Sache, die sie erledigen musste, und dann konnte sie endlich in ihre Dunkelheit zurückkehren.

Sie schaltete die kleine Lampe auf dem Fensterbrett an und öffnete das schwarze Tagebuch auf dem Tisch. Nahm den Stift und begann zu schreiben. Eigentlich wusste sie nicht, warum sie das tat. Oder für wen. Früher einmal hatte es ihr Leben klarer gemacht. Das Unverständliche verständlicher. Doch aus irgendeinem Grund fühlte es sich inzwischen völlig bedeutungslos an. Wie ein Ritual ohne Bestimmung. Es gab nichts mehr zu verstehen. Dennoch blieb sie dabei. Kurze Notizen, ein- oder zweimal am Tag.

Als sie damit fertig war, brauchte sie lange, um in ihre Dunkelheit zurückzufinden.

ZWEI

Er entdeckte das Buch am Nachmittag des folgenden Tages. Den Großteil der Nacht hatte er gearbeitet und dann lange geschlafen. Er war gerade auf dem Weg nach draußen. Es war offensichtlich, dass es nicht zufällig dort gelandet und irgendwem aus der Tasche oder der Jacke gefallen war. Nein, man hatte es ordentlich an die Wand gelehnt. Ohne Karte oder sonstige Nachricht, doch er wusste sofort, wer es dort hingestellt hatte.

Sie war ihm am Tag ihres Einzugs aufgefallen. Eine dunkle Gestalt, die eilig über die Straße huschte, wo der matschige Schnee bis an die Knöchel reichte, um den Umzugsmännern den Weg zu zeigen. Obwohl er sie nur dieses eine Mal gesehen hatte, war er sich sicher, dass sie diejenige war, die in der Wohnung ihm gegenüber lebte. Warum, konnte er nicht sagen, er wusste es einfach. Als er sich gebückt und durch ihren Briefschlitz sein törichtes »Also, auf Wiedersehen« gerufen hatte, war er sich wie ein Idiot vorgekommen. Dennoch bedauerte er es nicht. Offensichtlich wollte sie in Ruhe gelassen werden; das kapierte sogar er. Aber vielleicht war doch etwas nicht in Ordnung. Vielleicht lag sie tot in der Wohnung? Nein, das nicht. Dessen war er sich aus irgendeinem Grund auch sicher. Er wusste, dass sie da drinnen war, hinter der verschlossenen Tür, und dass sie ihn gehört hatte. Das Buch vor seiner Wohnung bestätigte nun seine Vermutung.

Ein Buch. Sie hat ihm ein Buch geschenkt. Sie konnte ja nicht ahnen, wie unpassend das war. Wie schwer es für ihn war, selbst den kürzesten aller Texte zu lesen. Trotzdem hob er das Buch auf, drehte es in seinen Händen hin und her und begann zu lesen, was hinten auf dem Umschlag stand. *Briefe an einen jungen Dichter.* Es wurde immer schlimmer. Falscher hätte sie nicht liegen können. Er legte das Buch achtlos zur Seite und dachte nicht weiter daran.

Doch als er abends zurückkam, nahm er es wieder in die Hand. Wie immer, wenn er zu lesen versuchte, holte er seinen Zeichenblock, die Stifte, Pinsel und Farbe. Andere lasen gern zum Zeitvertreib – etwas, was er noch nie verstanden hatte. Für ihn bedeutete Lesen Schwerstarbeit, eine Anstrengung, der er aus dem Weg ging. Mit dem Vorgang waren Dinge verbunden, an die er nicht mehr denken wollte. Erinnerungen aus der Schulzeit. Allein das Wort – Legastheniker. Seine Mutter. Der ganze Scheiß, mit dem er nichts mehr zu tun haben wollte.

Die Buchstaben zu entziffern und sie zu Worten zusammenzubringen war eine Qual. Die klaren schwarzen Zeichen auf der Seite quetschten sich in seinen Kopf, ohne Zusammenhang oder Ordnung. Und dort tanzten sie hin und her und schienen sich über ihn lustig zu machen, weil er sie nicht zu durchdringen vermochte.

Die Tatsache, dass in seinen Regalen Bücher standen, bedeutete nichts. Sie waren bloße Relikte aus der Vergangenheit. War es ihm einmal gelungen, ein Buch durchzuackern, öffnete er es kein zweites Mal. Stattdessen drangen die Worte in die Stapel von Papier und in die Blöcke ein, die ein Regal nach dem anderen in seinem Wohnzimmer und im Flur füllten. Auf diesen Zeichenblöcken verwandelten sich die Texte in Gestalten, die er deuten konnte. Jedes Wort, jeder Satz, den er erfolgreich entschlüsselt hatte, befand sich in seinen Bildern.

Am Anfang, als sie sich frisch kennenlernten, hatte Otto

ihm auch immer Bücher geschenkt. Er hatte ein Buch nach dem anderen aus seinen übervollen Regalen geholt und es Elias in die Hand gedrückt. »Das musst du lesen.« Oder: »Ehrlich? Das hast du noch nicht gelesen?« Es dauerte eine Weile, bis er Otto gestehen konnte, dass er die meisten nicht zu Ende lesen würde. Dicke Klassiker von fünfhundert oder sechshundert Seiten. Eine winzige Schrift auf vergilbtem Papier. Ab diesem Moment erzählte Otto ihm, was in den Büchern stand. Er las sie ihm nicht vor, sondern erzählte die Geschichten aus dem Gedächtnis. Er hielt dieses Vorgehen offensichtlich für rücksichtsvoll und dachte, dass Elias auf diese Weise nicht an seine Leseschwäche erinnert würde, wenn es um Geschichten und nicht um Texte ging. Er hatte recht – es fühlte sich besser an. Für sie beide. Elias wusste nicht, wie genau Ottos Versionen den Originalen entsprachen, aber das war letztlich unwichtig.

Hier saß er also und kämpfte sich durch das schmale Bändchen. Wort für Wort. Draußen vor dem Fenster brauste der Wind, und die Scheiben klirrten. Doch Elias achtete nicht darauf. Er war völlig versunken. Im Schein des Lichts seiner Schreibtischlampe zeichnete er ein Bild nach dem anderen. Sein fast fertiggestelltes Projekt hatte er beiseitegeschoben. Es musste warten.

Insgesamt brauchte er eine Woche.

In der Zwischenzeit hatte er fast den ganzen Block gefüllt. Und er konnte Rilkes *Briefe an einen jungen Dichter* mehr oder weniger auswendig.

Als er mit dem Buch durch war, fertigte er noch eine weitere, eigenständige Zeichnung an. Als er diese nun vor sich hochhielt, konnte er den passenden Text fast Wort für Wort wiedergeben:

Dieses vor allem: Fragen Sie sich in der stillsten Stunde Ihrer

Nacht: muss ich schreiben? Graben Sie in sich nach einer tiefen Antwort. Und wenn diese zustimmend lauten sollte, wenn Sie mit einem starken und einfachen »Ich muss« dieser ernsten Frage begegnen dürfen, dann bauen Sie Ihr Leben nach dieser Notwendigkeit; Ihr Leben bis hinein in seine gleichgültigste und geringste Stunde muss ein Zeichen und Zeugnis werden diesem Drange.

Er betrachtete das Bild und bemerkte erst jetzt, dass er das Wort »schreiben« durch »zeichnen« ersetzt hatte. Und auf diese Frage hatte er eine eindeutige Antwort.

An den unteren Rand des Blattes schrieb er:

»Ja, ich muss.«

Er faltete die Zeichnung in der Mitte und schob sie in das Buch an jene Stelle, wo sich der dazugehörige Text befand.

Es war spät. Oder früh – je nachdem, wie man es betrachtete. Er zog Jacke und Stiefel an und nahm das Buch. Dann ging er ins Treppenhaus hinaus. Einen Moment lang blieb er vor ihrer Tür stehen. Kein Geräusch, nur Stille. Er beugte sich herab und lehnte das Buch ebenso an die Wand, wie er es vorgefunden hatte. Diesmal jedoch neben ihre Tür.

Draußen war es stockdunkel. Er kauerte sich in die tiefe Nische vor der Eingangstür des Hauses, zog den Reißverschluss seiner Jacke hoch und setzte sich die Wollmütze auf den Kopf. Dann schlüpfte er in die Handschuhe. Er blickte in den dunklen Himmel hinauf. Sein Atem hing wie weißer Rauch in der kalten Luft und löste sich rasch über seinem Kopf auf.

Es dauerte noch Stunden bis zum Sonnenaufgang. Das war seine Zeit. Schnellen Schrittes lief er über den Kirchplatz und bog dann rechts in Richtung Mosebacke ein. Unterwegs begegnete er niemandem.

DREI

Sie stand in der dunklen Küche und hatte gerade ein Glas Wasser zum Mund geführt, als sie draußen im Treppenhaus Schritte vernahm. Für einen nach Hause kommenden Nachbarn war es zu spät, für den Zeitungsausträger noch zu früh. Außerdem hatte sie nicht gehört, wie die Haustür geöffnet wurde. Die Schritte hielten einen Moment lang vor ihrer Wohnungstür an, und dann war es wieder still. Auf Zehenspitzen lief sie in die Diele. Stand er etwa mitten in der Nacht draußen vor ihrer Tür? Die Vorstellung war ihr unangenehm. Sie fand sie sogar beängstigend. Elisabeth hielt den Atem an und lauschte.

Ein leises Geräusch. Sie war sich nicht sicher, was es war – kein Rascheln und auch kein dumpfer Schlag. Nur ein unbedeutender kleiner Laut, der irgendwie anzudeuten schien, dass die Person auf der anderen Seite der Tür etwas plante. Hatte er vor, wieder ihren Briefschlitz zu öffnen? Instinktiv wich sie ein paar Schritte zurück und erstarrte. Jetzt war sie in Alarmbereitschaft. Doch es wurde weder an ihrer Tür geläutet noch klapperte der Briefschlitz. Nichts. Welcher normale Mensch würde auch mitten in der Nacht bei einem Nachbarn klingeln, den er gar nicht kannte? Es sei denn, es handelte sich um einen Notfall. Doch die vorsichtigen, langsamen Schritte wiesen auf keinen Notfall hin. Sie lauschte. Wieder vernahm sie Schritte, die jetzt über den Treppenabsatz liefen und die kurze Treppe hinabgingen. Dann das Geräusch, als die Haustür geöffnet wurde und wieder zufiel.

Hastig ging sie ins Schlafzimmer, das Wasserglas noch immer in der Hand, und schaute vorsichtig hinunter auf die Straße.

Es dauerte einen Moment, ehe sie ihn sah. Er musste noch ein Weilchen in der Tür gestanden haben. Doch jetzt war er in ihrem Blickfeld. Hoch aufgeschossen, mit ausladenden, schnellen Schritten. In einer Lederjacke und mit einer Strickmütze. Es wäre ihr schwergefallen, ihn näher zu beschreiben. Dennoch wirkte er in gewisser Weise seltsam vertraut. Sie schüttelte den Kopf. Was für ein törichter Gedanke. Immerhin konnte sie jetzt der Stimme, die sie zuvor gehört hatte, eine Gestalt zuordnen. E. Blom. Wofür stand wohl das E? Für Erik? Das war der einzige Name, der ihr einfiel, wenn sie an seine Altersgruppe dachte. Heutzutage wurde niemand mehr Evald, Einar oder Evert genannt. Oder vielleicht doch? Es war schon lange her, dass sie einen Grund gehabt hätte, über schwedische Männernamen nachzudenken. Oder überhaupt über Namen.

Sie stellte das Wasserglas ab und kehrte zur Wohnungstür zurück. Es war wieder alles still, als sie vorsichtig einen Spaltbreit die Tür öffnete. Das Treppenhaus wurde nur von dem Licht über der Eingangstür zum Gebäude erleuchtet. Doch auch im Halbdunkeln sah sie es sofort. Das Buch. Da war es, an die Wand gelehnt, so wie sie es auf der anderen Seite des Treppenabsatzes zurückgelassen hatte. Sie schnaubte verärgert. Hatte er ihre Geste des Dankes etwa zurückgewiesen? Nachdem er eine Woche lang darüber nachgedacht hatte? Sie war sich sicher gewesen, die Dinge wären jetzt wieder ins Gleichgewicht gebracht. Dass sie ihm nichts mehr schuldete.

Sie hob das Buch auf. Ein zusammengefaltetes Blatt Papier fiel heraus. Sie erwischte es gerade noch in der Luft und kehrte damit in ihre Wohnung zurück, wo sie leise die Tür hinter sich schloss.

Sie setzte sich an den Küchentisch. Zögernd streckte sie die Hand aus und schaltete die Lampe auf dem Fensterbrett ein. Das plötzliche Licht ließ sie zusammenzucken. Sie kniff einen Moment lang die Augen zu, und als sie sie wieder aufschlug, fiel ihr Blick unwillkürlich auf den Stapel ungeöffneter Post. Genervt schob sie ihn beiseite und legte das Buch und das Blatt Papier auf den Tisch vor sich. Langsam faltete sie das Papier auseinander.

Sie hatte keine Ahnung, was sie erwartete. Vielleicht eine Art von Notiz. Eine Erklärung, warum er das Buch zurückgab. Vielleicht sogar ein Dankeschön. Aber es war keins von beidem, sondern eine Zeichnung – eine Tuschezeichnung in Schwarzweiß. Sie konnte nicht erkennen, was das Bild darstellte. Es waren gegenständliche Formen, die sich zu einer Art einheitlichem Ganzen zusammengruppierten. Ein Muster, bei dem jedes Detail wunderbar ausgearbeitet und einzigartig wirkte.

Doch was genau dieses Gebilde sein sollte – falls das überhaupt beabsichtigt war –, konnte sie beim besten Willen nicht erkennen. Am unteren Rand des Blattes stand etwas geschrieben. »Ja, ich muss.« Nur das. Wieder schnaubte sie und ließ das Papier auf den Tisch sinken. Was bedeutete das? Es ergab keinen Sinn. Als eine Art Lesezeichen? Etwas, das gar nicht für sie bestimmt war?

Sie zog das Buch zu sich heran. Es öffnete sich auf der Seite, die offenbar zuletzt gelesen worden war. Sie beugte sich vor und begann ebenfalls zu lesen. Die Passage erkannte sie sofort, sie hatte sie bereits viele Male gelesen. Sie hatte sie als Schülerin sogar in ihr Notizbuch übertragen.

Dieses vor allem: Fragen Sie sich in der stillsten Stunde Ihrer Nacht...

Er hatte nicht nur das Buch gelesen, sondern seinen Inhalt

offenbar geradezu aufgesogen. Anscheinend wollte er sie das wissen lassen. Auf diese Weise versuchte er wohl, sich bei ihr zu bedanken.

Sie stand auf. Ihr fiel das Atmen schwer, während sie das Glas erneut am Wasserhahn füllte und dann langsam daraus trank.

Bescheuert, dachte sie. Lächerlich und absurd. Warum habe ich das verdammte Ding mit in die Wohnung genommen?

Sie schloss die Augen und trank einen weiteren Schluck Wasser.

Jetzt stehe ich wieder in seiner Schuld! Verdammte Zeichnung! Verdammtes Buch! Sie packte beides und schleuderte es durch die Küche.

Dennoch gelang es ihr nicht, die Tränen zurückzuhalten.

VIER

Am besten arbeitete er abends und nachts. Doch seitdem er mit dem neuen Projekt begonnen hatte, wachte er immer öfter früh auf und setzte sich sofort an den Zeichentisch. Es war lange her, seitdem er sich das letzte Mal so gefühlt hatte. Die Geschichte und die Bilder flossen nur so aus ihm heraus. Soweit er sich erinnern konnte, war das bei seinem ersten Buch ebenso gewesen, auch wenn er damals noch nicht gewusst hatte, was er eigentlich genau tat. Damals war es vor allem eine Frage des Überlebens gewesen. Er hatte gezeichnet, um noch etwas länger am Leben zu bleiben. Um zu versuchen, nicht allzu sehr nachzudenken.

Er war nicht einmal im Entferntesten auf die Idee gekommen, dass dabei ein Buch entstehen könnte. Doch es entstand ein Buch. Und dann noch eines. Schließlich wurde es sein Beruf. Was Mutter »Elias' Hobby« und Gunnar »verdammtes Gekritzel« nannte, hatte sich tatsächlich in einen Job verwandelt, der Miete und Essen bezahlte. Und noch ein paar Dinge mehr.

Er hatte der neuen Datei auf dem Computer einen Titel gegeben. *Die Amsel*. Nicht dass sie gesungen hätte. Das nicht. Bisher hatte er nicht einen einzigen Laut von ihr vernommen. Eigentlich hatte er sie noch kaum gesehen. Nur einmal war ihm ihre dunkle Gestalt in dem schweren Mantel und einer Wintermütze auf dem Kopf aufgefallen. Die Bilder, die er nun zeichnete, hatten nichts damit zu tun, wer sie vielleicht wirklich war. Es waren seine Fantasien über seine unsichtbare Nachbarin. Er saß da und erschuf tagein, tagaus eine Geschichte über eine Frau, der er nie begegnet war.

Er hatte sie in einen Vogel verwandelt, was ziemlich seltsam war, wenn man es genau bedachte. Aber er hatte nicht vor, auch nur eine Sekunde darüber nachzudenken. Er wollte in dieser Stimmung bleiben. Dieses aufregende Gefühl bewahren. Denn so fühlte es sich an: Sein Beruf war wieder aufregend geworden. Als er einen Stift zur Hand genommen und angefangen hatte, Skizzen anzufertigen, hatte er nicht die leiseste Ahnung gehabt, was dabei herauskommen würde. Dennoch hatte er keinen Moment gezögert, und sobald die jeweiligen Zeichnungen fertig waren, schienen sie ihm perfekt gelungen zu sein.

Er hatte keine Ahnung, was er hinsichtlich des Textes tun sollte. Ursprünglich war er davon ausgegangen, dass wie immer Maja die Worte für ihn niederschreiben würde. Es war ein schwerer Schlag gewesen, als sie diesmal ablehnte. Ihr eigener Roman war endlich von einem Verlag angenommen worden, und jetzt war sie damit beschäftigt, ihrem Text noch den letzten Schliff zu verleihen. Ihm blieb nichts anderes übrig, als ihr zu gratulieren und sich für sie zu freuen.

Er musste also eine andere Person finden, hatte aber überhaupt keine Idee, wo er mit der Suche beginnen sollte. Maja verstand immer genau, was er wollte. Oft sah sie nur einmal eine Zeichnung und fand sofort die richtigen Worte, als ob sie genauso dachte wie er. Sie kannte ihn in- und auswendig. Seit ihrem ersten gemeinsamen Schultag hatten sie zusammen Geschichten erfunden. Sie hatte die Worte, er die Bilder. Bei ihnen führte nicht einer den anderen. Sie waren beide in gleichem Maße unentbehrlich.

Doch es gab nichts, was er jetzt an dieser Situation ändern könnte. Wenn daraus ein Buch werden sollte, musste eine andere Person die Worte dazu schreiben, aber momentan waren die Bilder noch ausreichend. Er hatte keine Lust, sich über zukünftige Fragen den Kopf zu zerbrechen.

Als er hörte, wie Otto auf den Boden über ihm schlug, blickte er ein wenig überrascht auf. Der ganze Tag war bereits vorbei, und nun war es Zeit zum Abendessen. Widerstrebend legte Elias seinen Stift beiseite und stand auf. Den Blick hielt er noch auf die unfertige Zeichnung gerichtet. In seinem Kopf vermochte er die ganze Geschichte vor sich zu sehen. Er fühlte die Frustration in sich hochsteigen. Er hatte die Geschichte komponiert, doch er war nicht dazu in der Lage, sie selbst aufzuschreiben. Beinahe war es so, als ob er in seinem Kopf Musik hörte, eine wunderschöne Musik, ohne eine Note singen oder ein Instrument spielen zu können. Eingesperrt in seinem Kopf war die Geschichte wertlos. Im Grunde existierte sie so gar nicht.

Er riss sich von seinem Schreibtisch los und ging ins Badezimmer, wo er sich auszog. Dann stellte er sich unter die Dusche, schloss die Augen und ließ das Wasser über sein Gesicht strömen. In gewisser Weise passte es, dass er nur die Hälfte der Fähigkeiten besaß, die zum Erzählen einer Geschichte nötig waren. Er war in jeder Hinsicht nur halb. Sein ganzes verdammtes Leben war ein halbes Leben. Er mochte vielleicht dasitzen und seine verdammten Zeichnungen anfertigen und seinen verdammten eigenen Geschichten lauschen. Aber was für eine Art Leben war das, wenn man es genau betrachtete?

Er drehte den Wasserhahn zu, trocknete sich ab und zog sich wieder an.

Dann ging er zu Otto nach oben.

FÜNF

Jedes Mal, wenn Otto sich daran erinnerte, dass er hier länger als sonst irgendwo gewohnt hatte, war er überrascht. In diesem Mai wurden es bereits fünfzehn Jahre.

Nach Evas Tod war er drei Jahre lang in dem Reihenhaus in Västertorp geblieben. Wenn er daran zurückdachte, erstaunte es ihn, dass er nicht viel früher gepackt hatte und ausgezogen war. Er hatte sich dort nie wohlgefühlt. Es nie als sein Zuhause betrachtet. Das Haus war eine Art Gehäuse gewesen, in dem Eva sich eingerichtet hatte. In dessen Inneren hatte sie ihre eigene Welt erschaffen, und er hatte sich stets wie ein Möbelstück gefühlt, das zwar toleriert wurde, aber nie richtig dazupasste.

Es gab etwas in Evas Vergangenheit, was sie nicht erzählen wollte. Etwas, worüber sie niemals sprach. Doch Otto verstand instinktiv, wie sehr sie sich darum bemühte, die Vergangenheit zu verdrängen. Sie wollte sich körperlich von ihr distanzieren, ihr so weit wie möglich entkommen, und dieses hässliche kleine Haus schien ihr ein Gefühl von Sicherheit zu geben. Auch er hatte manchmal den Eindruck, dass sie sich am Ende der Welt befanden. Das letzte Haus in einer Reihe gleich aussehender Reihenhäuser, die neben einem kleinen Wald standen. Manchmal kam es ihm so vor, als ob ihr Haus von den anderen wegwollte, als ob es versuchte, sich zu befreien und im Wald zu verschwinden.

Das Haus war *tatsächlich* hässlich gewesen. Das war sein erster Gedanke, als er es sah, und in den Jahren, in denen sie dort lebten, änderte sich seine Meinung nicht. Eine beige, quadratische Schachtel, die an einer Seite an eine identisch aussehende beige Schachtel anschloss. Einen großen Garten gab es nicht, nur einen kleinen Fleck hinter dem Haus, der von einer großen Fichte überschattet wurde, die ihre sauren Nadeln auf den mickrigen Rasen warf. Das hatte auch seine Vorteile, denn er musste den Rasen nie mähen. Das Gras blieb am Leben, wurde aber nicht länger. Weder er noch Eva interessierten sich für den Garten. Manchmal fragte er sich, ob es den Nachbarn gefallen hätte, wenn sie sich mehr Mühe gegeben hätten. Wenn sie Tulpen und Krokusse gepflanzt, die Hecke geschnitten hätten. Wenn sie sich so wie die anderen Nachbarn benommen hätten.

Doch sie blieben für sich und lernten ihre Nachbarn nie richtig kennen. Höchstens tauschten sie ein paar Grüße über die dürftige Hecke hinweg aus. In den ersten Jahren waren die Nachbarn ein Paar in ähnlichem Alter wie sie gewesen. Sie unterhielten sich gelegentlich mit ihnen, doch eine Freundschaft war nie daraus entstanden. Eva hatte es nicht gewollt. Was er gewollt hätte, wurde nie in Betracht gezogen.

Dann zog eine jüngere Familie mit Kindern ein, und der Kontakt wurde noch sporadischer. Damals hatte Otto den Mangel an Sozialkontakten nicht wirklich vermisst. Doch heutzutage fragte er sich, ob nicht auch eine andere Art von Leben möglich gewesen wäre.

Nach Evas Tod wurde ihm klar, dass das Haus für eine Person zu groß war. Aber es war günstig, und er verspürte keinen großen Ansporn, etwas an seiner Situation zu verändern. So verging die Zeit.

Wenn er darüber nachdachte, wurde ihm bewusst, dass er lediglich als kleines Kind das Gefühl gehabt hatte, in einem richtigen Zuhause zu leben. In diesen ersten Jahren, ehe sie nach Schweden zogen. Als alle vier gemeinsam in einer Zweizimmerwohnung gewohnt hatten. Als seine kleine Schwester Elsa noch am Leben gewesen war. Die Wohnung hatte sich im zweiten Stock eines soliden, vierstöckigen Gebäudes befunden. Im Winter hatte es dort immer geschneit. (Er wusste, dass das nicht stimmen konnte, entschied sich aber für genau diese Erinnerung. Immer Schnee, den ganzen Winter über. Massen von Schnee, durch den man hindurchwatete und in dem man spielte. Schnee, der alle Geräusche schluckte.) In der Wohnung war es immer warm und gemütlich. Sie hatten einen kleinen Kohleofen in der Küche, der alle Räume zu heizen schien. Über ihnen lebte eine Familie namens Schmidt und unter ihnen die Berlingers. Auf der anderen Seite der Wand wohnte Fräulein Blumenthal. Und es kam ihm so vor, als ob auch diese Menschen dazu beitrugen, dass allein durch das Wissen um ihre Gegenwart alles warm wurde – wie eine Art menschlicher Dämmung.

In Stockholm lebten sie zwar auch wieder in einer Wohnung in der Innenstadt, doch es war nicht das Gleiche. Nichts war jemals wieder das Gleiche. Aber das konnte es ja auch nicht sein, selbst wenn sie in Wien geblieben wären. Alles hatte sich verändert. Erst, wenn wir etwas verloren haben, merken wir, wie unersetzlich es war.

In dem beigen Reihenhaus in Västertorp war ihm oft kalt gewesen – von innen stärker als von außen. Als er das Haus schließlich verkaufte und diese Wohnung erwarb, war das keine wirklich durchdachte Entscheidung. Er zog nicht in etwas Neues, sondern er floh vor etwas Altem. Eines Tages wusste er, dass er das Reihenhaus verlassen musste. Die neue Wohnung betrachtete er nie als dauerhaft – damals nicht und heute auch nicht. Allerdings dachte er auch nicht viel darüber nach. Zum ersten Mal in seinem Leben würde er ganz allein entscheiden, wo er wohnen und wie er wohnen wollte, auch wenn er nicht das Gefühl hatte, dieser Aufgabe gewachsen zu sein. Er hielt es schlichtweg in dem alten Haus nicht länger aus. Wohin er ging, schien dabei gar nicht so wichtig zu sein.

Die Möbel standen noch immer an derselben Stelle, an der sie zufällig gelandet waren, als er einzog. Das Ganze war mehr wie ein Hotelzimmer oder ein Lagerraum für seine Habseligkeiten – und für ihn selbst. Ein Platz zum Schlafen, bis sich eine dauerhafte Lösung fand. Und so lebte er nun seit über fünfzehn Jahren. Das Provisorische war unbemerkt zu etwas Dauerhaftem geworden.

Er stand am Herd und rührte in einem Eintopf, während er den kleinen Raum betrachtete, der seine Küche war.

Ich habe nichts von alldem gekauft, dachte er. Das sind Evas Stühle, ihr Tisch. Sogar den Topf auf dem Herd hat sie damals ausgewählt. Und den Kochlöffel, den ich in der Hand halte. Das Einzige, das ich tatsächlich ausgesucht habe, ist die Lampe.

Die vorherige Lampe, die er mit umgezogen hatte, war einige Jahre später kaputtgegangen. Er hatte einen Ersatz in einem kleinen Antiquitätengeschäft in der Nähe des Odenplan erworben. Eigentlich war er an dem Tag nicht auf der Suche nach einer Lampe gewesen. Er kam nur zufällig während der Mittagspause an dem Geschäft vorbei und sah sie im Fenster hängen. Ein kleiner, alter Glaslüster. Er sah an der Stelle, an der er jetzt hing, völlig unpassend aus, doch er gefiel Otto. Er verbreitete ein warmes gelbes Licht über dem Tisch, während der restliche Raum in eine angenehme Dunkelheit getaucht blieb. Jedes Mal, wenn er die Lampe anschaltete, erfreute er sich an den Lichtreflexen in den kleinen Glaskristallen.

Inzwischen dachte er nicht mehr oft an Eva, zumindest

nicht bewusst. Doch noch viele Jahre nach ihrem Tod wachte er morgens auf, den linken Arm ausgestreckt, als ob er nach ihr tastete. Verwunderlich, denn Eva hatte nie irgendeine Art von Wärme ausgestrahlt. Sie war kein warmer Mensch, weder im wörtlichen noch im übertragenen Sinne. Erst nach ihrem Tod wurde ihm klar, dass er sie im Grunde auch nie geliebt hatte. Er hatte sie bewundert. War von ihrer Schönheit verzaubert gewesen. Von der Tatsache überwältigt, dass sie ihn wollte. Er betrachtete sie als Alabasterstatue, die bis ins letzte Detail perfekt war. Aber auch kalt.

Er wurde durch das Öffnen der Wohnungstür aus seinen Gedanken gerissen. Elias' Stimme war im Flur zu vernehmen.

»Komm herein! Ich bin in der Küche«, erwiderte er. »Es gibt Kalbseintopf mit Dill. Ich hoffe, du magst das.«

»Riecht herrlich«, sagte Elias und ließ sich auf einem der Küchenstühle nieder.

Sie hatten sich am Tag von Elias' Einzug kennengelernt. Otto war gerade zufällig in dem Moment nach Hause gekommen, als Elias seine Sachen in die Wohnung trug. Er begrüßte den jungen Mann, was dem neuen Nachbar zu gefallen schien, denn er stellte die Kiste, die er trug, ab und streckte Otto die Hand entgegen.

»Hi, ich bin Elias Blom. Ich ziehe in die Wohnung meiner Großmutter. Sie ist kurz vor Weihnachten gestorben.«

»Ja, das habe ich gehört. Mein Beileid. Eine wahrhaft liebenswerte Dame.«

Einen Moment lang herrschte Schweigen.

»Nun, willkommen in unserem Haus. Ich hoffe, Sie werden sich bald eingewöhnt haben. Es ist schön, ein junges Gesicht zu sehen. Ich heiße Otto Vogel, und ich wohne oben. Direkt über Ihnen. Falls es etwas gibt, womit ich Ihnen behilflich sein kann, dann klingeln Sie doch einfach bei mir.«

Wieder folgte eine Pause, doch keiner der beiden machte Anstalten zu gehen.

»Ich vermute, Sie werden eine Weile brauchen, bis alles an seinem Platz ist«, meinte der ältere Mann. »Wenn Sie Lust haben, können Sie gerne zu mir nach oben kommen, sobald Sie alles in der Wohnung haben. Ich finde schon irgendetwas zum Essen, und wenn es nur ein Sandwich ist. Falls Sie Lust haben. Also nur, wenn es gerade passt.«

Diese erste Begegnung war der Beginn einer tiefen Freundschaft. Sie trafen sich mindestens einmal die Woche. Manchmal nur, um rasch einen Kaffee miteinander zu trinken, manchmal, um über Elias' Arbeit zu sprechen. Manchmal »lasen« sie auch ein Buch zusammen, was so aussah, dass Elias es sich auf dem Sofa bequem machte, während Otto in seinem Sessel saß und ihm eines seiner Bücher nacherzählte. Nach einer Weile wurde es für beide zur Gewohnheit, jeden Dienstagabend miteinander zu essen. Immer bei Otto, und immer klopfte Otto auf den Boden des Wohnzimmers, wenn es an der Zeit für Elias war, nach oben zu kommen.

Otto wusste nicht viel über Elias' Privatleben, und er hatte auch nichts Wesentliches von seinem eigenen früheren Dasein erzählt. Sie hielten sich an die Gegenwart. Redeten über Bücher, Kunst und Musik. Das reichte.

Die beiden Wohnungen waren gleich geschnitten, was man nicht vermutet hätte, wenn man sich in ihnen aufhielt. Während Elias' Räume weiß gestrichen waren, kaum Möbel hatten und ganz auf seine Arbeit zugeschnitten wirkten, dienten die von Otto als übervolle Lagerflächen für all das, was er aus seinem früheren Leben mitgebracht hatte.

Elias bevorzugte Ottos Wohnung. Seine eigene kam ihm nie wie ein Zuhause vor. Es war ein Arbeitsplatz, an dem er zufällig auch noch schlief. Ottos Bleibe hingegen war voller persönlicher Dinge, Musik, Gerüche nach wunderbarem Essen und... voller Leben. Otto andererseits bewunderte Elias' Wohnung, die doppelt so groß wie die seine zu sein schien und stets durch irgendein künstlerisches Projekt vor Schaffensdrang pulsierte.

Als Otto das erste Mal in Elias' Wohnung trat, tat er das mit ziemlich gemischten Gefühlen. Einige hatten mit ihm selbst zu tun, andere mit seinem jungen Nachbarn. Otto hatte noch nie so etwas gesehen – garantiert jedenfalls keine Wohnung wie diese. Sie sah so gar nicht heimelig aus. Der Wohnraum, den der junge Mann für sich geschaffen hatte, war karg und völlig unpersönlich. Es gab für nichts Platz außer für seine Arbeit – die Wohnung *war* ausschließlich Arbeitsplatz. Zuerst hatte ihn das verstört, doch je näher er Elias kennenlernte, desto klarer wurde ihm, wie perfekt das zu ihm passte. Inzwischen verspürte er fast so etwas wie Eifersucht, wenn er nach unten ging, um ihn zu besuchen. Otto war direkt nach der elterlichen Wohnung mit Eva zusammengezogen. Er hatte nie einen Ort besessen, der wirklich ihm gehörte, den er ganz für sich allein geschaffen hatte, für seine Bedürfnisse und nach seinem Geschmack. Wenn er sah, wie Elias lebte, fragte er sich, wie wohl sein eigenes Heim ausgesehen hätte.

»Lass uns essen«, sagte Otto und stellte den dampfenden Topf auf den Tisch.

SECHS

Die Essen am Dienstag liefen unterschiedlich ab. Manchmal war es nur eine rasche gemeinsame Mahlzeit, sonst nichts. Manchmal saßen sie stundenlang am Küchentisch zusammen. Vor allem, wenn Otto zu reden begann. Doch an diesem Abend war es Elias, der sein Besteck als Erster beiseitelegte. Er musterte Otto.

»Ich habe mit einem neuen Projekt begonnen. Ich habe noch keine Ahnung, wie es sich entwickeln wird oder ob es wirklich zu etwas werden kann, aber es macht mir richtig Spaß. Ich habe mich schon seit Langem nicht mehr bei einem Projekt derart gut gefühlt. Jetzt stehe ich sogar freiwillig vor neun Uhr auf!«

Otto blickte auf, und beide lächelten.

»Dann muss es ja etwas ganz Besonderes sein«, meinte Otto.

»Ich habe keine Ahnung. Ich werde einfach so lange weitermachen, wie es sich gut anfühlt... Wir werden sehen. Allerdings kann mir Maja diesmal nicht mit dem Text helfen. Auch wenn ich noch gar nicht weiß, ob es überhaupt so weit kommen wird. Aber ihr Roman wurde von einem Verlag angenommen, und sie ist jetzt mehr als beschäftigt damit, ihn umzuschreiben und noch ein wenig zu verbessern. Das ist super für sie, natürlich. Aber falls – und es ist ein sehr großes Falls – das alles zu einer Geschichte wird, die ich veröffentlichen möchte, brauche ich einen anderen Autor.«

Eine Weile aßen sie schweigend weiter.

»Und, worum geht es?«

Elias blickte auf und zögerte einen Moment, ehe er antwortete.

»Nun ... das klingt wahrscheinlich völlig verrückt.«

»Raus damit. Ich habe schon fast alles gehört – oder zumindest davon gelesen.«

»Kennst du die Frau, die in der Wohnung mir gegenüber lebt? Sie heißt auch Blom. Vor ein paar Wochen habe ich ein Päckchen in Empfang genommen, das für sie bestimmt war. Also bin ich zu ihr hinüber und wollte es ihr geben. Ich habe an der Tür geklingelt, weil es zu dick war, um es durch den Briefschlitz zu werfen. Dann habe ich mehrmals geklopft, aber sie hat nicht geantwortet. Ich *wusste*, dass sie da war. Also öffnete ich den Briefschlitz und habe in die Wohnung hineingerufen.«

Verlegen zog er die Schultern ein bisschen hoch und sah Otto an.

»Keine Ahnung, warum ich das getan habe. Wie ich schon sagte, es klingt ein wenig verrückt. Aber genau so war's.«

Otto sagte nichts, sondern nickte nur, um Elias zu bedeuten, er solle fortfahren.

»Ich habe dann ein Weilchen gewartet, aber sie hat sich nicht gemeldet. Schließlich ließ ich das Päckchen neben ihrer Tür stehen und ging wieder zu mir hinüber.«

»Es ist seltsam. Sie muss doch schon mindestens seit ein paar Monaten dort wohnen, aber ich habe sie bisher noch kein einziges Mal gesehen«, erwiderte Otto und nahm einen Schluck Bier.

Elias nickte.

»Genau. Es ist sehr seltsam. Sie verlässt ihre Wohnung nie, aber auch die Lichter sind nie an, und man hört keinen Laut. Sie ist aber eindeutig da, denn am nächsten Tag ließ sie ein Buch vor meiner Tür stehen. Ich bin mir nicht sicher, warum, aber das war garantiert von ihr.«

»Ein Buch? Warum denn ein Buch?«

»Ich vermute, es war als eine Art Dankeschön gedacht. Weil ich ihr das Päckchen gebracht habe. Ich habe es übrigens inzwischen gelesen.«

Er lächelte und sah Otto an.

»Ja, ich weiß. Aber ich habe es wirklich gelesen. Das ganze Buch. Es heißt *Briefe an einen jungen Dichter*.«

»Rilke«, sagte Otto.

Elias nickte.

»Ich habe eine Woche dafür gebraucht. Mich langsam Wort für Wort durchgekämpft. Mittlerweile habe ich es in Bilder übertragen. In meine Sprache. Ich habe sogar einen Abschnitt auswendig gelernt.«

»Warte einen Moment!« Otto sprang von seinem Stuhl auf und verschwand im Flur. Einen Augenblick später kehrte er mit einem schmalen Bändchen in der Hand zurück. Er setzte sich wieder und blätterte das Buch rasch durch, bis er die Seite fand, die er gesucht hatte. Er begann genau die richtige Stelle vorzulesen.

»Diesen hier?«

Elias nickte.

»Ja, genau. Du bist unglaublich. Hast du eigentlich alles gelesen?«

Otto winkte ab.

»Nachdem ich also das ganze Buch durchgeackert hatte, fertigte ich für diesen Abschnitt eine Zeichnung an und schrieb meine Antwort auf den unteren Rand des Blattes. *Ja, ich muss.* Ich habe es gefaltet und in das Buch gelegt, das ich dann wieder vor ihrer Tür deponierte. Und jetzt ist es verschwunden, weshalb ich annehme, dass sie es zurückgenommen hat. Wahrscheinlich hält sie mich für verrückt.«

»Hat das irgendetwas mit deinem Projekt zu tun?«

»Ja«, erwiderte Elias zögerlich. »Ja, das hat es. Beim Lesen dieses Buches ist etwas mit mir geschehen. Ich konnte nicht mehr aufhören, darüber nachzudenken. Ich habe mich gefragt, warum sie mir genau dieses Buch gegeben hat. Ob es zufällig ausgewählt war, oder ob sie sich dabei etwas gedacht hat. Aber sie kennt mich ja gar nicht, wie sollte das also möglich sein? Ich muss immer wieder über sie nachdenken. Ich kenne nicht einmal ihren vollen Namen, weiß nur, dass wir den gleichen Nachnamen haben. Ich habe sie nur kurz das eine Mal am Tag ihres Einzugs gesehen. Mit einer tief ins Gesicht gezogenen Mütze und in einem schweren Wintermantel. In der Dämmerung an einem grauen Wintertag. Ich habe also keine Ahnung, wie sie aussieht. Nicht einmal, ob sie jung oder alt ist. Oder warum sie so lebt, wie sie lebt. Warum sie nie ihre Wohnung verlässt, warum sie nie die Lichter anschaltet. Ich vermute, dass sie keinen Kontakt zu ihren Nachbarn möchte. Aber warum das so ist, weiß ich nicht. Vielleicht muss ich aus diesem Grund ständig an sie denken. Also habe ich begonnen, sie zu zeichnen. Zuerst eine kleine Skizze, nur so zum Spaß. Eine Kritzelei, weißt du? Dann wurde es zu einem dunklen Schatten, der auf schmutzigen, matschigen Schnee fällt. Und inzwischen ...«

Elias verstummte.

»Inzwischen ist daraus eine Geschichte geworden. Zumindest der Anfang einer Geschichte. Ich nenne die Geschichte *Die Amsel*.«

Sie aßen schweigend weiter. Dann legte Elias erneut seine Gabel beiseite.

»In meinen Zeichnungen ist die Frau zu einem Vogel geworden. Zuerst war sie ein armes, zerzaustes Vögelchen, das am falschen Ort gelandet ist, in jeder Hinsicht. Halb tot. Und dann ... ich konnte einfach nicht aufhören, mich zu fragen, was mit ihm passieren würde. Warum er mitten im Winter hier landet. Und wohin er will.«

Er blickte auf.

»Du hältst das Ganze sicher für ziemlich verrückt.«

Seine Finger verfolgten ein unsichtbares Muster auf der Tischplatte.

»Ich werde dir nichts weiter davon erzählen. Zumindest noch nicht. Wir werden sehen, wie es sich entwickelt.«

Otto räusperte sich.

»Es klingt ganz und gar nicht verrückt. Ich verstehe es vielleicht nicht völlig, aber ich kann mir vorstellen, dass dich das fasziniert. Mach einfach weiter!« Er klopfte auf das Buch, das noch immer auf dem Tisch lag.

»Elias, du hast, ohne es zu *müssen*, ein ganzes Buch gelesen. Stell dir das mal vor! Ich denke, am besten machst du einfach weiter, und dann wirst du sehen, wohin es dich führt.«

»Ich bleibe noch eine Weile dran, und dann zeige ich es dir. Dann kannst du mir bei der Entscheidung helfen, ob es sich lohnt, es fertigzustellen.«

»Ich fühle mich geehrt, Elias«, erwiderte Otto und lachte ein wenig. »*Die Amsel.*« Er ließ sich die beiden Worte auf der Zunge zergehen.

Dann stand er auf und begann den Tisch abzuräumen. Elias half ihm, und Otto stellte den Nachtisch heraus. Selbstgemachter Apfelkuchen.

»*Turdus merula.*«

»Wie bitte?«

»Das ist der lateinische Name für die Amsel.«

Elias lachte. »Ich dachte, du meinst den Kuchen.«

Otto lächelte und setzte sich wieder.

»Unglaublich, dass es der schwedische Nationalvogel ist. Man würde annehmen, dass es da etwas... na ja, etwas Schwedischeres gäbe. Wie ... wie zum Beispiel ein Schneehuhn. Aber die Wahl fiel auf die Amsel. Für mich ist die Amsel zu exotisch für Schweden, zu geheimnisvoll für dieses praktische Land. Aber sie singt wunderbar. Traurig und zugleich auch beruhigend.«

Sie saßen noch eine Weile zusammen, bevor sich Elias erhob.

»Vielen Dank, Otto. Wie immer ein wunderbares Essen. Ich muss jetzt nach unten und weiterarbeiten.«

Otto folgte ihm ins Treppenhaus.

Dort legte er seine Hand auf Elias' Schulter.

»Weißt du, wonach ich mich um diese Jahreszeit am meisten sehne? Nach der Rückkehr der Amsel. Wenn sie hinten im Hof erscheint, öffne ich immer mein Fenster, um sie singen zu hören. Es gibt nichts Schöneres, als in der Dämmerung an meinem Küchentisch zu sitzen und ihrem Gesang zu lauschen. Aber noch dauert es ein Weilchen, bis sie wiederkommt.«

SIEBEN

Etwas hatte sich verändert.

Sie versuchte zu verstehen, was genau. Es lag nicht am Wetter, das sie meist nicht weiter tangierte. Die vergangenen Tage waren ruhig und windstill gewesen, und doch blieb der Ausblick aus dem Fenster der gleiche. Grauer Himmel, kahle Bäume. Eine Art von innehaltender Stille. Viel heller war es noch nicht geworden, obwohl der Frühling nahte. Nein, die Dunkelheit kam wie zuvor zu ihr. Und ebenso die Frau in Grün. Doch auch sie hatte sich fast unmerklich verändert. In ihren Begegnungen schwang eine größere Dringlichkeit mit. Und ein leiser Vorwurf. Sie trafen sich noch immer in völliger Lautlosigkeit. Aber etwas war anders, obgleich sie nicht den Finger darauflegen konnte. Richtete die Frau ihren Rücken vielleicht ein bisschen gerader auf, oder war ihre Haltung ein bisschen steifer als früher? Hatte sich die Art und Weise, wie sie ihren Kopf hielt, minimal verändert? Oder war das Licht um sie herum um ein Quäntchen schwächer geworden, wodurch sich die Schatten verlängerten? Was auch immer es sein mochte – sie hatte jetzt das Gefühl, als läge etwas seltsam Anklagendes in der Luft. Als hätte sie etwas getan, was die Frau am Klavier verurteilte.

Der Tag, an dem sie eine Entscheidung hinsichtlich ihrer Essenssituation treffen musste, rückte näher. Sie brauchte dringend frische Lebensmittel. Selbst wenn sie ihre Zähne putzte, ohne das Licht im Badezimmer anzuschalten, sah sie dennoch den blutigen Speichel im Waschbecken, wenn sie ihren Mund ausspülte. Es war schon lange her, seit sie das letzte Mal Obst oder Gemüse zu sich genommen hatte. Nur immer diese verdammten Tütensuppen aus einer Tasse. Aber Einkäufe machen bedeutete, dass sie sich anziehen musste. Dass sie nach draußen musste. Dass sie Leute treffen musste.

Sosehr sie sich auch anstrengte, es wurde immer schwieriger, diese Gedanken erfolgreich zu verdrängen.

Eine Woche, nachdem sie das Buch mit der seltsamen Zeichnung zurückbekommen hatte, entdeckte sie einen großen Umschlag auf ihrem Fußabstreifer. Kein Name, keine Adresse, keine Briefmarke – nur ein schlichter weißer Umschlag. Sie stand einen Moment lang da und starrte ihn an, ehe sie ihn aufhob. Ohne ihn zu öffnen, legte sie ihn auf den Küchentisch. Dann machte sie sich eine Tasse Tee und begann damit durch die Wohnung zu laufen.

Warum gelang es ihr nicht, diesen Umschlag einfach auf den Stapel mit der anderen Post zu legen und zu vergessen? Aus irgendeinem Grund war ihr das nicht möglich. Wenn sie unter der Küchentür stand, sah sie ihn schimmernd weiß auf dem Tisch liegen. Sie wollte nicht an das Leben da draußen erinnert werden. Und doch wurde sie wie magisch davon angezogen. Sie trat an den Tisch. Stellte die Tasse beiseite und nahm den Umschlag in die Hand. Er war nicht versiegelt.

Er enthielt eine Zeichnung.

Diese hier hatte mit der, die sie im Buch gefunden hatte, nichts gemeinsam. Sie ließ die Fingerspitzen über das Papier wandern. Diese Zeichnung zeigte kein Muster. Es war das Bild eines schwarzen Vogels vor weißem Grund. Der Vogel war federleicht, er bestand nur aus wenigen Pinselstrichen, und zugleich wirkte er so lebendig, dass man meinte, er würde jeden Augenblick auf und davon fliegen. Er schwebte vor etwas, das wie matschiger Schnee aussah. Auch der Schnee sah so real aus, dass sie die Kälte in ihren Fingern zu spüren glaubte. Sie legte das Bild wieder hin, vermochte aber den Blick nicht davon zu lösen.

Es handelte sich um kein Original, so viel war ihr klar. Es war ein Computerausdruck. Sie war keine Expertin, aber sie begriff, dass der Künstler außerordentlich begabt war. Um wen handelte es sich? Es gab weder eine Signatur noch irgendeine andere Information. Das Bild musste von ihrem Nachbarn kommen. War das sein Werk? Aber warum hatte er es ihr gegeben? Sie war verwirrt. Es hatte nichts Bedrohliches im engeren Sinne, und doch war ihr ein wenig unwohl zumute. Was wollte er von ihr? Wie nannte man das noch mal, wenn man von jemandem verfolgt wurde? Stalking. Genau. War es vielleicht das? Nein, was für ein absurder Gedanke. Er kannte sie doch gar nicht. Sie hatten sich noch nie gesehen.

Hatten sie nicht alles miteinander geklärt? Ein nachbarlicher Gefallen, gefolgt von einem Dankeschön. Sie hatte das Gleichgewicht wiederhergestellt. Eigentlich sollte sie jetzt in der Lage sein, sich in ihre beruhigende Dunkelheit zurückzuziehen. Doch stattdessen störte er erneut ihren Frieden. Drängte sich ihr auf.

Sie schluckte mehrmals. Zu ihrem Entsetzen merkte sie, wie sich ihre Augen mit Tränen füllten. Ich bin nicht traurig, dachte sie. Ich bin nur verärgert. Oder wütend. Genau, wütend, das bin ich. Über dieses Eindringen. Dass man mich nicht in Ruhe lässt.

Sie drehte das Bild um und ging in ihr Schlafzimmer, wo sie sich auf das Bett warf.

Doch die Wirklichkeit fuhr fort, sich ihr aufzudrängen.

Sie vermochte nicht länger die Ohren vor den Geräuschen zu verschließen, die von draußen kamen, oder ihre Augen vor dem Licht, das durch den Spalt zwischen den Vorhängen schien.

Es sah tatsächlich ganz danach aus, als sei die Sonne herausgekommen.

ACHT

Es war Montag, und Otto machte sich auf den Weg zum Einkaufen. Er hatte sich angewöhnt, langsamer zu gehen, wenn er an ihrer Tür vorbeikam. Natürlich blieb er nicht stehen; das wäre verdächtig gewesen, wenn sie auf das Kommen und Gehen vor ihrer Tür achtete. Er schlenderte nur langsamer über den Treppenabsatz, als er das gewöhnlich tat. Und er lauschte. Aber kein einziges Mal hörte er auch nur den geringsten Laut, bemerkte auch nur die kleinste Bewegung. Und begegnet war er ihr bisher sowieso nicht.

Ein wenig beschämt wurde ihm klar, dass er jedes Mal ein bisschen enttäuscht war. Was erhoffte er eigentlich zu erreichen? Wie lächerlich: Ein Mann mit beinahe siebzig schlich an der Tür einer Frau vorbei, die er noch nicht einmal gesehen hatte.

Die restlichen Stufen ging er hastig hinunter und verließ dann das Haus.

In den vergangenen Tagen war es sonnig gewesen. Doch die Sonne war noch schwach und gab keine Wärme ab. Dennoch kamen die Leute wieder verstärkt aus ihren Häusern. Er sah einige auf den Bänken entlang des Weges am Kirchplatz sitzen. Mutige, blasse Gestalten, die ihre Gesichter Richtung Himmel richteten. Auf einmal stellte er sich vor, wie Ertrinkende verzweifelt versuchten, nach Luft zu schnappen. Es würde noch mindestens einen Monat dauern, bis es angenehm sein würde, auf diesen Bänken zu sitzen. Heute lag eine raue Kälte in der Luft, und der Himmel begann sich bereits wieder zu verdüstern. Er hoffte, dass er es noch vor dem Regen nach Hause schaffen würde, und ging ein wenig schneller. Hastig bog er in die Östgötagatan ein.

Seitdem er mit Elias befreundet war, hatten sich die Dienstage in eine Art Haken verwandelt, woran er sein ganzes kleines Leben hängte. Den Rest der Woche verbrachte er ziellos. Hätte ihn jemand gefragt, mit was er sich tagsüber die Zeit vertrieb, hätte es ihm Mühe bereitet, sich daran zu erinnern. Außer es war ein Dienstag. Natürlich waren da seine Bücher, doch selbst die schienen in letzter Zeit etwas von ihrer Anziehungskraft verloren zu haben. Wenn er ein neues Buch in Händen hielt, ob nun gekauft oder ausgeliehen, musste er unweigerlich nach ein paar Seiten feststellen, dass es ihm irgendwie bekannt vorkam. Eine weitere Version von etwas, was er bereits gelesen hatte. Ebenso erging es ihm, wenn er das Radio anschaltete, was er auch immer seltener tat. Die Nachrichten kamen ihm nicht länger wie Nachrichten vor. Es war vielmehr Geschichte, die sich wiederholte – ein tragisches Perpetuum mobile.

Seine täglichen Spaziergänge genoss er weiterhin. Ebenso wie die Gedanken, die ihm dabei kamen, wenn er einen Fuß vor den anderen setzte. Manchmal hatte er ein Ziel vor Augen, doch meistens lief er einfach drauflos. So fand er sich etwa in Fåfängan wieder und blickte von dort über die Altstadt. Oder in Riddarholmen, wo er über den Riddarfjärden nach Söder schaute, ohne dass er sich so recht daran erinnern konnte, wie er dort hingekommen war. Und in der Zwischenzeit hatten seine Gedanken ihre eigenen Wege gefunden. Manchmal kehrten sie in die Vergangenheit zurück, und manchmal gingen sie in völlig überraschende Richtungen.

Jetzt musste er an Eva denken, vielleicht wegen der geheimnisvollen Nachbarin. Wenn Eva in seinen Gedanken auftauchte, geschah das stets als ein Bild, niemals als lebendige Frau. Sie gehörte ihm nur als eine Aneinanderreihung regloser Porträts. Sie bewegte sich nie und sagte auch kein einziges Wort. Er erinnerte sich weder an ihr Parfüm noch daran, wie sich ihre Haut unter seinen Händen angefühlt hatte. An nichts dergleichen. Nur an Bilder, die gestellt wirkten. Eva an ihrem Schreibtisch, eine Zigarette in der Hand. An ihrem Klavier. Neben dem Auto.

Er hatte sich ausgerechnet, wie lange ihr Tod nun schon her war. Achtzehn Jahre. Eine halbe Ewigkeit und zugleich nur ein Augenblick. Seit fünfzehn Jahren lebte er nun hier, lief dieselben Straßen entlang, erledigte seine Einkäufe, besuchte dieselbe Bücherei. Nichts weiter. Vielleicht war es ein Fehler gewesen, das Geschäft vor seinem sechzigsten Geburtstag zu verkaufen und in Ruhestand zu gehen. Wobei er ja eigentlich nicht sofort in Rente gegangen war. Er hatte noch einige Jahre im Laden geholfen, ihn weiterzuführen, bis er zu der Einsicht gekommen war, nichts weiter beitragen zu können. Er erinnerte sich noch gut daran, wie besorgt er wegen des Verkaufs gewesen war. Doch sein Antiquariat war bekannt, eines der besten des Landes, und das Kaufangebot war ausgezeichnet gewesen. Er würde genug Geld haben, um gut davon zu leben, wenn er auch nicht gerade im Luxus schwamm. Zusammen mit der Summe für den Verkauf des Reihenhauses und dem Geld aus Evas Lebensversicherung hatte er wahrlich genug. Seine Bedürfnisse waren sowieso bescheiden.

Er und Eva hatten nie viel ausgegeben. Was genau genommen merkwürdig war. Eva sah wie eine Frau aus, die für Luxus und Extravaganzen geboren zu sein schien. Doch in Wahrheit stimmte das gar nicht. Allerdings gab es auch absolut keinen Verhandlungsspielraum über das, was sie wollte, *wenn* sie etwas wollte. Ein kleines Reihenhaus in Västertorp und ein alter Volvo Amazon. Hier und da mal ein Urlaub in Paris oder in Rom. So lauteten ihre Forderungen. Und zwar wortwörtlich: Sie forderte ein, was sie wollte, als wäre es ihr gutes Recht.

Im Nachhinein begriff Otto, dass er mit dem Verkauf seines Geschäfts großes Glück gehabt hatte. Wahrscheinlich wäre er dem raschen Wandel in seiner Branche nicht gewachsen gewesen. Er hatte genau zum richtigen Zeitpunkt verkauft. Nachdem er den Laden ganz verlassen hatte, vermied er es, die Straße zu nehmen, in der er lag. Mittlerweile war er sowieso geschlossen. Und Otto bewegte sich seit einigen Jahren in kleineren Kreisen und kam nur noch selten bis nach Vasastan. Seine üblichen Routen reichten jetzt bis nach Skanstull und hinunter nach Hornstull, nach Danvikstull und in die Altstadt. Sehr selten gab es einen Grund für ihn, woanders hinzufahren. In der Götgatan lag eine Buchhandlung, und am Medborgarplatsen befand sich die Bibliothek. Wenn man allerdings bedachte, was er heute von neuen Büchern hielt, konnte er genauso gut die Bücher noch einmal lesen, die er bereits hatte.

Er bemerkte, dass er vor dem Supermarkt stand. Die ersten Regentropfen fielen aus dem düsteren Himmel herab, als er durch die aufgleitenden Glastüren trat. Er musste überlegen, was er eigentlich einkaufen wollte.

Morgen war Dienstag.

NEUN

Sie hörte, wie der Regen gegen das Fenster trommelte. Regen war gut. Sie mochte das Geräusch. Sie hatte keine Ahnung, ob es der Regen war, der sie geweckt hatte, doch jetzt war sie hellwach. Fuhr ein Auto draußen vor dem Fenster vorbei, sah sie dem Lichtstrahl zu, wie dieser über die Decke oberhalb ihres Bettes wanderte. Im ganzen Haus herrschte Stille. Das war ihre Zeit. Dennoch fühlte sie sich diesmal ruhelos. Sie stand auf.

Ein Arm steckte bereits in ihrem Morgenmantel, als sie das Geräusch vernahm. Sie hielt inne und lauschte. Es war draußen. Sie hatte keine Ahnung, was es war. Das Fenster stand einen Spaltbreit offen, und sie hörte etwas, das wie ein unterdrücktes Stöhnen klang. Zuerst glaubte sie, es sei ein Tier. Vielleicht eine Katze? Katzen machten im Frühling seltsame Geräusche. Sie zog den Morgenmantel enger um sich und ging zum Fenster. Draußen war nichts zu sehen, die Straße leer. Gerade als sie sich wieder abwenden wollte, glaubte sie, eine Bewegung in der Nähe der Mauer direkt unter ihrem Fenster zu sehen – oder vielmehr zu spüren. Es war unmöglich, etwas zu sehen, ohne sich aus dem Fenster zu lehnen. Noch ein Geräusch. Ein Kratzen, wie Schuhe auf dem Bürgersteig. Wie ein Schlurfen. Dann eine menschliche Stimme, aber keine Worte, die sie ausmachen konnte. War es ein schwacher Ruf nach Hilfe? Langsam öffnete sie das Fenster, stützte sich mit den Händen auf das Fensterbrett und beugte sich vor, um nach unten sehen zu können.

Er lag auf der Seite, als ob er den Schutz der Mauer suchen würde. Da war so viel Blut, dass sie sein Gesicht nicht erkannt hätte, selbst wenn sie ihm schon einmal begegnet wäre. Aber sie wusste, wem diese Lederjacke gehörte, die der Mann trug.

Niemand sonst war in der Nähe, soweit sie das sehen konnte.

Sie schloss das Fenster. Stand einen Moment lang unsicher da. Dann eilte sie zu ihrer Wohnungstür, schlüpfte in ihre Stiefel und trat ins Treppenhaus hinaus. Sie ließ ihre Tür offen, rannte die Treppe hinunter und öffnete die schwere Haustür.

Er hatte sich nicht bewegt.

Sie kniete sich neben ihn und tastete mit ihren Fingern nach seinem Handgelenk. Es war kalt und feucht, aber sie konnte einen Puls spüren. Überall war Blut. Eine tiefe Platzwunde über seinem Auge. Auch mit seiner Nase schien etwas nicht zu stimmen. Helleres Blut kam bei jedem Atemzug herausgesprudelt. Sie merkte, dass sie sinnlos in der Luft herumfuchtelte, als ob sie nicht wüsste, was sie mit ihren Händen tun sollte. Ebenso unsinnige Laute kamen aus ihrem Mund. Sie hörte, wie sie aufstöhnte.

Ihr Nachbar gab ein röchelndes Geräusch von sich und öffnete das eine Auge, das nicht zugeschwollen war. Er versuchte, sich zu bewegen, doch sein Kopf sank wieder auf den Bürgersteig.

Dann sagte er etwas. Sie verstand ihn nicht und beugte sich weiter vor.

»Holen Sie Otto«, keuchte er. »Otto Vogel. Oben.«

Er schloss das Auge wieder, und sie sah, wie erneut Blut aus seinem Mund lief. Auf einmal merkte sie, dass sie zitterte. Ob vor Kälte oder aus Schock wusste sie nicht. Sie wollte etwas für ihn tun, ehe sie Hilfe holte, aber sie hatte keine Ahnung, was. Also stand sie auf und stürzte ins Haus. Im Treppenhaus neben der Eingangstür las sie die Namensschilder und entdeckte einen »O. Vogel« im zweiten Stock. Sie hastete die Treppe hinauf und klingelte an der Tür, noch ehe sie sich fragte, wie viel Uhr es eigentlich war. Und ehe ihr auffiel, dass sie nur ihren Morgenmantel anhatte. Ungeduldig drückte sie ein zweites Mal auf die Klingel, bevor sie kurz darauf Schritte hörte, die sich näherten. Die Tür wurde ein wenig geöffnet.

»Tut mir leid, aber es gab einen Unfall«, sagte sie. »Ihr Nachbar... mein Nachbar... hatte einen Unfall.« Sie merkte, wie ihre Stimme brach. »Blom, er heißt Blom«, fügte sie hinzu. »Er liegt auf dem Bürgersteig vor der Haustür. Alles ist voller Blut, und ich weiß nicht, was ich tun soll...« Jetzt begann sie zu schluchzen.

Die Tür wurde weiter geöffnet, und sie fand sich einem kleinen, älteren Mann gegenüber, der hastig versuchte, sich einen gestreiften Morgenmantel überzuziehen. Er trug sonst nichts außer einer weißen Unterhose und war barfuß.

»Elias! Ist es Elias?«, fragte er.

Ohne zu antworten, drehte sie sich um und rannte erneut die Treppe hinunter auf die Straße.

Er lag noch immer so da, wie sie ihn zurückgelassen hatte.

Otto kam herbeigerannt und kniete sich neben ihn. Elisabeth merkte, dass er noch immer barfuß war.

»Elias!«, rief er. »Elias, kannst du mich hören?« Mit dem Ärmel seines Morgenmantels tupfte er das Gesicht des jungen Mannes ab. »Oh, Elias, was haben sie dir angetan?«, schluchzte er.

Elias öffnete erneut das eine Auge.

»Hilf mir«, flüsterte er so leise, dass man ihn kaum verstand.

Otto beugte sich vor und musterte eingehend Elias' Gesicht.

»Du brauchst einen Krankenwagen, Elias«, sagte er und wollte aufstehen. Doch Elias streckte die Hand aus, und Otto kniete sich erneut neben ihn.

»Keinen Krankenwagen«, wisperte Elias.

»Du musst in ein Krankenhaus«, erwiderte Otto, der nun Elias' Hand hielt. »Ich komme mit. Aber hier kannst du nicht bleiben. Wir versuchen jetzt, dich ins Haus zu bringen.«

»Bitte, helfen Sie mir.« Otto sah Elisabeth an. »Helfen Sie mir mit ihm.«

Gemeinsam gelang es ihnen, Elias erst einmal aufzurichten und an die Hausmauer zu lehnen. Er atmete röchelnd. Es war offensichtlich, dass er große Schmerzen hatte.

Die beiden standen neben ihm und sahen sich an.

»Ich denke, wir sollten versuchen, ihn ins Haus zu bekommen«, meinte Otto. Er kniete sich erneut neben Elias. »Glaubst du, dass du die ersten paar Stufen hochkommst, wenn wir dich halten, Elias?«

Elias streckte die Hände aus.

»Wenn Sie sich neben die Wand stellen, um sich notfalls abzustützen, und wir ihn unter den Armen nehmen, dann glaube ich, dass wir ihn hochziehen können«, sagte Otto. »Kommen Sie, wir versuchen es.«

Langsam und vorsichtig zogen sie Elias auf die Füße. Einen Moment lang standen alle drei da und lehnten sich an die Mauer. Dann legte Otto den Arm um Elias' Schultern. Elias stöhnte. Otto gab Elisabeth ein Zeichen, den anderen Arm zu nehmen.

»Ein Schritt nach dem anderen, immer ganz langsam, ein Schritt nach dem anderen«, erklärte Otto, während sie sich stockend auf die Tür zubewegten. Er bat Elisabeth, auf den Türöffner zu drücken, und als dieser klickte, schob er die Tür mit der Schulter auf. Die ganze Zeit über lehnte sich Elias mit seinem vollen Körpergewicht auf die beiden. Einen Moment lang befürchtete Elisabeth, dass sie ihn nicht länger halten könnte.

Sie schafften es dennoch ins Haus.

»Jetzt sind es nur noch wenige Schritte, Elias. Dann lassen wir dich wieder herunter. Hast du deine Schlüssel in der Tasche?«

Schwach schüttelte Elias den Kopf.

»Die haben sie mitgenommen«, flüsterte er kaum hörbar.

»Können wir ihn für den Moment in Ihre Wohnung legen?«, wollte Otto wissen und sah Elisabeth fragend an. Sie erwiderte stumm seinen Blick.

»Währenddessen werde ich schnell nach oben rennen, mir etwas überziehen und ein Taxi rufen«, erklärte er. »Wir müssen ihn in ein Krankenhaus bringen.«

»Ja, ja natürlich«, erwiderte sie. »Es ist nur nicht... ja, ja natürlich.«

Als sie ihre Wohnung betraten, tastete Elisabeth nach dem Lichtschalter. Als das Licht anging, stach ihr ins Auge, wie andere ihr Zuhause erleben mussten. Aber sie versuchte, sich auf Elias zu konzentrieren. Sie führten ihn in ihr Schlafzimmer und ließen ihn dort vorsichtig auf das Bett sinken. Der ältere Mann schien den Zustand ihrer Wohnung überhaupt nicht zu bemerken. Elisabeth rannte ins Badezimmer und kam mit einem Handtuch zurück, das sie Otto gab, der auf der Bettkante saß.

Im Licht sah Elias noch schlimmer aus als unten auf der Straße.

»Es steht völlig außer Frage, Elias. Du musst in ein Krankenhaus«, erklärte Otto und tupfte Elias behutsam das Blut vom Gesicht.

Er stand auf.

»Ich bin gleich wieder da«, sagte er zu Elisabeth, während er den Gürtel seines Morgenmantels enger band.

»Otto. Otto Vogel«, fügte er auf einmal hinzu und streckte ihr seine Hand entgegen.

»Elisabeth. Elisabeth Blom«, entgegnete sie und schüttelte seine Hand.

»Ich bin gleich zurück.« Damit stürzte er aus der Wohnung.

Elisabeth hörte die raschen Schritte seiner nackten Füße, während sie sich langsam auf das Bett setzte. Es war nicht klar, ob Elias noch bei Bewusstsein war. Er atmete unregelmäßig, und noch immer tropfte Blut aus seiner Nase.

Sie beugte sich vor und betrachtete ihn. Zu ihrer eigenen Überraschung begann sie sanft über seine feuchten Haare zu streicheln.

ZEHN

Der Taxifahrer, ein kräftiger Mann, hatte einen Arm um Elias' Rücken gelegt, während Otto von der anderen Seite half. Die Gruppe bot einen seltsam schiefen Anblick, als sie unsicheren Schrittes über den Treppenabsatz wankte und dann langsam Stufe für Stufe nahm, um nach unten zu gelangen.

Einen Moment lang blieb sie an der Tür stehen und hörte, wie die Haustür geöffnet und wieder geschlossen wurde. Otto sagte etwas zu dem Fahrer, die Autotür schlug zu, und das Taxi fuhr davon.

Langsam und nachdenklich kehrte sie zu ihrem Schlafzimmer zurück und blieb dort auf der Schwelle stehen. Sie schaltete das Licht an.

Auf dem Kopfkissen und dem Laken war Blut. Doch das war es nicht, was ihre Aufmerksamkeit erregte. Sie sah sich in dem Zimmer um, als ob sie es zum ersten Mal sehen würde. Was sie in gewisser Weise auch tat.

Hier gab es kein anderes Möbelstück als das Bett und einen offen stehenden Schrank, in dem ein paar Kleidungsstücke auf Plastikbügeln hingen. Alles andere befand sich immer noch in drei großen Umzugskartons, die an der Wand entlang aufgereiht waren. Ein weiterer Karton diente als Nachttisch. Auf dem Parkettboden lagen keine Teppiche. An den Fenstern hingen Vorhänge, die allerdings nicht ihr gehörten. Sie waren bereits in der Wohnung gewesen, ebenso wie die Lampe – eine nackte Birne in der Mitte der Zimmerdecke. Sie verbreitete ein hartes Licht.

Elisabeth zog die Laken und den Kopfkissenbezug ab und brachte sie ins Badezimmer. Dann bezog sie das Bett frisch und setzte sich ans Fußende. Sie zog den Morgenmantel enger um sich. Ihr war kalt. Der Morgenmantel war von dem Regen draußen feucht geworden, und ihre nackten Füße sahen bleich aus. Sie strich sich mit einer Hand über die Wangen. Sie hatte nicht die geringste Ahnung, wie sie aussah. Nachdenklich fuhr sie sich durch das Haar. Es fühlte sich strähnig und zerzaust an. Elisabeth war erschöpft – sowohl körperlich als auch geistig.

Irgendwann erhob sie sich, schaltete das Licht wieder aus, kletterte ins Bett und zog die Decke über sich. Jetzt gab es keine Geräusche mehr – weder in ihrem Inneren noch draußen. Sie lag auf dem Rücken und hatte beide Hände über der Brust gefaltet.

»Es ist zu schwer«, flüsterte sie in das dunkle Zimmer hinein. »Ich kann nicht noch einmal anfangen. Nicht jetzt. Nie mehr.«

Sie drehte sich zur Seite und begann ins Kissen zu weinen.

Es herrschte völlige Dunkelheit. Sie hatte sich in ihrem Morgenmantel verfangen und war schweißgebadet. Die Frau in Grün saß an ihrem Klavier, das Gesicht ihr teilweise zugewandt. Sie konnte nun ihr Profil erkennen. Die Frau war noch immer stumm, aber die Irritation war ihr deutlich anzumerken. Der Vorwurf. Dennoch hatte es etwas Befriedigendes, sie erneut zu sehen. Sie um sich zu haben. Alles andere wurde in diesen Momenten unwichtig, und es gab nur noch sie beide.

Ich gehöre hierher, dachte Elisabeth. So muss es sein. Nur so.

Sie lag reglos da. Wartete.

Sie wachte mit ausgetrocknetem Mund und noch immer verschwitzt auf. Es war helllichter Tag. Die Sonne hatte zwar noch nicht ihr Fenster erreicht, aber sie sah, dass draußen ein klares Licht herrschte.

Sie befreite sich aus ihrem Morgenmantel und ließ ihn auf den Boden fallen. Im Badezimmer stellte sie sich vor den Spiegel. In dem fensterlosen Raum war es dunkel. Einen Augenblick lang hielt sie die Hand auf dem Lichtschalter, ehe sie das Licht anschaltete. Die Reihe von kleinen Lampen oberhalb des Spiegels knisterte kurz, ehe sich das kalte Licht im Raum ausbreitete und ihr Gesicht erhellte.

Sie betrachtete ihr Spiegelbild. Runzelte die Stirn und lehnte sich nach vorne. Sie spürte keinerlei Verbindung zu dem Menschen, den sie da sah. Fast war es so, als ob die Erinnerung an sie selbst völlig gelöscht worden wäre und sie sich nicht sicher war, ob sie die Beziehung überhaupt wieder aufnehmen wollte.

Sie stieg in die Badewanne und drehte die Dusche an. Seifte sich von Kopf bis Fuß ein. Wusch alles ab. Fing noch mal von vorne an. Wiederholte es ein drittes Mal.

Als sie ins Schlafzimmer zurückkehrte, wühlte sie in den Umzugskisten herum, bis sie ein T-Shirt und eine Jogginghose fand.

Gerade als sie im Badezimmer fertig war, klingelte es an ihrer Tür. Eigentlich klingelte es nicht richtig, da war nur dieses Klickgeräusch der zum Schweigen gebrachten Glocke. Sie erstarrte.

Dreimal. Dann hörte es auf.

Dann klopfte es dreimal an der Tür.

Sie schlich in den Flur, wobei ihre nackten Füße nicht das geringste Geräusch machten.

Draußen vor der Tür vernahm sie Schritte, die über den

Treppenabsatz liefen und ansetzten, die Stufen in den nächsten Stock hinaufzugehen.

Ganz langsam öffnete sie die Tür und starrte durch den schmalen Spalt ins Treppenhaus hinaus.

»Oh, tut mir leid. Ich bin es«, sagte Otto und kehrte auf den Treppenabsatz zurück. »Ich dachte nur, Sie würden vielleicht gerne hören, wie es gelaufen ist.« Er trat zu ihr. »Im Krankenhaus.«

Sie antwortete nicht, schloss aber auch nicht die Tür.

»Vier gebrochene Rippen, die Nase gebrochen, ebenso das Schlüsselbein. Zwölf Nähte im Gesicht und eine starke Gehirnerschütterung. Außerdem ein loser Zahn, den sie vielleicht noch retten können. Natürlich haben sie ihn gleich dortbehalten.«

Er schwieg einen Moment lang.

»Es ist widerlich. Sie haben ihn im Gesicht angegriffen, als er sich weigerte, sich zu verteidigen. Er hat mir gesagt, dass er nur daran dachte, seine Hände zu schützen. Sie wissen das vielleicht nicht, aber Elias ist ein Künstler. Seine Hände sind seine Werkzeuge.« Erneut hielt er inne und sah sie fragend an.

Sie nickte.

»Sie haben sein Portemonnaie und seine Schlüssel gestohlen.« Noch immer fassungslos schüttelte er den Kopf. »Ich will jetzt nach oben und den Schlüsseldienst anrufen, damit die Schlösser ausgetauscht werden. Man weiß ja nie. Außerdem haben sie seine Kreditkarten und seinen Führerschein. Er will sie nicht anzeigen. Ich habe keine Ahnung, warum nicht. Aber ich kann ihn nicht dazu zwingen. Ich kann nur versuchen, ihm so gut wie möglich zu helfen.«

Sie sagte noch immer nichts, und eine Weile herrschte ein etwas unangenehmes Schweigen.

»Na ja, ich gehe dann lieber nach oben«, meinte er schließlich. Er wollte sich gerade zum Gehen wenden, hielt dann aber noch einmal inne.

»Hören Sie. Heute ist Dienstag.« Er schien ein wenig zu zögern. »Am Dienstag essen Elias und ich immer gemeinsam bei mir zu Abend. Es ist zu einer Gewohnheit geworden. Ich koche etwas, und er kommt rasch nach oben, und wir essen gemeinsam. Heute nicht, verständlicherweise.«

Er zuckte mit den Achseln und wirkte dabei ein wenig unsicher.

»Also ... na ja, hätten Sie vielleicht Lust ... Ich habe schon fast alles vorbereitet. Es ist nichts Besonderes. Ganz ungezwungen. Falls Sie Lust haben.«

Sie stand einen Moment lang wie erstarrt unter der halb offenen Tür.

»Danke. Aber leider ist das nicht möglich«, erwiderte sie leise. »Nicht jetzt.«

»Ich verstehe«, meinte er. »Vielleicht ja dann ein andermal?«

Sie nickte.

»Also, dann auf Wiedersehen«, sagte er. »Ich werde Sie wissen lassen, wie es Elias geht.« Auf einmal wirkte er auf eine altmodische Weise recht förmlich, als würde er sich gleich an den Hut fassen, wenn er einen getragen hätte.

Er verschwand die Treppe hinauf, während sie die Tür schloss.

Es war Abend. Sie saß in der Küche, die Zeichnung von Elias vor sich, als sie erneut Schritte hörte. Wieder hielten sie vor ihrer Tür an. Sie wandte den Kopf zum Flur und lauschte. Nach einer Weile hörte sie, wie er weiterging. Warum hatte er nicht geklopft? Sie war sich sicher, dass es erneut Otto gewesen war. Was wollte er diesmal? Hatte er vor der Tür seine

Meinung geändert? Sie stand auf und ging langsam auf die Wohnungstür zu.

Als sie die Tür öffnete, war er nicht mehr da. Aber auf dem Boden neben der Tür stand eine Einkaufstüte. Sie hob sie vorsichtig hoch, unsicher, ob sie damit irgendetwas zu tun haben wollte. Doch dann ging sie mit der Tüte in der Hand zurück in die Wohnung.

Sie stellte sie auf die Küchentheke. Elisabeth glaubte, den Geruch von Essen wahrzunehmen. Als sie die Tüte öffnete, entdeckte sie einen Plastikbehälter mit blassen Fleischbällchen, Brokkoli und Reis. In einem kleinen Plastikbeutel befand sich ein Stück Weichkäse, und dann war da noch ein Pfirsich.

Und ein Buch.

Sie holte das Buch heraus. Es war eine abgegriffene Ausgabe von *Der Werwolf* von Aksel Sandemose. Sie kannte den Roman nicht, obwohl ihr natürlich Sandemoses Name geläufig war. Und der Titel. Es war eines jener Bücher, von denen sie das Gefühl hatte, sie schon immer zu kennen und irgendwie in sich aufgesogen zu haben, ohne sie tatsächlich zu lesen.

Sie setzte sich an den Küchentisch und schlug das Buch irgendwo auf.

Hatte auch sie Angst, ihre Identität zu verlieren? Für immer, falls sie nicht achtgab? Vielleicht war das, was man Persönlichkeit nannte, gar nicht so tief verwurzelt, wie man allgemein glaubte? Möglicherweise regte sich hinter solchen Ideen der leise Verdacht, dass man in Wahrheit nie irgendeine Identität oder Persönlichkeit besessen hatte – sondern dass man eine Illusion, einen Schwindel lebte.

Hastig schlug sie das Buch zu und legte es beiseite.

ELF

Elias war noch immer im Krankenhaus. Es stellte sich heraus, dass er innere Blutungen erlitten hatte. Seine Milz war gerissen, und er musste operiert werden. Otto besuchte ihn jeden Tag und berichtete pflichtbewusst Elisabeth davon, sobald er nach Hause zurückkehrte.

Sie stellte fest, dass sie auf sein Klopfen an der Tür wartete. Sich vielleicht sogar darauf freute. Schließlich stieg sie auf einen Stuhl und zog das Toilettenpapier aus der Klingel.

Das Essen hatte sie zu sich genommen und das Buch gelesen. Bei beiden Dingen verspürte sie widersprüchliche Gefühle. Sie hatte nicht vorgehabt, die Mahlzeit zu essen, sondern wollte die Tüte wieder an ihren Fundort zurückstellen. Doch dann hatte sie die Plastikdose geöffnet, einen Happen versucht und alles aufgegessen. Der Geschmack der – wie sich herausstellte – gebratenen Fischbällchen war überwältigend. Als sie schließlich den Pfirsich nahm und in das saftige Fruchtfleisch biss, wurde sie von einem Gefühlsausbruch übermannt. Sie raste ins Badezimmer und musste sich übergeben. Doch der Geschmack blieb. Es war so, als ob etwas, das sie zu unterdrücken versucht hatte, wieder an die Oberfläche drang.

Und dann das Buch. Sie verstand nicht, warum er ihr das Buch gegeben hatte. Weshalb er genau dieses für sie ausgewählt hatte. Die einzigartige, schöne Felicia mit Vögeln in ihren Haaren. Und der unbezähmbare Erling. Ihre dem Untergang geweihte Liebe, die dennoch nicht zu zerstören war.

Warum bewegte sie das derart? Sie musste ständig daran denken. Als sie das Buch zu Ende gelesen hatte, begann sie von Neuem, diesmal mit einem Bleistift in der Hand. Schließlich war das gesamte Deckblatt mit Seitenverweisen vollgeschrieben. Das Buch sprach zu ihr, tat das aber in einer Sprache, die sie nicht ganz verstand. Sie forderte sie dazu heraus, es immer und immer wieder zu versuchen – auf der Jagd nach einer Einsicht, die in dem Text verborgen zu sein schien.

Es war eine Woche voll sonniger Frühlingstage gewesen. Die Luft, die durch das offene Schlafzimmerfenster hereinkam, brachte den Geruch von trockenem Sand auf dem Bürgersteig mit sich. Die Nächte waren keine beruhigenden Zeiträume ununterbrochener Dunkelheit mehr. Elisabeths Frieden wurde mit jedem Tag mehr beschnitten. Die Besuche der Frau in Grün nahmen ab. Wenn sie kam, schien sie sich mehr und mehr aufgelöst zu haben. Ihre Erscheinung wurde allmählich immer konturloser. Als ob sie unwiderruflich zu verblassen begonnen hätte.

Eines Tages fand Elisabeth eine Notiz von Otto auf ihrem Fußabstreifer. »Ich gehe morgen einkaufen. Kann ich Ihnen etwas mitbringen?« Sie zerknüllte das Papier und warf die Kugel in den Mülleimer unter dem Spülbecken. Doch sie musste immer wieder über sein Angebot nachdenken. Nach einiger Zeit konnte sie an nichts anderes mehr denken. Das war die Gelegenheit für sie, den gefürchteten Gang nach draußen vermeiden zu können. Aber die Auswirkungen davon schreckten sie gleichermaßen ab. Sie würde einen weiteren Gefallen annehmen.

Letztlich tat sie gar nichts.

Doch am nächsten Tag entdeckte sie erneut eine Tüte vor ihrer Tür. Sie kannte inzwischen das Geräusch seiner Schritte, und sie hörte, wie er vor ihrer Tür stehen blieb. Als sie später nachsah, stand die Tüte da. Eine volle Einkaufstüte. Zuerst schloss sie die Tür einfach wieder. Vor sich hin murmelnd lief sie eine Weile durch die Wohnung.

Dann trat sie wieder ins Treppenhaus und trug die Tüte in die Küche.

Er hatte Milch, einen Laib Brot, zwei Bananen und zwei Orangen, ein halbes Dutzend Eier, Butter und ein Stück Hartkäse für sie eingekauft. Sie nahm alles einzeln heraus und breitete es auf der Theke aus. Langsam faltete sie die Plastiktüte zusammen, ohne dabei auch nur einen Moment lang den Blick von den aufgereihten Lebensmitteln abzuwenden.

»Oh nein«, flüsterte sie.

Sie hatte wieder Hunger. Sie hatte ein Spiegelei gebraten und es auf einer Scheibe Brot gegessen. Der Geschmack war so eindrücklich gewesen, dass sie zwischen den Bissen immer wieder eine Pause einlegen musste. Danach war ihr übel gewesen, und sie hatte sich auf das Bett gelegt.

Jetzt war es Zorn und nicht mehr Tadel, den die Frau in Grün ausstrahlte. Zum ersten Mal wandte sie ihr den Kopf zu, und ihre Blicke trafen sich.

»Ich wusste, dass es ein Fehler war«, flüsterte Elisabeth. »Ich wusste es die ganze Zeit. Aber es hört nicht auf. Ein scheinbar unbedeutender Vorfall nach dem anderen. Ein Umschlag, ein Buch, eine Zeichnung. Irgendwie wurde ich da hineingezogen. Das Licht drang ein, und ich konnte nichts dagegen unternehmen. Es ist wie ein Kampf, dessen Regeln ich nicht verstehe. Was ich auch tue, ich scheine mich mehr und mehr zu verheddern. Ich werde gegen meinen Willen in etwas hineingezogen. Ich bin nicht stark genug, um dagegen anzukämpfen. Nicht stark genug, um zu widerstehen. Aber ich kann auch den Gedanken nicht ertragen, das hier zu verlassen.«

Tränen strömten ihr über die Wangen.

»Ich bin so müde, so schrecklich müde«, flüsterte sie.

Am nächsten Tag versuchte sie zusammenzurechnen, wie viel er für die Lebensmittel wohl ausgegeben hatte. Ihr letzter Einkauf war lange her, deshalb hatte sie nur eine vage Vorstellung von den Preisen. Sie nahm zwei Hundert-Kronen-Scheine aus ihrer Geldbörse und steckte sie in einen Umschlag, hielt jedoch inne, bevor sie ihn zuklebte. Entschlossen schob sie einen weiteren Geldschein hinein und hoffte, dass es genug war, um seine Ausgaben zu decken. Sie konnte es sich nicht leisten, in seiner Schuld zu stehen. Das Gefühl von Dankbarkeit war auch so bereits unerträglich.

Den Umschlag schob sie in ein Buch, das sie aus einer der Kisten im Wohnzimmer herausgeholt hatte. Ein schmales Taschenbuch. Sie zögerte. Seine Wahl des *Werwolfs* für sie zeigte, dass er ein belesener Mann sein musste. Vielleicht war es das völlig falsche Buch für ihn. Was, wenn er es schon hatte? Dann würde es seinen Zweck verfehlen. Aber aus irgendeinem Grund hatte sie instinktiv dieses Buch ausgewählt, also würde sie es dabei belassen. Sie nahm einen Füller aus dem Becher, der auf dem Tisch stand, und schrieb auf den Umschlag:

Teil zwei, Kapitel zwölf, letzter Absatz, letzte Zeile.

Abrupt stand sie auf. Sie fürchtete, dass sie ihre Meinung ändern könnte, wenn sie noch länger zögerte. Mit den Fingern fuhr sie sich durch die Haare, zog ihr T-Shirt zurecht und verließ die Wohnung.

ZWÖLF

Otto war auf dem Weg zu seinem täglichen Spaziergang, als er das Buch sah. Er lächelte.

A Book of Common Prayer.

Er kannte es nicht. Er glaubte zwar den Namen der Autorin zu kennen – Joan Didion –, aber er hatte bisher nie etwas von ihr gelesen. Er hatte das Gefühl, dass sie vor allem etwas anderes als Belletristik schrieb. Aber das hier war zweifelsohne ein Roman.

Er schlug die letzte Seite auf, wie er das immer bei einem neuen Buch tat.

Ich bin nicht der Zeuge gewesen, der ich sein wollte.

Dann schlug er die erste Seite auf und las die erste Zeile:

Ich werde ihr Zeuge sein.

Erst als er das Buch wieder schloss, entdeckte er den Umschlag. Er las die kurze Nachricht, die sie daraufgeschrieben hatte, und steckte ihn dann, ohne ihn zu öffnen, wieder in das Buch zurück. Das Buch schob er in seine Manteltasche und ging die Treppe hinunter.

In dem beinahe weißen Himmel schien eine blasse Sonne, doch noch lag keine richtige Wärme in der Luft. Dennoch setzte er sich auf eine der Bänke auf dem Kirchplatz. Er öffnete das Buch und nahm den Umschlag heraus. Seine Vermutungen bestätigten sich, als er ihn öffnete. Sie hatte ihm drei Hundert-Kronen-Scheine gegeben. Er schüttelte den Kopf. Und ein Buch.

Er hielt das Gesicht der Sonne entgegen und schloss die Augen.

Mehrere Monate, nachdem Elisabeth Blom eingezogen war, hatte sie die meisten Umzugskisten noch immer nicht ausgepackt. Ganz offensichtlich stimmte etwas nicht. Er hatte es in dem Moment gemerkt, als er ihre Wohnung betreten hatte, auch wenn er sich ganz und gar darauf konzentrierte, Elias zu helfen. Es war nicht zu übersehen. Nur ein Bett und in der Küche ein Tisch und zwei Stühle. Im Wohnzimmer nur Umzugskartons, unzählige Umzugskartons.

In jener Nacht hat er kaum registriert, wie die Frau aussah. Nicht unattraktiv, doch sie strahlte eine starke Niedergeschlagenheit aus. Ebenso wie ihre Wohnung. Erst am nächsten Tag, als er an ihre Tür geklopft hatte, bekam er die Gelegenheit, ihr Gesicht genauer zu betrachten. Manche hätten ihr Verhalten wahrscheinlich als unhöflich abgetan, aber er deutete es als Ausdruck ihrer Angst. Sie hatte die Tür nicht richtig geöffnet, sondern sie wie einen Schild zwischen ihm und ihr gehalten. Hereingebeten hatte sie ihn sowieso nicht.

Sie war groß gewachsen und schlank, mit schulterlangen dunklen, zerzausten Haaren. Er konnte das Alter von Menschen schlecht einschätzen, vermutete aber, dass sie etwa Anfang fünfzig sein musste. Etwas größer als er, aber für einen Mann war er auch recht klein. Gerade einmal ein Meter dreiundsiebzig. Inzwischen war er vielleicht sogar um einen oder zwei Zentimeter geschrumpft; er war vor langer Zeit das letzte Mal gemessen worden. Früher hatte es ihm etwas ausgemacht, dass er nicht größer war. Mittlerweile verschwendete er keinen weiteren Gedanken mehr daran.

Sie war sehr blass. Und dann war da diese Angst in ihren Augen. Wovor fürchtete sie sich so sehr? Für einen kurzen Moment hatte er das Bedürfnis, die Arme um sie zu legen. Natürlich kam er diesem Bedürfnis nicht nach.

Er öffnete das Buch, blätterte zu Kapitel zwölf und las den letzten Absatz.

Dann fing er das Buch von vorne an.

Zwei Tage später war der erste richtig warme Tag da. Der Tag, an dem die Stadt ihre jährliche wunderbare Verwandlung durchlebte. Es war ein Samstag, und plötzlich sah man überall Menschen. Fenster wurden geputzt, Türen standen offen. Fahrräder wurden herausgebracht und Grills gereinigt. Auf den Balkonen hingen Blumenkästen voll neu gesetzter Geranien und Petunien. Auf den Spielplätzen tummelten sich fröhliche Kinder. Auf einmal schienen die Farben heller und die Geräusche intensiver zu sein. Das Leben kehrte zurück.

Otto stand am Küchenfenster und schaute hinaus. Er holte tief Luft und lächelte. Nickte, als ob er eine Entscheidung getroffen hätte, ehe er seine Wohnung verließ und die Treppe hinunterging.

Er klopfte dreimal und wartete. Diesmal öffnete sie die Tür beinahe sofort, als hätte sie seine Schritte gehört. Sie hielt die Türklinke zwar noch immer fest in der Hand, doch auf ihrem Gesicht zeigte sich ein flüchtiges Lächeln, und sie nickte. Er beschloss, das als Ermutigung zu verstehen, und räusperte sich.

»Ich glaube, es wird endlich Frühling. Oder vielleicht sogar Sommer. In manchen Jahren scheint keine Zeit für den Frühling zu sein, und wir werden sofort in den Sommer geworfen. In diesem Jahr scheint es wieder so zu sein.«

Er lächelte und fuhr fort.

»Die Kirche hat ein kleines Sommercafé, und ich glaube, es hat bereits geöffnet. Ich dachte mir... na ja, ich dachte, dass man dort einen Kaffee trinken könnte. Weil das Wetter so schön ist. Es gibt Tische im Freien, und es ist sehr hübsch.«

Er sah sie an und fuhr dann entschlossen fort, ehe er sich nicht mehr traute: »Ich würde mich freuen, wenn Sie mich begleiten würden.«

Sie öffnete den Mund, doch er bedeutete ihr mit einer Geste, dass er noch etwas hinzufügen wollte.

»Es passt jetzt vielleicht nicht. Das verstehe ich. Es ist auch sehr kurzfristig. Ich verstehe, wenn es ein schlechter Zeitpunkt ist. Aber vielleicht an einem anderen Tag? Ich würde mich über Gesellschaft freuen. Ich muss zugeben, dass es ohne Elias etwas einsam ist.«

Sie ließ sich Zeit mit ihrer Antwort, und als sie schließlich sprach, richtete er erneut den Blick auf sie.

»Um wie viel Uhr?«

»Wie es Ihnen passt«, sagte er. »Ich bin nicht in Eile. Ich glaube, das Café hat den ganzen Tag offen. Jedenfalls um etwas zu trinken. Wie wäre es mit einem kleinen Mittagessen?« Er vermochte ein Lächeln nicht zu verbergen, während er ein wenig nervös auf seine Uhr blickte. »Wie wäre es, wenn ich um halb zwölf bei Ihnen klopfe? Passt das?«

Wieder musste er auf ihre Antwort warten.

»Einverstanden«, erwiderte sie schließlich.

Er spürte, wie sein Herz einen Sprung tat. Er hatte nicht mit einer Zusage gerechnet.

»Wunderbar«, sagte er. »Dann bin ich um halb zwölf wieder hier. Wir könnten über das Buch reden. Ich habe es mit großem Interesse gelesen.«

Sie erwiderte nichts, sondern nickte nur und schloss dann leise die Tür.

Otto stieg leichten Schrittes die Treppe hinauf.

Sie saßen an einem Tisch, der in der Sonne stand. Otto hatte seinen Mantel über den Stuhlrücken gehängt und war ins

Café gegangen, um ihre Bestellung aufzugeben. Als er mit einem Tablett zurückkam, sah er, dass Elisabeth ihr Gesicht der warmen Sonne entgegenhielt. Er blieb abrupt stehen und fragte sich, ob er ihr mehr Zeit allein lassen sollte.

Ich glaube, sie hat genug Zeit allein verbracht, dachte er dann. Und die Sonne wird so oder so auf sie scheinen.

Sie öffnete die Augen, als er zu ihr trat, und half ihm, die Kaffeetassen, die Gläser und die Teller mit den Sandwiches auf dem Tisch zu verteilen.

»Ah«, sagte Otto, als er sich setzte. »Ist das nicht herrlich? Sonne, Kaffee und gute Gesellschaft. Besser wird's nicht.«

Sie lächelte einen Moment lang, und Otto glaubte zu sehen, dass sie leicht errötete. Doch sie hob rasch ihre Tasse und nickte in den Kaffee, ohne etwas zu erwidern.

Er vermochte den Blick nicht von ihr zu lassen, auch wenn er sie nicht verunsichern wollte, indem er sie anstarrte. Aber sie war schön. Zweifelsohne eine echte Schönheit. Zugleich wirkte ihre Schönheit seltsam verdeckt und überschattet. Fast so, als ob sie diese verbergen wollte. Dunkle, volle Augenbrauen, eine lange schmale Nase und ein großer Mund. Besonders faszinierten ihn jedoch ihre Augen. Bernsteinfarben, jedenfalls in diesem hellen Frühjahrslicht. Sie erinnerten ihn an seine Mutter. Wie sie auf ihre Augen gezeigt hatte und zu ihm gesagt hatte: »Schau, Otto. Kannst du die Farben sehen? Es ist die Farbe, die unser Tee haben sollte. Wenn er so aussieht, kann man ihn trinken.« Auch jetzt noch, wenn er sich am Morgen einen Tee machte und ehe er einen Löffel voll Pflaumenmarmelade in die Tasse gleiten ließ, musste er an die bernsteinfarbenen Augen seiner Mutter denken. Die er geerbt hatte.

Jetzt saß er hier einer Frau gegenüber, die ebensolche Augen hatte. Aus irgendeinem Grund fühlte sich das wie ein Band zwischen ihnen an, etwas, das sie miteinander verknüpfte. Auch wenn er nichts von Wiedergeburt, Schicksal oder irgendwelchem Aberglauben hielt. Er verspürte einfach eine unerklärliche Zärtlichkeit für diese Frau. In diesem Moment, mit der Sonne im Rücken und dem Duft von Gras und Kaffee in der Nase, war Otto Vogel glücklich. Er war sich nicht sicher, ob er jemals zuvor dergleichen empfunden hatte.

Sie aßen schweigend ihre Sandwiches. Nach einer weiteren Tasse Kaffee begann Otto zögerlich zu sprechen.

»Danke für das Buch. Ich habe es mitgebracht...« Er drehte sich auf seinem Stuhl nach hinten und fasste umständlich in seine Jackentasche, hielt jedoch inne, als Elisabeth den Kopf schüttelte.

»Behalten Sie es. Ich habe sowieso zu viele Bücher.«

Otto lachte.

»Früher hätte ich mich gegen eine solche Äußerung verwahrt. Damals glaubte ich, dass man nie zu viele Bücher haben kann. Aber jetzt verstehe ich, was Sie meinen. Vielleicht brauchen wir keine weiteren Bücher. Vielleicht müssen wir nur diejenigen, die wir schon haben, aufmerksamer lesen.«

Er blickte über den Kirchplatz, wo Leute die Sonne genossen. Sie saßen auf den Bänken, lagen im Gras und spazierten die Wege entlang.

»Ich bin mein Leben lang von Büchern umgeben gewesen«, fuhr er fort. »Mein Vater arbeitete für die Druckerei eines Verlags. Er interessierte sich im Grunde nur beruflich für Bücher, nur als Ergebnisse des Druckprozesses. Meine Mutter hingegen mochte das Lesen von Büchern. Als wir nach Schweden zogen, ließ sie sich zur Bibliothekarin ausbilden. Ich kann mich nicht erinnern, dass es eine Zeit gegeben hätte, in der sie nicht las. Entweder las sie mir vor oder sie las selbst. Es war also fast unvermeidlich, dass ich einmal mit Büchern arbeiten würde. Ich habe ein Antiquariat geführt, aber das ist schon lange her. Inzwischen erinnern nur noch meine übervollen Regale an mein Leben mit Büchern. Das ist schön, aber genau wie Sie habe auch ich zu viele. Ich bin dankbar für jede Gelegenheit, eines zu verschenken. Vor allem wenn ich glaube, dass es Freude bereiten wird. Aber ich freue mich, dieses in meine Sammlung einreihen zu dürfen. Eines Tages werde ich sicher jemanden treffen, der es brauchen kann.«

Er trank einen Schluck Kaffee.

»Ich habe Elias Bücher gegeben, als wir uns kennenlernten. Er brauchte eine Weile, bis er zugeben konnte, dass er sie eigentlich nicht lesen kann. Er ist schwerer Legastheniker. Wussten Sie das? Es ist nicht so, als würden ihm die Worte fehlen oder als würde er ihre Bedeutung nicht verstehen. Er schafft es nur kaum, die Bedeutung eines geschriebenen Wortes zu erfassen und seine eigenen Ideen niederzuschreiben. Also zeichnet und malt er seine Ideen und Gedanken. Als ich begriff, was los war, fingen wir an, Bücher auf eine andere Weise miteinander zu teilen. Ich lese sie ihm nicht vor, sondern ich erzähle ihm die Geschichten so, wie ich mich an sie erinnere. Ich habe den Eindruck, dass es ihm Spaß macht. Mir macht es jedenfalls Spaß. Auf die Weise kam ich wieder mit vielen meiner alten Lieblinge in Kontakt und habe auch einiges Neues in ihnen entdeckt.«

Wieder lächelte er.

»Ich habe Ihr Buch mit großem Interesse gelesen. Aber ich habe es noch nie besonders sinnvoll gefunden, mit anderen über Bücher zu sprechen, weshalb ich Sie auch nicht mit meiner Interpretation oder Ähnlichem langweilen will. Ich bevorzuge es, die Erfahrung des Lesens zwischen mir und dem Autor abzuhandeln.«

Er hielt einen Moment lang inne, als ob er über das gerade Gesagte nachdenken müsste.

»Eigentlich stimmt das so nicht«, meinte er schließlich. »Der Autor ist im Grunde bedeutungslos. Es geht nur um den Text. Um mich und den Text. Die Erfahrungen anderer gehen nur die anderen etwas an. Ebenso verhält es sich für mich mit den Absichten des Autors. Ich lese nie Buchrezensionen. Aber seitdem ich angefangen habe, Bücher mit Elias zu teilen, wurde mir klar, dass es zwei Arten von Leseerfahrung gibt, die sich nicht unbedingt völlig ausschließen. Es gibt meine eigene persönliche Erfahrung, und es gibt unsere geteilte. Deshalb möchte ich Ihnen gerne sagen, dass ich das Buch mit großem Interesse gelesen habe und es mich dazu gebracht hat, über einige Aspekte meines Lebens nachzudenken. Das ist es meiner Meinung nach, was ein gutes Buch ausmacht. Und es ist etwas, was wir beide – Sie und ich – miteinander teilen.«

Elisabeth nickte zustimmend.

»Ich habe Ihr Buch auch genossen«, sagte sie. »Ich hatte bisher noch nie etwas von Aksel Sandemose gelesen, aber den *Werwolf* habe ich nun gleich mehrmals gelesen. Ich habe vielleicht nicht mich selbst darin wiedergefunden – jedenfalls nicht in der Geschichte –, aber es gibt da diesen Aspekt, der ... der allumfassend ist. Etwas zutiefst Menschliches. Die Aufgabe, unser Leben wirklich auszukosten. Es ganz zu leben. Während des Lesens wurde mir klar ...« Sie beendete den Satz nicht.

»Ich glaube, ein gutes Buch vermag so etwas«, erwiderte er. »Es lässt uns nachdenken. Es bringt uns dazu, über unser eigenes Leben zu reflektieren. Im Guten und im Schlechten. Ein gutes Buch schenkt uns Trost und Einsichten.«

Sie nickte.

Die Unterhaltung wandte sich Elias zu. Oder vielmehr

sprach Otto über Elias. Er erzählte Elisabeth, dass Elias höchstwahrscheinlich in der folgenden Woche das Krankenhaus verlassen konnte.

»Ich dachte, wir könnten das mit einem Abendessen bei mir feiern, sobald er dazu in der Lage ist.«

Er neigte den Kopf zur Seite und sah Elisabeth an.

Doch er bekam keine Antwort. Sie schloss die Augen und hielt ihr Gesicht der Sonne entgegen.

»Wir müssen ihn natürlich erst einmal fragen. Er spricht vor allem davon, dass er mit seinem Projekt weitermachen will. Sie wissen schon, das ...« Er biss sich auf die Lippe. Natürlich wusste sie nichts von Elias' Projekt.

»Na ja, er arbeitet immer an irgendetwas«, fuhr er vage fort. »Er ist ein ziemlich bekannter Zeichner, auch wenn das Wort nicht ganz zutrifft. Im Grunde ist er ein Künstler, und seine Werke sind Romane, in denen die Bilder so ausdrucksstark sind, dass die Worte beinahe sekundär werden. Die Graphic Novel hat mich als Genre früher nie interessiert. Ich kann mich gar nicht erinnern, ob ich überhaupt von ihrer Existenz wusste, und ich bezweifle, dass es die Graphic Novel zu meinen Antiquariatszeiten überhaupt schon gab. Natürlich waren da die illustrierten Klassiker. Aber was Elias macht, ist etwas anderes. Es ist eine eigenständige Kunstform. Und ich bin ihr inzwischen völlig verfallen. Da gibt es natürlich auch sehr viel Schrott. Aber das ist ja in allen Genres der Fall. Elias ist jedenfalls garantiert einer der besten seines Metiers. Er ist nicht nur ein ausgezeichneter Künstler – seine Geschichten berühren einen tief. Er ist nicht in der Lage, die Worte zu finden, aber er entwickelt die Geschichte in seinem Kopf und bringt sie dann durch seine Hände aufs Papier.«

»Haben die Geschichten denn keine Worte?«, wollte Elisabeth wissen.

»Doch, das haben sie. Von Anfang an hat er mit einer Freundin aus der Kindheit zusammengearbeitet – mit Maja Fredriksson. Sie ist Schriftstellerin. Die beiden arbeiten beinahe telepathisch, soweit ich das verstanden habe. Elias erzählt die Geschichte in seinen Zeichnungen, und Maja fügt die Worte hinzu. Das Endergebnis ist außergewöhnlich. Ich habe alle Bücher von ihnen oben bei mir. Sie können sie gerne ansehen und lesen.«

Er blickte auf.

»Noch einen Kaffee?« Er zeigte auf ihre Tasse.

Sie nickte und reichte sie ihm. Er ging ins Café, um ihre beiden Tassen noch einmal nachfüllen zu lassen.

»Jetzt rede ich schon die ganze Zeit«, stellte er fest, als er sich wieder hingesetzt hatte. »Es tut mir leid, wenn ich Sie langweilen sollte.«

Sie schüttelte den Kopf.

»Kurz vor dem Angriff hat er mir eine seiner Zeichnungen gegeben«, sagte sie langsam. Sie hatte eine dunkle Stimme und sprach jedes Wort so klar aus, dass er sich fragte, ob sie vielleicht früher einmal Schauspielerin oder Nachrichtensprecherin gewesen war. Sie hatte eine schöne Stimme, und er verstand jedes Wort, obwohl sie leise redete.

»Und davor bekam ich auch schon ein Bild, eine seltsame Tuschezeichnung, die für mich keinen Sinn ergab. Er hatte sie in ein Buch gesteckt, das ich ihm aus Dank für einen Gefallen geschenkt hatte. Er gab es mir zusammen mit der Zeichnung zurück. Ich wusste nicht, dass er sie selbst angefertigt hatte. Diese erste, sie ist ...« Sie schien nach dem richtigen Ausdruck zu suchen. »Sie ist faszinierend, aber ich kann sie nicht ganz begreifen und deshalb auch nicht interpretieren. Zuerst habe ich geglaubt, dass sie aus Versehen in dem Buch gelandet ist. Aber dann entdeckte ich eine kurze Nachricht, die er dazugeschrieben hatte. Ich brauchte eine Weile, um zu verstehen, dass sie sich auf das Buch bezog. Nach einer Weile wurde mir klar, dass die Zeichnung für mich war, aber was sie darstellen sollte, begriff ich immer noch nicht.«

Sie holte tief Luft und fuhr fort.

»Dann schenkte er mir die zweite Zeichnung. Sie war völlig anders: ein Vogel vor einem Hintergrund, der wie matschiger Schnee aussieht. Der Vogel wirkt so echt, so lebendig. Oder vielmehr halb tot. Dürr und gebrochen. Aber so unglaublich gut gezeichnet, dass ich glaubte, ich könnte sehen, wie sich seine kleine Brust hebt und senkt, während er nach Luft schnappt.«

Sie hielt inne und sah ihn ein wenig verlegen an.

Otto nickte ihr aufmunternd zu, um sie zum Weitersprechen zu veranlassen.

»Ich kann nicht erklären, warum mich das so bewegt hat. Es ist ein schlichtes Bild – nur ein paar schwarze Pinselstriche. Aber ich vermute, genau darum geht es: die richtigen Striche zu setzen. Wie wenn man die richtigen Worte findet, den richtigen Ausdruck, um das zu vermitteln, was man sagen will. Ich weiß nichts über die bildende Kunst, aber ich kann erkennen, dass er Talent hat.«

Sie senkte den Blick und fuhr mit der Hand über den Tisch, während sie etwas murmelte, das Otto nicht verstand. Dann schaute sie wieder auf.

»Ich habe darüber nachgedacht, was Sie mir erzählt haben. Dass er versucht hat, seine Hände zu schützen. Jedes Mal, wenn ich daran denke, wühlt mich das auf. Nicht in der Lage zu sein, sich zu verteidigen…«

Otto nickte.

Die Kirchenglocken über ihnen schlugen zwei Uhr nachmittags.

Elisabeth zuckte zusammen, als würde ihr auf einmal bewusst, wo sie sich befand. Ihr Gesicht wirkte erneut verängstigt. Oder zumindest besorgt.

»Wollen wir zurück?«, erkundigte er sich.

Sie stand hastig auf – so hastig, dass der Stuhl hinter ihr umkippte. Otto stellte ihn wieder auf, und ihre Blicke trafen sich, als sie sich gleichzeitig bückten, um ihn aufzuheben.

»Ich habe unsere Unterhaltung sehr genossen. Sie wird mir noch einige Tage Freude bereiten«, sagte Otto. »Danke, dass Sie mir Gesellschaft geleistet haben.«

Sie erwiderte nichts, sondern neigte nur leicht den Kopf und machte sich auf den Weg, den kleinen Abhang hinunter.

Unten kam sie ins Stolpern, und Otto fasste nach ihrer Hand. Er legte ihren Arm auf den seinen, während seine andere Hand beschwichtigend auf ihrem Unterarm ruhte.

Sie ließ es zu, wobei ihr Arm sich so leicht wie eine Feder unter seinem anfühlte.

DREIZEHN

Sie drückte die Tür hinter sich zu, lehnte sich an und schloss die Augen. Ihre Wangen brannten von der Sonne, und sie hatte Mühe mit dem Atmen. Als sie die Augen nach einer Weile wieder öffnete, sah sie ihren Flur mit beängstigender Klarheit. Jede Einzelheit sprang ihr ins Auge, als würde er mit einer Bühnenlampe ausgeleuchtet. Helle Sonnenstrahlen hatten einen Weg durch das Küchenfenster ins Innere der Wohnung gefunden und fielen nun auf den Parkettboden. Hier gab es kaum eine Spur menschlichen Lebens. Nichts, das auf ihre eigene Gegenwart verwies.

Sie zog ihre Schuhe aus und ging langsam in die Küche. Auch diese nahm sie wie zum ersten Mal wahr: den Stapel Post auf dem Tisch. Den schmutzigen Teller und das schmutzige Besteck im Spülbecken sowie das Wasserglas auf der Küchentheke. Es sah so aus, als wären Tage, Monate, ja sogar Jahre vergangen, seitdem das letzte Mal ein Mensch diesen Raum betreten hatte.

Sie trat an den Tisch und nahm das Vogelbild in die Hand. Betrachtete es einen Moment lang und trug es dann ins Wohnzimmer. Dort kniete sie sich hin, legte das Bild auf den Boden und öffnete einen der Umzugskartons. Sie kramte darin herum, bis sie schließlich eine Rolle mit doppelseitigem Klebeband herauszog.

Im Schlafzimmer riss sie ein paar Streifen des Bands ab und befestigte sie hinten auf dem Papier. Sie klebte es an die leere Wand gegenüber ihrem Bett und bemühte sich sehr, das

Bild so gerade wie möglich aufzuhängen. Vorsichtig strich sie mit der Handfläche über das Papier, um sicherzustellen, dass es auch wirklich hielt.

Sie trat einen Schritt zurück, ohne den Blick von dem Bild an der Wand abzuwenden, und ließ sich langsam auf das Bett sinken.

Als sie aufwachte, war es früh am Abend, aber noch nicht ganz dunkel. Diese Zeit des Jahres war vorbei. Die beruhigende Dunkelheit hatte sich zurückgezogen, und die Nächte würden nun allmählich heller werden.

Das Zimmer fühlte sich kalt an, und Elisabeth bemerkte, dass sie das Fenster offen gelassen hatte. Obgleich sie sich nicht daran erinnern konnte, die Frau in Grün gesehen zu haben, spürte sie ihre Gegenwart. Sie überlagerte den Vogel an der Wand.

Elisabeth stand auf und schloss das Fenster. Dennoch konnte sie weiterhin den Frühlingsabend riechen. Als sie durch die schmutzige Scheibe blickte, kamen ihr die Ereignisse des Tages fast unwirklich vor. Hatte sie sich wirklich nach draußen gewagt? Mit diesem Mann in der Sonne gesessen? Kaffee getrunken und ein Sandwich gegessen? Sich sogar unterhalten? Die Erinnerung fühlte sich wie ein Lichtkeil an, der in ihre weiche Dunkelheit eingedrungen war. Sie verstand nicht, warum sie zugestimmt hatte. Es wäre so einfach gewesen, die Tür wieder zu schließen. Dann wäre sie in seliger Unwissenheit von dem zunehmenden Licht da draußen geblieben. Doch jetzt war alles unwiderruflich verändert.

Sie ging ins Wohnzimmer und kniete sich neben die Kartons. Langsam begann sie zuerst die Klappen des einen Kartons, dann die des nächsten und noch eines weiteren zu öffnen, bis alle, insgesamt zwölf, aufgeklappt waren. Alle bis auf einen enthielten Bücher. Sie holte ein paar davon aus der ersten Kiste heraus. Warum hatte sie die alle mitgebracht? Sie legte sie neben sich auf den Boden und entschied sich für einen dicken gebundenen Band. Dann machte sie es sich auf dem Boden bequem und schlug ihn auf.

VIERZEHN

Er war etwas über drei Wochen weg gewesen, doch es fühlte sich viel länger an, als er endlich wieder seine Wohnung betrat. Otto hatte ihn bei sich untergehakt. Elias brauchte diese Unterstützung nicht mehr, zog seinen Arm aber dennoch nicht fort.

»Ich habe etwas sauber gemacht. Staubgesaugt und so. Durchgelüftet. Schon seltsam, wie schnell die Luft abgestanden riecht, obwohl niemand da ist. Aber ich habe nichts verrückt. Ehrlich.« Otto warf einen Blick zum Fenster. »Ich hätte besser auch die Fenster geputzt. Aber das wäre dann zu viel des Guten gewesen, ich habe mich ja noch nicht mal um meine eigenen gekümmert! Man sieht den Schmutz in dem grellen Frühlingslicht leider schrecklich genau.«

Sanft befreite sich Elias von Ottos Arm und lief durch das Zimmer, als müsste er sich erst wieder daran gewöhnen. Er legte den Zeichenblock beiseite, den er dabeihatte, und sah Otto an.

»Es tut gut, wieder zu Hause zu sein. Danke dir für alles, was du für mich getan hast. Dass du die ganze Zeit für mich da warst. Für das hier...« Er machte eine ausladende Geste mit dem Arm, die das gesamte Zimmer einschloss.

Otto lächelte. »Bitte in Zukunft keine solchen Dramen mehr! Ich bin nicht mehr jung, und es gibt eine klare Obergrenze dessen, was ich noch schultern kann. Sei vorsichtig, okay?«

Elias setzte sich an den Schreibtisch.

»Wie geht es dir jetzt?«, wollte Otto wissen.

»Gut. Sehr gut. Ich kann die Rippen immer noch spüren, aber es wird schon deutlich besser.«

»Du hast die Polizei gar nicht über den Überfall informiert, oder?«

Elias zuckte mit den Achseln.

»Was würde das schon bringen? Es war dunkel. Kaum hatte ich die Kerle entdeckt, stürzten sie sich schon auf mich. Und ich war nur darauf konzentriert, mich zu schützen. Solche Sachen passieren nun mal. Der Polizei ist das egal. Die würde wahrscheinlich denken, ich sei selbst schuld daran gewesen.«

»Was meinst du damit – selbst schuld? Darf man denn nicht mehr durch die Gegend laufen, ohne gleich überfallen zu werden?«

»Jemand wie ich sollte sich vielleicht auf so etwas einstellen.«

»Jemand wie du? Was soll das heißen?«

»Du weißt schon ...«

Elias stand abrupt auf. »Ich habe wieder mit dem Zeichnen angefangen«, sagte er, während er zum Esstisch trat und seinen Zeichenblock aufschlug.

»Du wechselst das Thema«, stellte Otto stirnrunzelnd fest.

»Genau.«

Elias schenkte ihm ein schiefes Lächeln.

»Ich habe dir versprochen, dass du es sehen wirst, sobald ich bereit bin, es vorzuzeigen. Hier ist es.« Er wies auf den Sessel und reichte Otto dann den Zeichenblock. Otto setzte sich, legte den Block auf die Knie und öffnete ihn vorsichtig. Schweigend saß er da und betrachtete ein Blatt nach dem anderen. Insgesamt waren es sechzig Seiten, von denen Elias etwa zwei Drittel fertiggestellt hatte.

Elias trat zum Fenster und öffnete es.

»Ich glaube, die Geschichte nimmt allmählich Gestalt an«, sagte er, den Rücken zu Otto gewandt. »Es ist eine einfache Geschichte – ganz anders als meine früheren. Es scheint fast so, als ob diese Geschichte ein Eigenleben führen würde. Ich habe nicht den Eindruck, die volle Kontrolle über sie zu haben. Aber ich sehe sie ziemlich klar vor mir. Sie enthüllt sich mir Stück für Stück. Noch weiß ich nicht, wie sie enden wird.«

Otto klappte den Zeichenblock wieder zu. Er atmete hörbar ein und rieb sich dann das Kinn. Eine Weile sagte er nichts. Schließlich räusperte er sich, ohne den Blick von dem Zeichenblock auf seinem Schoß zu wenden. Er strich mit den Handflächen über das Deckblatt, während er nach den richtigen Worten suchte.

»Das ist ... das ist etwas sehr Besonderes, Elias. Ich bin mir nicht sicher, wie ich es sagen soll. Du weißt, ich kenne mich in der bildenden Kunst nicht sonderlich gut aus, also kann ich vermutlich nur sagen, dass es mich sehr berührt.« Er schob seine Brille nach oben und massierte sich einen Augenblick lang die Nase. »Sehr, sehr berührt.«

»Meinst du das ernst?«

Otto blickte auf.

»Natürlich meine ich das ernst. Du solltest mich inzwischen gut genug kennen, um zu wissen, dass ich nie etwas sage, was ich nicht ernst meine.«

Elias wurde etwas rot.

»Dieser einsame kleine Vogel. In diesem eiskalten Schnee. Man fragt sich, ob er es überleben wird.« Otto machte eine Pause. »Das ... das ist das Beste, was du bisher gemacht hast, Elias. Und selbst ich verstehe, worum es geht, glaube ich. Man sieht, wie alles auf der Kippe steht, wie fragil alles ist. Es kommt mir so vor, als könnte ich sehen, wie die Bilder sich bewegen. Es ist ... es ist einfach unglaublich. Und wie du schon sagtest: Man kann keine Prognose wagen, wie es enden wird. Es könnte so oder so laufen. Ich kann es kaum erwarten herauszufinden, was passieren wird. Gleichzeitig will ich es gar nicht wissen. Dieser kleine Vogel auf dem nassen Schnee, er ist derart gebrochen. Er ist kaum mehr da, und doch spürt man einen unglaublich starken Lebenswillen. Zugleich jedoch den Wunsch aufzugeben. Wird er diese hohlen Hände annehmen? Die Hilfe, die man ihm bietet? Dir gelingt es wirklich, diesen großen inneren Kampf zu vermitteln.«

Otto betrachtete erneut den Zeichenblock auf seinen Knien.

»Aber es ist nicht nur ein Vogel, nicht wahr?«

Elias schüttelte den Kopf.

»Nein. Es ist nicht nur ein Vogel.«

Otto fragte nicht weiter.

»Ich finde, wir haben einen Grund zu feiern. Zum einen bist du wieder zu Hause. Zum anderen haben wir endlich Frühling, und drittens ist dein Projekt schon weit vorangeschritten. Wie aufregend!«

Elias lächelte. »Abendessen bei dir?«

»Zwei Seelen, ein Gedanke. Ein Frühlingsessen bei mir. Und ich denke, wir sollten Elisabeth einladen, deine Nachbarin. Schließlich haben wir es ihr zu verdanken, dass du heute hier bist. Wer weiß, was passiert wäre, wenn sie dich nicht gehört hätte? Außerdem glaube ich, dass es ihr guttäte, mal rauszukommen.«

»Denkst du, sie wird eine Einladung akzeptieren?« Elias wirkte skeptisch.

Otto nickte.

»Lass es uns ausprobieren. Wenn wir es richtig formulieren, sagt sie vielleicht zu. Außerdem willst du ihr doch sicher persönlich danken. Oder etwa nicht? Das ist ein guter Vorwand, sie einzuladen.«

»Bisher hatte ich nicht viel Glück, als ich versucht habe, mit ihr in Kontakt zu treten. Was soll ich denn tun, wenn sie die Tür nicht aufmacht? Wieder durch den Briefschlitz rufen?«

»Vielleicht erlebst du eine positive Überraschung. Mir ist es egal, an welchem Tag wir es machen, aber lass uns nicht allzu lange warten. Du willst das Ganze wahrscheinlich erst einmal langsam angehen. Dich sammeln. Aber dann jederzeit.«

»Ich fühle mich ziemlich gesammelt«, erwiderte Elias lächelnd. »Ich glaube, mit einem Essen bei dir komme ich klar. Ich klopfe einfach bei ihr, und dann werden wir sehen, was sie sagt.«

»Versuch es mit der Klingel. Sie funktioniert wieder.«

FÜNFZEHN

Sie saß mit verschränkten Beinen auf dem Boden des Wohnzimmers, umgeben von ihren offenen Umzugskisten. Darin befand sich ihr gesamter irdischer Besitz – alles, was sie zum Mitnehmen ausgesucht hatte. Warum all diese Bücher? Weil nur sie von Bestand waren? Der einzige greifbare Beweis dafür, was einmal existiert hatte? Und das Einzige, was ihr allein gehörte.

Sie griff in den am besten erreichbaren Karton und holte erst eine und dann noch eine Handvoll Bücher heraus. Sie steigerte das Tempo, und schon bald war sie umgeben von Stapeln aus Dutzenden von Büchern.

In der vierten Kiste fand sie, wonach sie suchte. Nicht, dass sie bewusst nach etwas gesucht hätte. Doch kaum schlossen sich ihre Hände um das dicke Bündel Papier, da wusste sie, worum es ihr gegangen war. Was sie in Wirklichkeit eingepackt hatte, beim Verstauen all diese Bücher in den Umzugskisten. Als hätte sie es beschützen wollen. Verstecken.

Langsam hob sie die Papiere heraus.

Sie streckte die Beine, legte den Stapel auf ihren Schoß und zog das Gummiband herunter, das die Bögen zusammenhielt. Ihre Hand durchblätterte die Seiten, während ihre Augen auf dem obersten Deckblatt verweilten, im Grunde ohne etwas zu sehen.

Es sah so belanglos aus. Ein Haufen billiges Druckerpapier. Und dennoch hatte es ihr ganzes Leben bestimmt. Oder vielmehr all das beendet, was sie bis dahin für ihr Leben gehalten hatte.

Das Schluchzen kam ohne Vorwarnung. Brach von tief innen aus ihr heraus und war beim besten Willen nicht zu unterdrücken. Sie überließ sich ihm. Sie heulte, stöhnte und schrie. Das Bündel Papiere hielt sie dabei fest an ihre Brust gedrückt, während sie vor- und zurückschwankte.

Als ihre Verzweiflung schließlich nachließ, blieb sie dort auf dem Boden sitzen, völlig reglos. Sie ließ die Papiere auf ihre Beine sinken und begann sie dann langsam durchzublättern. Einen Bogen nach dem anderen. Sie las nicht. Das war auch nicht nötig – sie kannte sowieso alles auswendig, einschließlich der Bleistiftnotizen am Rand. Dennoch sah sie eine Seite nach der anderen an.

Nachdem sie das letzte Blatt umgedreht hatte, erhob sie sich und presste erneut das Manuskript an ihre Brust. Wieder auf den Beinen blickte sie sich um, als würde es sie überraschen, hier zu sein.

Mit einer Kraft, von der sie gar nicht gewusst hatte, dass sie in ihr steckte, schleuderte sie den Stapel plötzlich durchs Zimmer. Die Papiere verteilten sich flatternd und schwebend auf dem ganzen Boden.

So stand sie barfuß da, umgeben von Büchern und bedruckten Seiten, als es an der Tür klingelte.

Elisabeth erstarrte. Schlug die Hände vors Gesicht. Oh, nein. Oh, nein.

Wieder klingelte es an der Tür.

Sie stieg über die Bücher hinweg, geriet auf einem Blatt Papier kurz ins Rutschen und betrat den Flur.

Wahrscheinlich war es Otto, der sich auf dem Weg in den Supermarkt befand. Er hatte sich angewöhnt, jedes Mal bei ihr zu klingeln, wenn er einkaufen ging, was in letzter Zeit fast täglich zu sein schien.

Sie stand da und beäugte die Tür.

Als es ein drittes Mal läutete, zuckte sie erschrocken zusammen, obwohl sie darauf vorbereitet gewesen war.

Mit dem Handrücken wischte sie ihre Tränen weg, dann holte sie tief Luft und öffnete vorsichtig die Tür.

Es war nicht Otto. Sondern Elias.

Zum ersten Mal nahm sie sein Äußeres bewusst wahr. Groß, aber das hatte sie schon gewusst. Dunkle, lockige Haare. Eine rote Narbe oberhalb des einen Auges. Seine Augenfarbe wirkte in dem dämmrigen Licht grau. Die Brauen waren markant.

Er lächelte schüchtern, wenn auch herzlich. Ein ausgesprochen attraktiver Mann von etwa dreißig Jahren stand vor ihr. Dennoch strahlte er eine Unsicherheit aus, die so gar nicht zu seinem guten Aussehen passte. Sein Lächeln wirkte ansteckend.

»Ich hoffe, ich störe Sie nicht. Ich wollte Ihnen nur sagen … Also, ich wollte Ihnen eigentlich mitteilen, dass ich wieder zu Hause bin. Und Ihnen für Ihre Hilfe danken. Wenn Sie mich nicht gehört hätten, dann weiß ich nicht, was aus mir geworden wäre. Ich glaube, Sie haben mir das Leben gerettet.«

Sie schüttelte den Kopf.

»Doch, das haben Sie. Also, ja … Sie sollten jedenfalls wissen, dass ich Ihnen sehr dankbar bin. Und ich wollte Ihnen das hier geben.« Er streckte ihr ein zusammengerolltes Papier entgegen. »Es ist nur eine Zeichnung von mir. Nichts Besonderes.«

Sie nahm das Geschenk entgegen.

»Danke.«

Dann begann sie die Tür zu schließen, um die Unterhaltung damit für beendet zu erklären.

Doch er machte keine Anstalten zu gehen.

»Wir wollten wissen … na ja, Otto und ich dachten, wir

könnten das Ganze mit einem kleinen Essen bei Otto feiern. Er hatte die Idee. Wir würden uns beide freuen, wenn Sie auch kämen. Vielleicht morgen Abend?«

Als sie nicht antwortete, redete er weiter.

»Sie können gerne auch einen anderen Tag vorschlagen. Wir beide sind nicht gerade das, was man ausgebucht nennt.« Er lächelte zurückhaltend.

»Nein, ich glaube nicht...«, erwiderte sie und schüttelte den Kopf.

Seine Enttäuschung war spürbar. Sie biss sich auf die Lippe und senkte den Blick.

»Aber trotzdem danke. Eine nette Idee.«

»Und wenn ich Ihnen sage, dass es mir viel bedeuten würde? Außerdem würde ich wirklich gerne mit Ihnen reden. Über das da.« Er wies mit dem Kopf auf die Rolle Papier in ihrer Hand.

Sie sah zuerst überrascht das Papier und dann ihn an.

»Mit mir?«

»Ja, mit Ihnen. Das wünsche ich mir mehr als alles andere momentan.«

Sie schwieg.

»Sie müssen ja nicht lange bleiben. Und es werden nur wir drei sein. Ich weiß, dass sich auch Otto sehr freuen würde. Er ist ein wenig einsam, wissen Sie.«

Sie hielt noch immer den Blick gesenkt.

»Sie würden uns aufheitern. Uns beide.«

»Ich?« Sie schnaubte. Es war ein kurzes, trockenes kleines Lachen, das wirklich verblüfft klang.

»Ja, Sie. Wenn Sie noch darüber nachdenken möchten, kann ich gerne später wiederkommen.«

Er wandte sich zum Gehen.

»Danke. Ich werde kommen. Morgen. Um wie viel Uhr?«

»Oh, das ist eigentlich egal, so wie ich Otto kenne. Wie wäre es gegen siebzehn Uhr? Ich kann gerne bei Ihnen klingeln, wenn ich so weit bin, und dann gehen wir gemeinsam hoch. Wie klingt das?«

Sie nickte.

Und schon drehte er sich um und ging.

SECHZEHN

Kaum stand die Verabredung, wurde er nervös. Und kam sich lächerlich vor, weil er nervös war. Dabei war es seine eigene Idee gewesen, und es handelte sich lediglich um eine normale, kleine Essenseinladung.

Er hatte die wenigen Kochbücher hervorgeholt, die er besaß, hockte am Küchentisch und blätterte sie durch. Sollten sie mit einer Vorspeise beginnen? Und wenn ja, mit welcher? Gab es irgendetwas, was sie nicht aß? Manche mochten keinen Fisch. Oder Krabben. Oder rotes Fleisch. Vielleicht Hühnchen? Mit Hühnchen befand er sich wahrscheinlich auf der sicheren Seite. Die meisten aßen Hühnchen. Es sei denn, sie waren Vegetarier. Aber das war sie nicht, das wusste er. Im Café hatte sie ein Schinkensandwich gegessen.

Es war Frühling, und wenn das Wetter so blieb, würde es ein schöner Abend werden. Doch die typischen Frühjahrslebensmittel – neue Kartoffeln, Spargel, Erdbeeren zum Beispiel – waren meist noch nicht zu bekommen. Importierte schon, aber das war nicht das Gleiche.

Er merkte, dass er nicht nur nervös war, sondern auch voll kindlicher Vorfreude. Seine Wangen glühten förmlich. Es kam ihm so vor, als sei sein ganzer Körper einige Grad heißer als gewöhnlich und als würde sein Blut schneller fließen. Wäre der Gedanke nicht so lächerlich, würde er behaupten, er fühle sich jung. Aufgeregt auf eine Weise, die so lange her war, dass er sich kaum mehr daran erinnern konnte. Wenn es überhaupt jemals so gewesen war.

Also Hühnchen. Im Supermarkt würde er dann spontan entscheiden, mit welchem Gemüse. Als Nachtisch? Wäre Hagebuttensuppe aus der Dose zu gewöhnlich? Mit Vanilleeis und diesen kleinen Mandelkeksen? Ihm schmeckte das. Außerdem müsste er dann nichts zubereiten und somit auch kein Risiko eingehen, dass alles in einer Katastrophe endete.

Jetzt zur Vorspeise. Was aßen denn normale Leute als Vorspeise? Er hatte keine Ahnung mehr. Oder vielleicht noch nie gehabt. Sein letztes dreigängiges Menü war sehr lange her. Krabbencocktail? Nein, zu riskant und zu kompliziert. Vielleicht durfte sie das gar nicht essen. Melone und roher Schinken? Das klang doch ein bisschen nach Frühling. Leicht. Er entschied sich dafür. Einfach und wieder ohne weiteren Kochstress.

Und zu trinken? Champagner? Ja, unbedingt. Sie würden Champagner trinken. Es gab viel zu feiern. Und Rotwein. Oder weiß? Oder beides? Für Elias vielleicht Bier? Er war sich nicht sicher, ob Elias Rotwein trank. Cognac? Wahrscheinlich nicht. Er wollte nicht übertreiben. Das würde... nun, das würde lächerlich aussehen. Wieder dieses Wort. Ja, er befürchtete, lächerlich zu sein. Vielleicht war die ganze Idee lächerlich. Aber egal. Er wollte sich auf diese Vorfreude einlassen. Wollte zulassen, dass das Blut in ihm floss und seine Wangen erröten ließ.

Zu seiner Überraschung bemerkte er, dass er pfiff, als er seinen Mantel anzog. Entschlossenen Schrittes eilte er die Treppe hinunter und aus der Haustür hinaus.

SIEBZEHN

Es fühlte sich ganz anders an als die üblichen Abendessen am Dienstag. Natürlich war es auch kein Dienstag, aber daran lag es nicht.

Elias stand vor dem Spiegel im Badezimmer. Er hatte sich geduscht und rasiert. Seine Zähne geputzt. Sie sogar mit Zahnseide gereinigt. Die Narbe über seinem Auge leuchtete hellrot. Der Chirurg hatte ihm versichert, dass sie mit der Zeit schwächer werden würde. Doch ihn würde es auch nicht stören, falls nicht. Er war einfach nur dankbar, dass es ihm gelungen war, seine Hände zu retten. Er hielt sie hoch, um sie im Spiegel zu betrachten. Ballte mehrmals die Fäuste und öffnete sie wieder, als wollte er seine Hände testen. Dann lehnte er sich näher an den Spiegel heran und sah sich selbst tief in die Augen.

Er hatte versucht, nicht an den Angriff zu denken, sondern sich stattdessen darauf zu konzentrieren, sich so schnell wie möglich zu erholen. Auch wenn er nicht wusste, wer seine Angreifer gewesen waren, war ihm doch klar, *was* sie waren. Im Laufe seines Lebens war er ihnen immer wieder begegnet, in verschiedenen Gestalten und Formen. Indem sie ihn schubsten, traten, beschimpften. Seine Zeichnungen zerrissen. An seiner Kleidung zerrten. Seinen Schulweg zu einer täglichen Qual machten. Und dann Otto, der drauf bestand, dass er den Angriff der Polizei melden sollte. Der Gedanke daran brachte ihn zum Lächeln. Vor so etwas gab es keinen polizeilichen Schutz. Für Menschen wie ihn gab es überhaupt keinen Schutz.

Er verließ das Badezimmer und zog eine Jeans und ein frisches weißes T-Shirt an. Er war bereit.

Er wollte gerade die Wohnung verlassen, als er noch einmal innehielt. Eilig kehrte er ins Wohnzimmer zurück und nahm seinen Zeichenblock.

Ihm kam es so vor, als ob sie bereits neben der Tür gewartet hatte. Sobald er die Hand von der Glocke zog, machte sie auf. Als er sah, was sie trug, musste er lachen.

»Zwei Seelen, ein Gedanke«, sagte er und zeigte auf ihre Jeans und ihr weißes T-Shirt.

»Stimmt. Oder wir haben beide keine große Auswahl. Ich jedenfalls nicht«, erwiderte sie.

Sie hatte sich die Haare geschnitten. Sie waren eindeutig kürzer, wirkten aber wie abgesäbelt, als ob sie es mit einer stumpfen Schere selbst versucht hätte. Und aus irgendeinem Grund fand Elias das anrührend. In ihrer Hand hielt sie ein schmales Bändchen.

»Fertig?«

Sie nickte, und er ging vor ihr die Treppe hinauf. Auf dem Weg nach oben konnten sie bereits das Essen riechen, und als Otto die Tür öffnete, drangen noch mehr Düfte ins Treppenhaus. Er wirkte ein bisschen aufgeregt, doch er strahlte übers ganze Gesicht und hieß sie willkommen.

In der Wohnung führte er sie den Flur entlang.

»Ich hatte eigentlich vor, überall sauber zu machen, aber leider lief mir die Zeit davon. Wenigstens die Küche ist vorzeigbar. Macht es euch etwas aus, wenn wir dort essen?«

Er wies auf die Küche. Doch Elisabeth blieb vor einem Bücherregal stehen, das die ganze Wand auf der einen Seite des Flurs einnahm und bis zur Decke reichte. Weitere Bücher stapelten sich auf dem Boden, und als sie einen Blick ins Wohnzimmer warf, sah sie dort noch mehr Bücherregale.

»Ich weiß«, sagte Otto. »Es ist grotesk. Aber für einen Großteil meines Lebens haben mich all diese Bücher getragen. In vielfältiger Weise. Als ich in diese Wohnung ziehen wollte, konnte ich sie nicht einfach zurücklassen. Seit einiger Zeit versuche ich jedoch, sie nach und nach loszuwerden. Stück für Stück. Aber sie sollen ein gutes neues Zuhause bekommen und nicht einfach weggeworfen werden. Mir gefällt die Vorstellung, dass sie jemand anderem genauso viel Freude bereiten wie mir.«

»Und jetzt füge ich Ihrer Last noch etwas hinzu«, entgegnete Elisabeth und hielt ihm das Buch hin, das sie mitgebracht hatte.

»Ah«, meinte er und klang dabei angenehm überrascht. »Ein weiterer Autor, den ich nicht kenne.« Er drehte das Buch in seinen Händen und schlug es dann auf der letzten Seite auf. Leise lachend las er:

Und das Porzellan war altes Geschirr, das endlich wegmusste.

»Noch eine Art Sammler?«

Elisabeth nickte. »Ja«, erwiderte sie und hielt ihm auffordernd die Hand entgegen, damit er ihr das Buch noch einmal reichte. Sie blätterte es durch, bis sie die Stelle fand, die sie gesucht hatte.

Dinge, überlegte ich, sind widerstandsfähiger als Menschen. Dinge sind der unveränderliche Spiegel, in dem wir uns selbst beim Verfall zusehen. Nichts macht älter als eine Sammlung von Kunstwerken.

Sie schloss das Buch und gab es Otto zurück.

»*Utz* von Bruce Chatwin«, sagte er. »Das ist ein Roman, nicht wahr? Eigentlich ist er doch vor allem für seine Reisebücher bekannt, oder?«

Elisabeth nickte.

»Ich freue mich darauf, es zu lesen. Aber da Sie nun ein

Buch meiner Sammlung beigefügt haben, möchte ich Sie bitten, auch eines von meinen Büchern mitzunehmen, wenn Sie wieder gehen. Doch jetzt lasst uns erst mal essen!«

Er führte sie in die Küche und zog für Elisabeth einen Stuhl heraus.

Elias setzte sich ihr gegenüber.

»Ich dachte mir, wir beginnen mit einem Glas Champagner«, verkündete Otto und öffnete den Kühlschrank. »Es gibt mehrere Gründe zu feiern, und Feiern verlangen nach Champagner, nicht wahr? Auch wenn ich kein Experte bin – ganz im Gegenteil. Ich habe ihn bisher leider erst einmal in meinem Leben probiert. Und irgendwie glaube ich, dass er mir heute Abend viel besser schmecken wird.«

Er begann den Draht vom Korken zu lösen.

»Kann ich dir helfen?« Elias erhob sich. »Nicht, dass ich Experte wäre, aber ...«

Er kam nicht weiter, denn der Korken sauste mit einem lauten Knall in Richtung Decke. Otto blickte hinauf und entdeckte dort oben eine kleine Delle.

»Ich wünschte, ich hätte schon viel mehr solche Zeichen hinterlassen. Hinweise auf Feiern und Partys mit guten Freunden.«

»Na ja, ein Anfang ist gemacht«, meinte Elisabeth und schien damit beide Männer zu überraschen. Otto versuchte seine Verblüffung zu verbergen, indem er begann, die drei Gläser zu füllen. Elias nahm eines der vollen Gläser und reichte es Elisabeth.

Alle hoben ihre Gläser.

»Keine Sorge, ich habe nicht vor, eine Rede zu halten«, erklärte Otto. »Ich wollte nur sagen, dass ich das hoffe, Elisabeth. Dass ich hoffe, dass das hier der Anfang ist. Der Beginn einer Freundschaft.« Er nickte ihr zu und hob erneut sein

Glas. »Auf uns. Auf das Feiern. Auf die Freundschaft. Und natürlich auf die Gesundheit.«

Sie stießen miteinander an und nahmen einen Schluck Champagner.

»Ah, ja«, sagte Otto. Er blickte in sein Glas, und einen Moment lang wirkte er selbstvergessen. Dann nahm er einen weiteren Schluck. »Ich wusste, dass er diesmal besser schmecken würde. Viel besser.«

Das Essen war sehr gelungen, und sie unterhielten sich angeregt, auch wenn Elisabeth nicht viel mehr als hier und da einmal ein Nicken und ein Lächeln beitrug. Sie redeten über Bücher. Über Musik. Über Essen. Nachdem Otto alles serviert hatte, machte er sich und Elisabeth einen Tee, während Elias ein Bier trank. Langsam drehte Elias die Bierflasche, die vor ihm stand, hin und her.

»Ich habe meinen Zeichenblock mitgebracht«, sagte er zögerlich. »Aber ich bin mir nicht sicher, ob das hier die richtige Gelegenheit ist...«

»Ich kann mir keine bessere Gelegenheit vorstellen«, entgegnete Otto. »Los, hol ihn her!«

Elias verschwand kurz und kehrte mit dem großen Block unter seinem Arm zurück. Otto stellte die Tassen zur Seite, um auf dem Tisch Platz zu machen. Dann zog er seinen Stuhl neben den von Elisabeth, um sich dort hinzusetzen. Elias stand neben den beiden und hielt den Block in der Hand.

»Ich stelle mir das Ganze als Buch vor. In gewisser Weise so wie meine früheren. Andererseits aber auch völlig anders.« Er hatte noch immer den Block in Händen, als wäre er sich weiterhin nicht ganz sicher, ob er ihn den anderen tatsächlich zeigen wollte. Schließlich legte er ihn auf den Tisch.

»Das hier sind nur die ganzseitigen Illustrationen. Ich

habe auch kleinere, die ich aber nicht mitgebracht habe. Es ist schwierig, meine Gedankengänge zu erläutern«, sagte er, »und ich hoffe, dass ihr von diesen Bildern überhaupt den richtigen Eindruck bekommt.«

»Können wir sie uns nicht einfach ansehen?«, fragte Elisabeth unvermittelt. Ihre Augen waren auf das erste Bild gerichtet.

Elias beobachtete sie, um zu wissen, wann er umblättern sollte. Sie schien es nicht zu bemerken und erwiderte seinen Blick nicht. Einige der Bilder waren noch eher skizzenhaft, doch die meisten sahen so aus, als wären sie bereits fertig. In der Küche herrschte Stille. Als Elias den Zeichenblock schließlich zuklappte, schaute Elisabeth auf.

»Kann ich sie noch einmal sehen?«, fragte sie.

Elias fing wieder von vorne an.

»Es ist ein Riesenglück, dass sie deine Hände nicht verletzt haben«, meinte Otto.

Elisabeth sagte nichts. Als Otto ihr einen raschen Blick zuwarf, bemerkte er die Tränen in ihren Augen.

Er stand auf.

»Noch Tee, Elisabeth?«, fragte er.

Sie antwortete nicht.

Stattdessen wandte sie sich zum halb offenen Fenster und starrte reglos hinaus.

Elias nahm den Block und brachte ihn wieder in den Flur. Im Vorbeigehen warf er Otto einen raschen, fragenden Blick zu. Dieser zuckte mit den Achseln, er wirkte ebenfalls ein wenig ratlos.

Otto stellte Elisabeth die volle Teetasse hin und legte ihr dann vorsichtig die Hand auf die Schulter.

Sie rührte sich nicht und schien den Tee nicht zu bemerken.

»Ich glaube, für mich ist es Zeit, wieder nach unten zu gehen«, sagte Elias, der in der Tür stand. »Möchten Sie mitkommen, Elisabeth? Oder wollen Sie noch etwas länger bleiben?«

Sie sagte nichts, stand aber langsam auf.

»Danke«, murmelte sie und streckte Otto die Hand hin. Dieser umfasste sie mit beiden Händen, ehe er sie an sich zog und sie leicht umarmte.

Dann drehte er sich zu Elias und nahm auch diesen in die Arme. »Danke, dass ihr gekommen seid.« Er warf einen Blick an die Decke. »Es fühlt sich wirklich wie ein Neubeginn an, nicht wahr?«

Elisabeths Blick ruhte auf den beiden Männern, wie sie dort in der Küche standen und von dem weichen Licht erhellt wurden, das der Glaslüster über dem Tisch im Raum verbreitete.

Sie nickte und folgte den beiden in den Flur.

»Vergessen Sie bitte nicht, sich ein Buch auszusuchen«, sagte Otto.

Elisabeth lief das Regal entlang, die Hände hinter dem Rücken verschränkt. Immer wieder wurde sie langsamer, zog aber kein Buch heraus. Als sie das Ende des Flures erreicht hatte, kam sie langsam zurück, die Augen weiterhin auf die Bücherreihen gerichtet. Schließlich blieb sie stehen und zog ein Hardcover heraus.

»Davon wollen Sie sich vielleicht nicht trennen«, sagte sie, während sie Otto den Band zeigte.

»Sie erweisen mir einen Gefallen, Elisabeth. Es gibt nichts in diesem Regal, das ich Ihnen nicht gerne geben würde. Eine kleine Anzahl von Büchern hat aus unterschiedlichen Gründen eine besondere Bedeutung für mich. Die bewahre ich neben meinem Bett auf. Alle anderen möchte ich gerne weiterreichen.«

»Danke«, erwiderte Elisabeth und folgte Elias ins Treppenhaus, das Buch in der Hand.

Otto hatte den Abwasch erledigt und saß jetzt am Tisch. Er las. Kühle Nachtluft drang durchs Fenster herein. Er las in einem schmalen, kleinen Buch, nahm sich aber viel Zeit dafür, um jedes Wort genießen zu können. Immer wieder sah er auf und konzentrierte sich für einen Moment auf den Duft, der mit der Luft ins Zimmer geweht kam. Er atmete tief ein und fragte sich, ob wohl der alte Vogelkirschbaum im Hof allmählich zu blühen begann. Eher nicht, denn es war noch zu früh, aber in der Luft lag eindeutig bereits eine verheißungsvolle Lieblichkeit.

Als er das Buch schließlich zuklappte, merkte er, dass sich die Nacht allmählich verabschiedete und der Morgen nahte. Er stand auf und schaltete das Licht aus. Einen Moment lang stand er am Fenster, die Hände auf dem Fensterbrett. Es hatte tatsächlich eine leichte Veränderung in der Färbung des Himmels stattgefunden. Jetzt sah er so aus, als ob er von hinten beleuchtet werden würde – ein unglaublich tiefes Blau, das über den Dächern heller und weiter oben dunkler war. Otto holte erneut tief Luft. Gerade als er sich abwenden wollte, hörte er den ersten Laut. Er setzte sich wieder auf den Stuhl und schloss die Augen.

Die Amsel war zurück.

Die vier Mauern, die den Innenhof umgaben, verstärkten den Ton auf seinem Weg in Richtung Himmel. Der jubilierende Gesang erklang in dem begrenzten Raum deutlicher als sonst, und jede Note schien wunderbar klar zu sein.

Otto legte die Arme auf den Tisch und platzierte seinen Kopf darauf. Er schloss die Augen und war schon kurz darauf eingeschlafen.

ACHTZEHN

Sie betrat ihre dunkle Wohnung. Zum ersten Mal seit ihrem Einzug hatte sie nun die Möglichkeit, ihre mit einer anderen zu vergleichen.

Die Wohnung über ihr war hell und warm. Sie konnte sich Otto vorstellen, wie er etwas in der Küche machte. Vielleicht hörte er dabei Musik. Beim Essen hatte er viel von Musik gesprochen, und offenbar interessierte er sich ernsthaft dafür und kannte sich tatsächlich aus. Er hatte dieses wundervolle Trio aufgelegt. Sie konnte sich nicht daran erinnern, wann sie das letzte Mal Musik gehört hatte. Bei ihr gab es weder ein Radio noch eine Stereoanlage. Sie hatte sich nicht einmal die Mühe gemacht, ihren Laptop zu öffnen. Vielleicht war er gar nicht mehr aufzuladen.

Sie ging ins Schlafzimmer, öffnete das Fenster und sank auf das Bett. Draußen war es dunkel und still, doch die Dunkelheit hatte nichts Absolutes mehr. Nicht einmal mitten in der Nacht. Hinter dem dunklen Himmel schimmerte ein Licht auf. Auch die Stille fühlte sich nicht mehr vollkommen an, sondern eher wie ein Atemholen. Eine kurze Pause.

Sie lag auf dem Bett und zog eine Ecke der Decke über ihren Körper. Dann schaltete sie die Leselampe an. In dem schwachen Licht konnte sie die Zeichnung an der Wand erkennen, und für den Bruchteil einer Sekunde glaubte sie, der Vogel würde sich bewegen. Ganz vorsichtig seine Flügel öffnen. Wieder trieb ihr das Bild die Tränen in die Augen. Sie wollte und konnte nicht darüber nachdenken, warum es sie so berührte. Elias hatte erklärt, dass er gerne mit ihr darüber sprechen würde. Sie hatte keine Ahnung, warum. Sie hatte ihm nichts zu bieten. Nur Tränen.

Ottos Buch hatte sie auf die Schachteln neben dem Bett gelegt. Strindbergs *Inferno*. Allerdings verspürte sie jetzt doch keine Lust zu lesen und schaltete das Licht wieder aus. Müde war sie eigentlich nicht. Vielleicht körperlich erschöpft, als hätte sie schwere physische Arbeit verrichtet, aber ihr Kopf war voll von Bildern und Eindrücken des Abends. Sie ging alles noch einmal durch, beunruhigt, ob sie vielleicht etwas Unpassendes gesagt oder getan hatte.

Es dauerte lange, bis sie einschlief.

Sie hatte gewusst, dass es falsch war. Sie hatte es von dem Moment an gewusst, als sie die Einladung annahm. Als sie ihre Haare schnitt und in den Umzugskisten nach etwas zum Anziehen suchte. Ein Teil von ihr hatte sich beobachtet, selbstgefällig gelächelt und über ihre törichten Bemühungen den Kopf geschüttelt. Sie hatte einen so langen Weg zurückgelegt, um den Frieden zu erreichen, nach dem sie sich sehnte, und jetzt riskierte sie alles, nur um einen Abend mit zwei Menschen zu verbringen, die sie kaum kannte.

Jetzt stand sie mehr denn je in der Schuld. Die Freundlichkeit, mit der man ihr begegnet war, klebte an ihr und belastete sie schwer. Abendessen. Musik. Bücher. Und dann diese verdammten Zeichnungen. Es war ihr schwergefallen, sie anzusehen, und doch war es unmöglich, es nicht zu tun. Diesem jungen Mann war es mit seinen Zeichnungen irgendwie gelungen, sich einen Weg in ihren Kopf zu bahnen. Jetzt waren sie dort, und sie vermochte sie nicht mehr loszuwerden. Sie waren alle in ihr und konnten nicht mehr ausradiert werden. Alle waren sie da, so klar sichtbar wie die Zeichnung an ihrer Wand.

Die Frau in Grün sah sie diesmal direkt an, befand sich jedoch zugleich in größerer Entfernung als sonst. In ihrer Miene lag kein Tadel mehr. Nein, es war schlimmer. Sie sah sie mitleidig an. Sie gab keinen Laut von sich, doch die Botschaft war eindeutig.

»Du Närrin. Du entfernst dich, Elisabeth. Und du wirst wieder allein enden. Du kennst die Gefahr. Der vernichtende Schmerz, der mit dem Leben dort draußen in enger Verbindung steht. Bist du dir sicher, dass es das ist, was du willst?«

»Nein!«, schrie sie. »Das ist es nicht, was ich will! Ich will nur ein bisschen ...«

Die Frau in Grün schüttelte bedächtig den Kopf. Sie wirkte unendlich traurig.

»So etwas gibt es nicht, Elisabeth. Das weißt du doch. Es gibt nicht nur ein bisschen Leben. Es gibt Leben. Oder kein Leben.«

Im Zimmer wurde es langsam heller, und mit dem Licht verschwand auch die Frau in Grün.

Elisabeth setzte sich im Bett auf. Jetzt erst merkte sie, dass sie sich noch gar nicht ausgezogen hatte. Gerade als sie aufstehen wollte, drang der Laut in ihr Zimmer. Die ersten Töne des Gesangs einer Amsel. Es war nicht sehr laut, kam vielleicht aus dem Innenhof auf der anderen Seite des Hauses. Doch der Klang war absolut klar und rein. Ein jubilierender Gesang.

Vibrierend vor Lebensfreude.

NEUNZEHN

Elias wartete auf Maja, die ihn besuchen wollte. Er wusste, dass es sinnlos war, sie zu bitten, es sich noch einmal anders zu überlegen. Und er hoffte, dass er sich zurückhalten konnte, sie zu fragen. Doch er wollte ihre Meinung zu den Zeichnungen hören und erfahren, was sie in ihnen sah.

Er hatte alle Bilder im Computer fertiggestellt, und jetzt breitete er die großen Originale in der richtigen Reihenfolge auf dem Boden aus. Insgesamt waren es zwölf, die als ganze Seiten gedacht waren. Die kleineren befanden sich noch in den Zeichenblocks und auf dem Computer.

Dieses hier war anders als alle Bücher, die er bisher erschaffen hatte. Zum einen hatte er nie Illustrationen verwendet, die ganze Seiten beanspruchten. Zum anderen hatte er noch nie so schnell gearbeitet. Oder so konzentriert.

Er stand auf und betrachtete die Bilder von oben. Es gab nichts, was er ändern wollte. Sein Blick wanderte von einer Darstellung zur nächsten, während er die Geschichte in seinem Kopf zu hören glaubte. Die Frage war nur, ob auch irgendjemand sonst sie hören würde?

Es gab noch viel zu tun, aber noch nie zuvor hatte er das ganze Buch zu diesem Zeitpunkt bereits so vollständig vor seinem inneren Auge gesehen. Jedes Bild schien völlig klar zu sein, ehe er auch nur zu zeichnen begann.

Es klingelte an der Tür.

Maja kannte er bereits fast sein ganzes Leben. Sie war beinahe ein Teil von ihm, seine beste Freundin und lange Zeit auch seine Beschützerin. Im Grunde war sie so etwas wie Familie für ihn. Niemandem vertraute er mehr. Ihr Urteil bedeutete ihm alles. Er spürte, wie sein Herz schneller zu schlagen begann.

»Okay, zeig sie mir«, sagte sie und gab ihm einen flüchtigen Kuss auf die Wange.

Die Augen auf die Zeichnungen gerichtet, zog sie langsam ihre Jacke aus und ließ sie auf den Boden fallen. Sie sagte nichts, und Elias stand nervös auf der Lippe kauend hinter ihr.

Schließlich drehte sie sich zu ihm um, und zu Elias' Verblüffung hatte sie Tränen in den Augen. Sie schlang die Arme um seinen Hals.

»Oh, Elias, das ist, das ist... mein Gott, ich weiß nicht, was ich sagen soll! Stell dir vor: Mir, Maja Fredriksson, fehlen die Worte.« Sie weinte und lachte gleichzeitig. »Es ist ein ganzes Leben. Es beginnt mit diesem gebrochenen Vogel... Aber es geht gar nicht um einen Vogel, nicht wahr?«

Er löste sich aus ihrer Umarmung, hielt sie aber noch immer an den Schultern fest.

Dann begann auch er zu weinen. Er zog sie erneut an sich und hob sie hoch. Sie lachten und schluchzten beide zusammen, während sie sich im Kreis drehten. Als sie sich schließlich losließen, standen sie nebeneinander da, die Augen auf die Bilder vor ihnen auf dem Boden gerichtet.

»Ich wusste, dass du es erkennen würdest«, sagte er leise und nahm ihre Hand. »Ja, ich versuche, die Geschichte eines ganzen Lebens zu erzählen. Es begann mit einem kurzen Blick auf eine Frau. Die sich in meinen Vogel verwandelt hat. Ich konnte nicht aufhören.«

Mit geröteten Wangen zuckte er mit den Achseln.

»Ich bin mir nicht sicher, ob ich es erklären kann, Maja.

Aber so etwas wollte ich schon immer erleben. Dieses Gefühl, mir ganz sicher zu sein, wohin die Reise geht und was ich erreichen will. Bei diesem Projekt weiß ich es diesmal ganz genau.«

Sie nickte.

»In gewisser Weise bin ich froh, dass ich diesmal nicht die Worte dazu schreiben werde. Das übersteigt mein Können *so* sehr, Elias. Das ist... also, das ist Poesie. Und ich bin keine Dichterin.«

»Aber du kannst es hören, nicht wahr?«

»Ja, ich kann es hören. Allerdings nicht als Worte, sondern als Gefühle. In den ersten Bildern herrscht eine furchtbare, schreckliche Einsamkeit. Die Angst, verlassen zu werden. Verzweiflung. Die Versuchung aufzugeben, loszulassen. Der Kampf zwischen Leben und Tod. Liebe und Hass. Rache. Doch stets auch diese unauslöschliche Sehnsucht nach Liebe.«

Sie hielt inne.

»Siehst du, Elias? Du hörst, wie ich mich bemühe, die richtigen Worte für das zu finden, was ich sehe, stimmt's? Ich kann es spüren, es in deinen Bildern sehen, aber das hier braucht ganz besondere Worte. Die ebenso präzise sind wie deine Bilder. Ebenso atmosphärisch. Und ebenso zart. Ich bin mir nicht sicher, ob es solche Worte überhaupt gibt, Elias. Ich jedenfalls würde sie nicht finden.«

»Vielleicht hast du recht. Vielleicht gibt es keine Worte für diese Bilder.«

Maja neigte den Kopf zur Seite und sah ihn an.

»Bist du dir sicher, dass es wichtig ist?«

Elias antwortete nicht sofort, sondern dachte eine Weile über Majas Frage nach.

Schließlich nickte er.

»Ja, es muss Worte dazu geben. Welche Worte es auch

immer sein mögen. Und wo immer ich sie finde. Aber es muss sie geben. Ich muss diese Worte hören.«

»Wenn das der Fall ist, dann wirst du sie auch finden. Früher oder später. Es ist seltsam, wie das, was man wirklich braucht, irgendwann auch kommt, oft auf ganz unerwartete Weise. Du musst einfach nur aufmerksam sein. Deine Worte sind irgendwo da draußen, und du wirst sie finden.« Sie legte eine Hand auf seine Wange.

»Ich muss los.« Sie hob ihre Jacke auf und gab Elias erneut einen flüchtigen Kuss.

»Ich hoffe, du kannst zu meinem Mittsommernachtsfest kommen«, sagte sie über die Schulter hinweg, als sie zur Tür ging. »Alles wie immer: dieselben Leute, dieselben Gerichte, derselbe Ort. Mamas Schrebergarten in Tanto. Daumen drücken, dass es nicht regnet.«

Und weg war sie.

ZWANZIG

Otto wachte früher auf als sonst. Er hatte sich endlich aufgerafft und in seiner Wohnung einen gründlichen Frühjahrsputz veranstaltet. Allerdings war es kein Frühjahrsputz wie der seiner Mutter einmal im Jahr, mit Reinigung der Decken und Wände und dem Auslüften aller Kleider. Dennoch spürte er, wie sauber der Boden jetzt war, als er barfuß herumlief. Das morgendliche Licht konnte ungefiltert durch die saubereren Scheiben dringen, und als er das Küchenfenster öffnete, erfüllte frische Morgenluft den Raum. Er vermochte nicht genau zu sagen, wonach die Luft roch, doch er sog sie voll Dankbarkeit in sich auf.

Er beschloss, zur Abwechslung einmal losen Tee aufzugießen und nicht nur Teebeutel zu verwenden. Jeder Schluck war ein Genuss, seinen Toast aß er langsam und bedächtig. Es sah so aus, als würde es ein wunderschöner Frühsommertag werden. Ein Tag, um ihn draußen zu verbringen.

Eva war gerne im Freien gewesen. Auf ihre Art und Weise. Wenn das Wetter gut war, saß sie gern in dem kleinen Garten hinter dem Haus im Schatten, eine Zigarette in der Hand, und starrte mit leerem Blick in die Ferne. Er war schon oft in Versuchung gewesen, sie zu fragen, woran sie dachte. Aber er tat es nie. Auch jetzt sah er sie noch vor seinem inneren Auge, ihre schönen Beine elegant übereinandergeschlagen und ihre kleinen, vollkommenen Füße in zierlichen, flachen Schuhen. Wenn sie gemeinsam in Urlaub fuhren, liebte sie es, auf der Strandpromenade zu schlendern. Schwimmen sah er sie nie.

Sie schien es zu bevorzugen, wenn eine gewisse Distanz zwischen ihr und der Welt lag. Sie beobachtete gerne, nahm aber nie teil. Bei wenigen Gelegenheiten hatte er darauf bestanden, schwimmen zu gehen. Sie jedoch hatte stets in sicherer Entfernung unter einem Sonnenschirm in einem Strandcafé gesessen, das blonde Haar ordentlich gekämmt und die Augen hinter einer dunklen Sonnenbrille verborgen.

Er stellte seine Tasse ins Spülbecken und ging duschen.

Otto achtete nicht sonderlich auf sein Aussehen. Er hatte sich nie attraktiv gefühlt und sich nie auffallend gekleidet. Kleidung interessierte ihn nicht, doch er schätzte Qualität. Nachdem er zu arbeiten aufgehört hatte, brauchte er nicht mehr als ein paar lockere Hemden, einige Hosen und Pullis. Doch jetzt stand er in der Unterwäsche vor seinem Kleiderschrank und bemerkte auf einmal, wie wenig Auswahl er hatte. Nur gedeckte Farben: Dunkelblau, Grau, Hellbraun. Er holte eine graue Hose heraus. Er wusste, dass man im Sommer Polohemden trug, aber er besaß keine. Seufzend betrachtete er die Reihe beinahe identisch aussehender langärmeliger Baumwollhemden. Schließlich entschied er sich für ein weißes mit grauen Streifen.

Schuhe. Vielleicht war es bereits warm genug für Sandalen. Er starrte auf seine Füße. Milchig weiß mit sichtbaren blauen Venen. Die Nägel schimmerten gelblich, wie er fand. Die Füße eines alten Mannes. Konnte er mit Sandalen Socken tragen? Nein, er hatte irgendwo gelesen, dass das ein absolutes Tabu war. Also, welche Alternative blieb ihm? Schwarze Schnürschuhe. Drei sehr ähnliche Paare guter Qualität. Doch für einen Tag wie diesen völlig falsch. Er brauchte das, was man – soweit er wusste – Segelschuhe nannte. Nicht, dass er jemals gesegelt wäre. Er hatte die Schuhe nur auf Empfehlung gekauft, als er das erste Mal Ekholmen besucht hatte, sie aber nur dort auf der Insel getragen. Doch jetzt schienen sie das Richtige zu sein. Sie waren braun, passten also nicht wirklich zur Hose. Aber das war ihm egal. Wieso verschwendete er überhaupt einen Gedanken daran?

Er schlüpfte in die Schuhe – ohne Socken, wie er das bei anderen gesehen hatte. Es fühlte sich seltsam an, und er wagte ein paar Schritte durch das Zimmer. Nein, es musste mit Socken sein, so wie immer.

Dann kehrte er ins Badezimmer zurück und betupfte die Wangen mit Eau de Cologne. Er wusste, dass es ein guter Duft war. Er hatte ihn bereits benutzt, ehe er in Mode kam, nachdem Eva ihm eine Flasche davon in Rom gekauft hatte. Es hatte ihn verblüfft, als er erfuhr, wie viel so etwas kostete. Aber er mochte den Duft. Eva behauptete, es würde ihn unwiderstehlich machen. Bei ihr hatte er nie auch nur das geringste Anzeichen dafür bemerkt, dass der Duft seine Wirkung tat. Aber im Laufe der Jahre hatte er manchmal von anderen Frauen ein Kompliment geerntet. Das Eau de Cologne war zu seinem einen Luxus geworden. Von den Büchern einmal abgesehen. Jedes Mal, wenn sie nach Rom fuhren, kaufte er ein paar Flaschen. Inzwischen konnte man sie überall bekommen.

Er tat noch etwas mehr auf die Wangen.

Er klingelte an der Tür. Einen Moment lang verspürte er das Bedürfnis, wieder nach oben zu rennen. Aber ihm blieb keine Zeit. Fast augenblicklich ging die Tür auf. Sie trug noch einen Morgenmantel, und ihre Haare waren zerzaust.

»Oh, entschuldigen Sie. Habe ich Sie geweckt?«, fragte er.

Sie schüttelte den Kopf.

»Nein, ganz und gar nicht.«

»Ich bin heute sehr früh aufgewacht, und es ist ein so wunderbarer Morgen. Nun, ich habe mir gedacht, dass es herrlich wäre, einen langen Spaziergang zu machen. Oder zumindest einen, der länger ist als sonst.«

Sie antwortete nicht.

»Ein Ort, den ich zu dieser Jahreszeit besonders mag, ist Fåfängan. Waren Sie schon dort?«

Sie schüttelte den Kopf.

»Hätten Sie dann vielleicht Lust mitzukommen? Wir könnten dort oben einen Kaffee trinken oder auch etwas zu Mittag essen. Es gefällt mir dort vor allem wegen der Aussicht so gut.«

Sie sieht definitiv nach einem Nein aus, dachte er.

»Es ist nicht weit, aber ist man erst mal dort angekommen, hat man das Gefühl, in einer anderen Welt zu sein.« Er legte den Kopf zur Seite. »Ich glaube, es würde Ihnen gefallen. Und ich würde mich sehr freuen, wenn Sie mitkämen. Es wäre schön, wenn Sie mir Gesellschaft leisten. Es ist nicht das Gleiche, wenn man den Ausblick alleine genießt.«

Sie räusperte sich. »Ich bin nicht wirklich ...«

»Bitte«, sagte er und merkte sogleich, wie lächerlich er klang. »Vergeben Sie mir, wenn ich Sie so bedränge. Das wollte ich nicht. Heute ist nur der erste richtige Sommertag, und es wäre schön, ihn irgendwie zu begehen.«

Sie nickte nachdenklich. »Es ist nett, dass Sie mich fragen. Aber ich bin augenblicklich nicht in der richtigen Verfassung für einen Spaziergang. Jedenfalls nicht sofort.«

»Ich habe alle Zeit der Welt. Sagen Sie mir einfach, wann es für Sie passen würde.«

»Wie viel Uhr ist es jetzt?«

»Halb zehn. Wie wäre es, wenn ich um elf wiederkomme?«

Einen Moment lang schien sie noch zu zögern. Doch dann nickte sie.

Sie liefen die Tjärhovsgatan in einträchtigem Schweigen dahin. Otto hatte ihr seinen Arm angeboten, und Elisabeth hatte sich untergehakt. Sie durchquerten den kleinen Park am Tjärhovsplan und gingen über die Folkungagatan. Viele Leute waren nicht unterwegs. Am Himmel war kaum eine Wolke zu sehen, und der Wind trug die schrillen Schreie der Möwen zu ihnen herüber.

Am Ende der Folkungagatan bogen sie rechts ab und erreichten schließlich die Unterführung zum Fåfängan. Otto erklomm als Erster die hölzernen Stufen, dann folgte Elisabeth. Sie betrachtete seine vernünftig gewählten Sportschuhe und schämte sich ein wenig für ihre Sandalen. Ihre Füße sahen winterbleich aus, und ihr wurde klar, dass der Übergang von Winterstiefeln zu Sandalen zu schnell gewesen war.

Als sie den Gipfel des steilen Anstiegs erreichten, zeigte Otto auf eine Bank.

»Setzen wir uns doch für einen Moment, um wieder zu Atem zu kommen.«

Der Ausblick war wirklich großartig. Direkt unter dem steilen Kliff konnten sie die Fähren erkennen, die nach Åland, Finnland und dem Baltikum fuhren – schwimmende, mehrstöckige Gebäude, die beinahe wie eigenständige kleine Städte wirkten. Linker Hand hatten sie einen ungehinderten Blick über die Altstadt mit dem Skeppsbron-Kai, von wo aus die kleinen weißen Fähren nach Djurgården aufbrachen oder von dort wieder zurückkehrten. Noch weiter hinten breitete sich die Stadt in alle Richtungen aus.

Elisabeth hielt die Augen auf den Ausblick gerichtet und sagte nichts.

»Schön, nicht wahr?«

Sie nickte.

»Haben Sie lange in Stockholm gelebt?«, wollte Otto wissen.

Elisabeth zögerte.

»In gewisser Weise. Und andererseits auch wieder nicht«, erwiderte sie geheimnisvoll.

»Ich habe fast mein ganzes Leben hier in diesem Land verbracht«, sagte Otto. »Aber irgendwie bin ich doch noch immer ein Immigrant. Ich war fünf, als meine Mutter von Österreich mit mir hierherzog. Ich habe nur wenige Erinnerungen an ein Leben woanders, doch diese wenigen Erinnerungen kommen mir realer und irgendwie bunter vor als die an mein späteres Leben.«

Er schwieg, ehe er hinzufügte: »Vielleicht ist das so mit den frühen Erinnerungen – ganz gleich, ob man umzieht oder nicht.«

Als Elisabeth noch immer nicht antwortete, redete er weiter.

»Die meisten haben wahrscheinlich öfter den Wohnort gewechselt als ich. Sind öfter umgezogen. Meine Wohnung hier ist erst die vierte in meinem Leben. Mein viertes Zuhause, wenn man das so nennen kann. Ich bin mir nicht sicher, ob ich überhaupt schon richtig eingezogen bin, obwohl ich dort bereits seit so vielen Jahre meine Dinge untergebracht habe und in meinem Bett schlafe. In letzter Zeit frage ich mich immer wieder, ob ich vielleicht zu lange an einem Ort geblieben bin. Vielleicht hätte ich genauer darüber nachdenken sollen, wo ich wirklich leben will.«

Er schloss die Augen und hielt das Gesicht der Sonne entgegen.

Dann hörte er Elisabeths Stimme.

»Als ich Stockholm verließ, war ich mir sicher, dass ich nie zurückkehren würde. Ich freute mich darauf, alles hinter mir zu lassen. Mein Leben hier war nie besonders ... nie besonders glücklich gewesen. Ich war mir sicher, dass irgendwo etwas anderes auf mich wartete. Einen genauen Plan hatte ich nicht. Ich wollte nur einfach raus. Woanders neu beginnen. Ich hatte das Gefühl, dass es mein Schicksal war, mein wirkliches Leben weit weg von Stockholm zu führen.«

Otto öffnete die Augen und sah sie an.

»Und haben Sie diesen Ort gefunden?«

Sie nickte.

»Ich dachte es jedenfalls. Für eine Weile hatte ich ihn gefunden – ja.«

Sie betrachtete ihn zaudernd, als überlegte sie, ob sie weitersprechen sollte. Ob man ihm vertrauen könnte. Er bemerkte, dass ihre Augen in dem Licht beinahe durchsichtig wirkten. Flüssiger Honig mit dunklen Einsprengseln. Sie wandte sich ab und richtete den Blick erneut in die Ferne.

»Lange verwechselte ich den Ort mit den Menschen. Ich dachte, ich wäre am richtigen Ort, weil ich dachte, mit dem richtigen Menschen zusammen zu sein.«

Sie sah ihn einen Moment lang ernst an.

»Wenn Sie verstehen, was ich meine.«

Er nickte.

»Und als mir bewusst wurde, dass es diesen Menschen nicht mehr für mich gibt, verlor auch der Ort seine Bedeutung. Ich wusste nicht, was ich tun sollte. Wohin ich gehen sollte.«

Sie machte eine Pause.

»Also kam ich zurück. Und jetzt verstehe ich, dass es nie an diesem Ort gelegen hat. Ich war es, mit der etwas nicht gestimmt hat.«

Sie presste eine geballte Faust auf ihren Mund, als ob sie versuchte, die Tränen zurückzuhalten.

»Wie wäre es mit einem Kaffee?«, schlug Otto vor. »Und vielleicht einem kleinen Mittagessen? Die Krabben-Sandwiches sind hier wirklich gut.«

Sie nickte, und Otto wies ihr den Weg zum Restaurant.

Sie hatten ihr Mittagessen beendet und saßen jetzt an einem Tisch im Garten vor dem Restaurant. Thema ihrer Unterhaltung waren erneut Bücher und Musik. Wie gewöhnlich redete vor allem Otto.

»Mir gefiel das Buch, das Sie mir geschenkt haben«, sagte er. »Ich bin überrascht, wie genau Sie mich zu kennen scheinen.«

Er warf ihr einen raschen Blick zu und lächelte.

»In vielerlei Hinsicht war ich tatsächlich wie dieser Mr Utz. Ebenso ungesund an meinen Büchern hängend wie er an seinem Meißner Porzellan. Man hätte es sicher eine Art von Obsession nennen können. Mein ganzes Leben drehte sich um Bücher. Ich las Bücher zum Frühstück, ich arbeitete den ganzen Tag mit Büchern, und abends las ich wieder Bücher. Und wenn ich nicht Bücher las, dann las ich *über* Bücher. Rezensionen, Artikel. Wenn ich andere Leute traf, dann fast ausschließlich solche, die auch mit Büchern zu tun hatten.«

Gedankenverloren faltete er immer wieder eine Serviette, während er sprach.

»In meiner Ehe gestattete ich mir nie zuzugeben, dass ich unglücklich war. Meine Frau und ich redeten nie darüber, wie es uns miteinander ging. Ich habe keine Ahnung, ob sie glücklich oder unglücklich war. Es war einfach so, wie es war. Wir lebten zusammen in einem kleinen Haus. Wir aßen zusammen zu Abend. Wir fuhren zusammen in Urlaub. Ich redete mir ein, dass ein Ehepaar solche Dinge tat. Dass es darum in einer Ehe ging. Oder vielleicht habe ich es mir noch nicht einmal eingeredet – denn ich kann mich nicht daran erinnern, jemals bewusst darüber nachgedacht zu haben. Wir reihten einfach einen Tag an den anderen und nannten es unser Leben.«

Er seufzte tief.

»Als Eva starb, habe ich angefangen, darüber nachzudenken, wie unser gemeinsames Leben eigentlich ablief. Ich glaube, ich habe endlich zugelassen, mir einzugestehen, wie unglücklich ich in unserer Ehe war. Und ich gab ihr die Schuld. Ihrer Kälte. Der Distanz, die sie meiner Meinung nach immer wahrte.«

Er sah Elisabeth über den Tisch hinweg an.

»Ich langweile Sie bestimmt mit meinem Gerede«, sagte er mit einem beschämten Schulterzucken. »Ich habe noch nie mit jemandem darüber gesprochen. Keine Ahnung, was über mich gekommen ist.«

»Sie langweilen mich ganz und gar nicht. Soll ich uns noch einen Kaffee holen?«

Otto nickte, und Elisabeth ging ins Lokal.

Als sie an den Tisch zurückkehrte, blickte er auf und lächelte.

»Danke«, sagte er, als sie seine Tasse vor ihn stellte. Er tat etwas Zucker in den Kaffee und begann gedankenverloren darin zu rühren.

»Haben Sie Kinder?«, fragte Elisabeth, nachdem sie sich gesetzt hatte.

»Nein. Nein, keine Kinder. Vielleicht wäre alles anders gekommen, wenn wir welche gehabt hätten. Das ist schwer einzuschätzen. Aber ich glaube nicht, dass Eva als Mutter geeignet gewesen wäre. Sie war zierlich, zerbrechlich. Sehr schön, zumindest empfand ich das so. Ich verglich sie früher immer mit einer Alabasterstatue. Edel. So weiß, so rein. Irgendwie schien es zu passen, dass ihr Körper nie ein Kind gebären würde. Ich habe das nie hinterfragt.«

Er hielt einen Moment lang inne.

»Das lässt mich wieder an Kaspar Utz denken. Und macht mich zutiefst traurig.«

Er lehnte sich auf seinem Stuhl zurück und blickte auf.

»Haben Sie Kinder, Elisabeth?«

Sie schüttelte den Kopf, sagte aber nichts.

»Ich weiß nicht, ob ich um die Kinder trauere, die wir nie gehabt haben. Es fällt mir schwer, mir mich selbst als Vater vorzustellen – genauso schwer wie Eva als Mutter. Ich habe keine Ahnung, was für eine Art von Vater ich geworden wäre.«

In seinen Augen spiegelte sich eine solche Verzweiflung wider, dass Elisabeth den Blick abwandte.

»Oder was für eine Art von Ehemann ich war. Aber mir wird jetzt klar, dass ich für meine Handlungen verantwortlich war. Dass ich mich hätte entscheiden können, anders zu handeln. Und darüber trauere ich.«

»All diese Dinge, die wir nie getan haben, all die Möglichkeiten, die wir nie ausprobiert haben – wir werden nie wissen, wie es auch hätte sein können«, sagte Elisabeth. »Niemand kann jede Möglichkeit erkunden. Wir müssen Entscheidungen treffen. Und manchmal werden Entscheidungen auch für uns getroffen.«

Otto lehnte sich vor.

»Aber das ist es ja, was mich am meisten quält, Elisabeth. Dass ich angenommen habe, ich wüsste, was meine Frau will, obwohl es in Wirklichkeit nur meine Annahme war. Meine Idee, meine Vorstellung. Und darauf basierend habe ich Entscheidungen getroffen, die uns beide betrafen. Was ist das für ein Mann, der die wichtigsten Themen im Leben nicht mit seiner Frau bespricht? Der glaubt, er wüsste Bescheid? Was für eine schreckliche Arroganz.«

Seine Stimme versagte, und er musste sich mehrmals räuspern, ehe er fortfahren konnte.

»In dem Buch, das Sie mir gegeben haben, trifft Kaspar Utz eine klügere Entscheidung, als es mir je gelungen ist. Ehe es zu spät ist, ist er fähig dazu, das Leben seiner Obsession vorzuziehen. Auch ich habe endlich verstanden, dass ich dazu fähig bin, meine aufzugeben. Dass ich meine Bücher nicht mehr brauche. Aber ich befürchte, dass ich zu lange gebraucht haben, um diesen Punkt zu erreichen. Ich habe es zugelassen, dass mein ganzes Leben einfach so verstrichen ist.«

Elisabeth beugte sich über den Tisch und nahm Ottos Hände in die ihren.

»Ihr Leben ist nicht vorbei, Otto. Jede noch so kleine Einsicht hat ihren Wert. Wir müssen nicht zu weit im Voraus planen. Oder genaue Pläne verfolgen. Unsere Leben entwickeln sich von einem Tag zum anderen weiter.«

Otto drückte ihre Hände und hob dann eine an seine Lippen, um einen Kuss daraufzudrücken.

Elisabeth lächelte, ehe sie ihre Hand wegzog.

»Vielleicht sollten wir uns allmählich auf den Rückweg machen?«, schlug Otto vor. »Wie wäre es, wenn wir am Wasser entlanglaufen?«

EINUNDZWANZIG

Ich bin eine Idiotin, dachte sie. Eine totale Idiotin. Worauf lasse ich mich da ein?

Elisabeth stand an ihrem Küchenfenster. Wieder einmal fühlte sie sich körperlich erschöpft. Schlimmer als nach dem ersten Ausflug mit Otto. Aber es war eine angenehme Art von Erschöpfung. Sie waren den ganzen Weg am Hammarby-Kanal entlanggelaufen und hatten sich zwischendurch auf einer Parkbank ausgeruht. Erst nach sechzehn Uhr waren sie wieder zu Hause eingetroffen. Die intensiven Strahlen der Sonne hatten ihr winterlich blasses Gesicht verbrannt, und jetzt spannte die Haut.

Ich muss wahnsinnig gewesen sein zuzusagen, tadelte sie sich innerlich. Wie soll es mir da das nächste Mal gelingen, ihn abzuwimmeln?

Sie spürte einen Frosch im Hals. Hastig füllte sie ein Glas mit Leitungswasser und trank es in einem Rutsch leer. Es half nichts. Ganz im Gegenteil.

Dasitzen und Lebensweisheiten von mir geben. Ich! Das ist grotesk.

Sie riss sich die Sandalen von den Füßen und schleuderte sie durch den Flur.

Seitdem Otto begonnen hatte, für sie einzukaufen, war sie nach und nach von den frischen Lebensmitteln abhängig geworden. Jetzt hatte sie Hunger. Genau darum ging es. All diese Bedürfnisse und Gefühle, die sie so mühsam in Schach gehalten hatte, machten sich wieder bemerkbar. Es war eine Sache, beim

Abendessen Ottos Geschichten zuzuhören. Und denen von Elias. Und etwas ganz anderes, ihre eigenen von sich zu geben. Ganz einfach, sie durfte nicht zulassen, dass es so weiterging. Der Weg, den sie heute eingeschlagen hatte, würde zwangsläufig zu etwas führen, und sie wusste, dass sie dort auf keinen Fall ankommen durfte. Mit jedem Tag, jeder Einladung, jedem Gefallen, den sie annahm, wurde sie unausweichlich näher an den Ort gebracht, den sie mit aller Macht vermeiden wollte.

Dieser Mann mit seiner Liebenswürdigkeit und seiner Aufmerksamkeit – und heute mit seiner berührenden Offenheit – hatte es geschafft, ihre sorgfältig geschmiedete Rüstung zu durchdringen.

Das war nicht angenehm. Es war schmerzhaft.

Langsam ging sie Richtung Schlafzimmer und bemerkte in der Tür, dass der Vogel auf den Boden gefallen war. Es verstörte sie unverhältnismäßig stark, und sie eilte zu ihm, um ihn aufzuheben. Vorsichtig legte sie das Blatt auf das Bettende und setzte sich dann daneben, die Beine übereinandergeschlagen. Aufmerksam betrachtete sie den Vogel.

Warum hatte dieses Bild eine solche Wirkung auf sie? Sie konnte sich nicht daran erinnern, jemals von einem Kunstwerk derart ergriffen gewesen zu sein. Langsam strich sie mit den Fingern darüber, wobei sie darauf achtete, das Papier nicht zu zerknittern.

»Warum bist du zu mir gekommen, kleiner Vogel?«, flüsterte sie. »Ich bin mir nicht sicher, ob ich dich hierhaben will. Ich bin mir nicht sicher, ob ich irgendetwas von alldem will. Du, Otto, Elias – keinen von euch. Ich will nichts. Ich will dich nicht brauchen. Ich will nichts brauchen.«

Sie begann zu weinen.

»Mein Gott, nicht schon wieder«, flüsterte sie. »Was passiert nur mit mir?«

Sie sprang auf, eilte in die Küche und kam mit einer Rolle doppelseitigem Tesafilm zurück. Sie befestigte vier Streifen an der Wand und presste das Blatt Papier auf das Klebeband.

Dann trat sie einen Schritt zurück.

»So. Gut, kleiner Vogel, du bleibst hier. Du bist nichts Besonderes für mich. Ich mag nur, wie du hier sitzt und mich beobachtest.«

Sie legte sich auf das Bett, verschränkte die Hände hinter dem Kopf und hielt die Augen auf den Vogel gerichtet.

»Ich weiß nicht, was du bei mir willst, aber für den Moment darfst du bleiben. Bis ich es weiß.«

Die Frau in Grün sagte nichts. Gar nichts. Es war auch nicht nötig. Ihre Miene wirkte unendlich traurig.

»Warum kommst du erst jetzt zu mir?«, flüsterte Elisabeth. »Vorhin hätte ich dich gebraucht, aber du warst nicht da.«

»Ich bin immer bei dir.«

Elisabeth schüttelte den Kopf. »Nein, du kommst und du gehst.«

»Du bist es, die mich kommen und gehen lässt.«

»Willst du damit sagen, dass ich Macht über dich habe?« Elisabeth lachte kurz und ungläubig auf.

»Du hast schon immer Macht über mich gehabt.«

Elisabeth schüttelte erneut den Kopf. »Ich hatte nie Macht über dich. Oder über irgendetwas in meinem Leben. Ich bin völlig machtlos.«

»Das bist du nicht. Ganz und gar nicht. Ich war immer für dich da. Aber nur, wenn du mich wolltest. Und es gab immer viele Wege, zwischen denen du dich entscheiden konntest. Ich bin nur einer.«

»Jetzt entscheide ich mich aber nicht.«

»Du triffst ständig Entscheidungen, Elisabeth. Ich kann

dir bei deinen Entscheidungen nicht helfen. Ich *bin* eine von ihnen. Und ich kann nur da sein, wenn du dich für mich entscheidest. Wenn du dir sicher bist, dass ich es bin, die du brauchst.«

»Bleib bei mir«, sagte Elisabeth.

Die Frau in Grün sah sie mit düsteren, traurigen Augen an.

»Ich bin immer da, wenn du mich brauchst.«

Es klingelte an der Tür.

»Warte!«, flüsterte Elisabeth, während die Frau in Grün schwächer wurde. »Bitte bleib.«

Doch das Bild verschwand, und sie befand sich wieder allein im Schlafzimmer.

Es klingelte erneut an der Tür.

ZWEIUNDZWANZIG

Bei Ottos Essen war wenig Zeit geblieben, um eingehender mit Elisabeth zu sprechen. Nachdem Maja ihn nun so ermutigt hatte, beschloss er, Elisabeth zu bitten, zu ihm zu kommen und noch einmal einen Blick auf seine Zeichnungen zu werfen. Er war sich nicht sicher, was er sich von ihr erhoffte, doch es fühlte sich ausgesprochen wichtig an, ihre Gedanken dazu zu erfahren.

Er stand vor ihrer Tür und wartete, unsicher, ob er ein zweites Mal klingeln sollte. Gespannt lauschte er, vermochte aber kein Geräusch auf der anderen Seite der Tür zu vernehmen. Wieder drückte er auf den Knopf. Endlich öffnete sie die Tür. Sie war angezogen, sah aber so aus, als ob sie gerade erst aufgewacht wäre.

»Es tut mir leid, Sie schon wieder zu stören«, sagte Elias. »Aber bei Ottos Essen hatten wir nicht viel Gelegenheit, miteinander über mein Projekt zu reden. Es gab zu viel anderes zu besprechen, nicht wahr? Jedenfalls wollte ich Sie jetzt bitten, ob Sie nicht herüberkommen und noch einmal einen Blick auf meine Zeichnungen werfen könnten. Mir ist nämlich nicht entgangen, dass die Bilder Sie zu berühren schienen. Dass Sie etwas in ihnen gesehen haben. Es wird nicht lange dauern...«

»Ich bin mir nicht sicher... Ich meine, was könnte ich schon beitragen?«

»Es ist mir wichtig zu erfahren, was Sie denken. Aber Sie müssen ehrlich zu mir sein.«

Elisabeth fuhr sich mit einer Hand durch das zerzauste Haar. Sie sah ihn stirnrunzelnd an.

»Geben Sie mir ein paar Minuten Zeit, und dann komme ich zu Ihnen rüber«, sagte sie schließlich.

Es war sinnlos zu versuchen, ihr Aussehen zu verbessern. Er hatte bereits gesehen, was mit ihr los war: zerzauste Haare, zerknitterte Kleidung, kein Make-up. Ihm musste klar gewesen sein, dass sie gerade erst aufgestanden war. Dennoch ging sie ins Badezimmer und putzte sich die Zähne. Nachdem sie sich nach dem Ausspülen wieder aufrichtete, betrachtete sie ihr Bild im Spiegel.

Es geht also weiter, Elisabeth. Du bist sogar ein wenig aufgeregt. Törichte, törichte Frau. Du kannst so lange vorgeben, wie du willst, dass du ihm nur einen Gefallen tust, aber wir beide wissen doch, dass das nicht stimmt. Du willst das für dich selbst. Du machst es schon wieder, obwohl du weißt, dass es hoffnungslos ist und nur den Schmerz verlängert. Das Unvermeidbare hinauszögert. Du kannst dir einreden, dass es nichts ändern wird. Aber das wird es, Elisabeth. Das wird es. Alle unsere Handlungen bewirken etwas. Und natürlich nicht nur für uns selbst. Was wir tun, wirkt sich auch auf die anderen aus.

Langsam kämmte sie sich die Haare, ohne den Blick von ihrem Spiegelbild abzuwenden. Warum fiel es ihr so schwer, Nein zu sagen? Die Tür nicht zu öffnen? Die Augen und Ohren zu schließen, um nicht mehr ständig verführt zu werden? Es war ihr so lange gut gelungen. Doch jetzt verlor sie plötzlich die Kontrolle.

Sie nahm ein Fläschchen Parfüm vom Regal und sprühte ein wenig davon auf ihren Hals und die Innenseite ihrer Handgelenke.

Du bist wirklich eine Idiotin, Elisabeth, dachte sie und beugte sich näher an den Spiegel. Du bist dreiundfünfzig, benimmst dich aber wie ein Kind. Fast scheinst du dir einzureden, dass es da draußen etwas für dich gibt. Du scheinst fast anzufangen, wieder Hoffnung zu schöpfen. Lass das, Elisabeth. Lass es bleiben.

Sie stellte das Parfüm wieder auf das Regal und wandte sich abrupt vom Spiegel ab.

Elias öffnete die Tür im selben Moment, in dem sie ihren Finger auf den Knopf legte – als ob er bereits nervös hinter der Tür gewartet und befürchtet hätte, dass sie doch noch ihre Meinung ändern könnte.

»Kommen Sie herein, Elisabeth«, sagte er. »Danke, dass Sie da sind. Es bedeutet mir sehr viel.« Er errötete, und Elisabeth merkte, wie angespannt er war. Sie verstand nicht ganz, warum.

Er führte sie durch den Flur.

»Es ist leider ziemlich unordentlich hier«, sagte er über seine Schulter hinweg. »Ich habe mich im Grunde auf nichts anderes als auf mein Projekt konzentriert, seitdem ich wieder zurück bin.«

»Wie Sie wissen, sieht es bei mir immer unordentlich aus«, entgegnete Elisabeth.

Elias lächelte. Er blieb auf der Schwelle zum Wohnzimmer stehen.

»Ich habe Ihnen eigentlich nichts anzubieten. Nur eine Flasche Wodka liegt im Eisfach. Möchten Sie vielleicht einen Schluck?«

»Oh ... ja, warum nicht?«, hörte sich Elisabeth selbst antworten.

Elias trat zur Seite, um sie durchzulassen, während er in die Küche ging und dort den Wodka holte.

Als er zurückkam, stand sie da und beugte sich über die Zeichnungen auf dem Boden. Sie nahm das beschlagene Glas mit Wodka entgegen, ohne die Augen von ihnen zu wenden. Abwesend nippte sie ein wenig an dem Glas, sagte aber nichts. Elias setzte sich auf seinen Arbeitsstuhl vor dem Schreibtisch und spielte nervös mit seinem Wodka. Dann leerte er das Glas in einem Zug, stellte es auf den Tisch und schaltete seinen Laptop ein, um etwas Musik zu spielen. Als die ersten Töne erklangen, wandte sich Elisabeth zu ihm.

»Das ist die Musik, die auch Otto aufgelegt hat, nicht wahr?«, sagte sie.

Elias nickte. »Rachmaninows Klaviertrio Nr. 1. Es ist eines von Ottos Lieblingsstücken. Er versucht, mir etwas über Musik beizubringen. Mir kommt es so vor, als würde ich zum ersten Mal in meinem Leben tatsächlich etwas lernen. In der Schule hatte ich keine tolle Zeit. Na ja, Sie haben ja von meinem Lesen gehört. Und ohne das ergab nichts einen Sinn. Es war eine miese Zeit. Aber wenn Otto mir etwas beibringt, ist das etwas ganz anderes. Bücher, Musik, Geografie, Biologie ... Er weiß so viel, und ich lerne, ohne mir dessen überhaupt bewusst zu sein.«

Plötzlich sprang er auf. »Entschuldigen Sie, ich sitze hier auf dem einzigen Stuhl, den es gibt. Es tut mir leid ... Hier, setzen Sie sich.«

Aber Elisabeth winkte ab. Sie wirkte gedankenverloren.

»Kann ich auch die kleineren Zeichnungen sehen?«, wollte sie schließlich wissen.

»Natürlich!« Elias suchte die Zeichenblöcke auf dem Tisch zusammen.

»Es tut mir leid, aber ich habe kein Sofa. Und auch keinen Couchtisch. Stört es Sie, wenn wir uns auf den Boden setzen? So mache ich das normalerweise. Oder ich lege mich aufs Bett.«

Er errötete, und Elisabeth lachte. Das war so unerwartet, dass es einen Moment dauerte, ehe Elias ebenfalls in ihr Lachen einstimmte.

Sie setzten sich nebeneinander, mit dem Rücken an die Wand, die Zeichenblöcke vor sich. Langsam blätterte Elisabeth die Seiten um, wobei sie ab und zu wieder zurückblätterte, um eine Zeichnung erneut zu betrachten, bevor sie weitermachte. Die ganze Zeit über sagte sie kein Wort. Stellte keine Fragen, machte keine Bemerkungen.

Als sie schließlich beide Zeichenblöcke durchgeblättert hatte, blickte sie auf. Elias fand, dass sie sehr blass wirkte. Ihre braunen Augen schienen größer und dunkler als sonst zu sein.

»Eine traurige Geschichte«, erklärte sie schließlich. »Unglaublich traurig.«

»Aber sie ist noch nicht fertig«, erwiderte Elias leise. »Ich habe noch keinen Schluss gefunden.«

Elisabeth starrte ins Leere.

»Sie ist auch sehr schön ... viel schöner als die Wirklichkeit«, meinte sie.

Elias erhob sich und verließ das Zimmer. Er kehrte mit der Wodkaflasche in der Hand zurück. Als er Elisabeth fragend anblickte, nickte sie. Also nahm er die Gläser, füllte sie erneut beide und reichte ihr eines.

»Was meinen Sie damit, dass die Geschichte viel schöner als die Wirklichkeit sei?«

Sie überlegte eine Weile.

»Das sind so wunderbare Bilder, Elias. Selbst das Entsetzliche ist auf eine Art schön. Die Trauer, die Verzweiflung – Sie haben beidem eine herzzerreißende Schönheit verliehen. In Wirklichkeit ist so etwas nicht schön. Nur grausam und hässlich. Aber in Ihrer Welt ist es beides zugleich. Schrecklich und schön.«

Plötzlich schlug sie die Hände vor ihr Gesicht.

Elias saß mit dem Glas in der Hand da und wusste nicht, was er tun sollte.

Sie ließ die Hände wieder sinken und blickte ihn an.

»Ich weiß nicht, Elias. Auch in der realen Verzweiflung liegt eine gewisse Schönheit, aber nicht für die Menschen, die davon betroffen sind. Es mag eine Art von Schönheit in der Tragödie zu sehen sein, wenn man sie von außen betrachtet. Aber von innen ist sie nur hässlich.«

Jetzt weinte sie, doch es war ein stilles, lautloses Weinen. Tränen strömten ihr über die Wangen.

»Ihre Bilder machen mir Angst«, sagte sie.

»Sie machen Ihnen Angst?«

Sie nickte. »Weil ich die Geschichte kenne, die Ihre Bilder erzählen, und ich will sie nicht hören. Gleichzeitig kann ich mich nicht davon losreißen. Und ich werde Ihre Bilder nie mehr vergessen.«

»Wodka?«, fragte Elias und hielt die Flasche hoch.

Elisabeth nickte. »Ich bin mir nicht sicher, wie das enden wird«, meinte sie mit einem schwachen Lächeln. Sie hob ihr Glas und prostete ihm zu.

»Können Sie schreiben, Elisabeth?«

»Schreiben?«

»Ja. Haben Sie jemals etwas geschrieben?«

Sie antwortete nicht.

»Ich weiß im Grunde gar nichts über Sie. Was Sie beruflich machen oder irgendwas.«

Sie sah ihn nicht an, sondern leerte nur ihr Glas und stellte es auf den Boden.

»Soll ich Ihnen etwas über mich erzählen?«, fragte Elias. »Über meine Zeichnungen und meine Arbeit?«

Sie sagte noch immer nichts.

»Ich habe in der Tat nur eine Begabung. Ich bin nur gut in einem. Ich kann zeichnen. Das ist alles. Ich hatte also nie eine Wahl. Ich habe mein ganzes Leben lang gezeichnet und gemalt. Zuerst hat mich meine Mutter ermutigt, doch das änderte sich bald. Vermutlich wollte sie nur das Beste für mich, auf ihre Weise. Solange ich ein Kind war, war meine Kunst in Ordnung. Doch dann wollte sie, dass ich erwachsen werde. Einen richtigen Beruf ergreife. Meinen Lebensunterhalt verdiene. Doch da wusste ich bereits, dass es nur so sein kann.«

Wieder füllte er die beiden Gläser – diesmal ohne zu fragen.

»Jedenfalls wurden meine Bilder irgendwann Geschichten. Später, als ich Kunst studiert hatte und mir klar wurde, dass ich nie ein großer Künstler werden würde, kehrte ich zu meinen Geschichten zurück. Meinen Bildergeschichten.«

Er lehnte sich zurück und schloss einen Moment lang die Augen, ehe er fortfuhr.

»Ich habe eine beste Freundin. Maja. Wir ... na ja, Maja und ich kennen uns schon ewig. Maja schreibt, ich zeichne. So war es schon immer, seit unserer Kindheit. Aber dann wurde es zu einem richtigen Beruf. Etwas, womit wir Geld verdienen konnten. Als ich dann mit diesem Projekt anfing, ging ich wie immer davon aus, dass wir zusammenarbeiten würden. Aber Maja kann diesmal nicht. Sie hat keine Zeit, und außerdem meinte sie, als sie die Zeichnungen sah, sie sei nicht die Richtige, um diese Geschichte zu schreiben. Es sei zu schwierig für sie.«

Elias stand auf und ging zum Fenster hinüber. Er öffnete es und blickte hinaus, wobei er Elisabeth den Rücken zugewandt hatte.

»Ich weiß nicht, was es mit dieser Geschichte auf sich hat. Sie ist irgendwie ... irgendwie anders.«

Er drehte sich um und sah sie an. Im Zimmer war es plötzlich sehr still, und nur die Geräusche von draußen drangen durch das Fenster zu ihnen herein.

»Ich bin mir nicht sicher, wie ich das sagen soll...«

Er wirkte so angespannt, dass Elisabeth das Gefühl hatte, etwas erwidern zu müssen.

»Sie können mir alles sagen, Elias. Da müssen Sie sich keine Sorgen machen.«

»Nachdem ich diesen Umschlag für Sie vor der Tür abgelegt hatte, da musste ich immer wieder an Sie denken. An den Menschen in Ihrer Wohnung. Als Sie hier einzogen, habe ich Sie kurz gesehen, aber danach nie wieder. Also fing ich an, mir mein eigenes Bild von Ihnen zu entwerfen.«

Er wandte sich wieder zum Fenster.

»Zuerst waren es nur Skizzen. So fange ich immer an. Ich weiß zu diesem Zeitpunkt nie, in welche Geschichte sich das Ganze verwandeln wird. Ich habe keine Ahnung, warum diese Figur ein Vogel wurde, doch sobald ich den Vogel sah, fühlte es sich richtig an, warum auch immer.«

Er drehte sich wieder zu ihr um und blickte sie an.

»Ich bin mir sicher, dass das in Ihren Ohren seltsam klingen muss. Aber irgendwie hoffe ich auch, dass Sie mich verstehen.«

Elisabeth stand langsam auf.

Sie stellte sich vor ihn und legte sanft ihre Hand auf seinen Arm. Dann schüttelte sie den Kopf.

»Nein, Elias. Das klingt in meinen Ohren gar nicht seltsam. Ich glaube vielmehr, dass ich Sie verstehe. Es berührt mich zutiefst, dass es Ihnen irgendwie gelungen ist, durch diese geschlossene Tür zu dringen. Dass Sie die Tür nicht einfach zugelassen haben.«

Elias setzte sich wieder auf den Boden, und Elisabeth ließ

sich nahe neben ihm nieder. Sie sah ihn an, doch er erwiderte ihren Blick nicht. Die Hände hatte er um die Knie geschlungen.

Sie merkte, dass er um die richtigen Worte rang. Jetzt konnte sie nur warten. Ihm die Zeit geben, die er brauchte.

Schließlich blickte er auf.

»Deshalb frage ich mich, ob Sie das tun könnten, Elisabeth? Ob Sie die Worte für meine Geschichte schreiben könnten? Denn eigentlich ist es Ihre Geschichte.«

DREIUNDZWANZIG

Die Träume hingen wie Morgennebel in der Luft und zerstoben, als sie aus dem Schlaf erwachte. Widerstrebend öffnete sie die Augen, und damit verschwanden auch die letzten Überreste der Träume. Seltsame, ungewöhnliche Träume, die sie mit einem eigenartigen Gefühl zurückließen, von dem sie nicht wusste, wie sie es hätte beschreiben sollen. Hoffnung? Nein. Erleichterung? Von ihr war nicht direkt eine Last abgefallen, aber etwas hatte sich geändert. Etwas in ihrem Inneren war ein wenig leichter geworden, zumindest für den Moment.

Sie schloss noch einmal die Augen. Ihr Mund fühlte sich trocken an, und sie musste dringend auf die Toilette. Aber sie wollte noch ein wenig länger in diesem Traumzustand verweilen. Irgendwie schien der letzte Traum eine Fortsetzung des vergangenen Abends gewesen zu sein.

Zweifelsohne war sie betrunken gewesen. Aber sie bedauerte nichts von dem, was sie gesagt oder getan hatte. Und sie erinnerte sich an jedes Wort, an jede noch so kleine Nuance ihrer Unterhaltung.

Zuerst hatte ihr Instinkt ihr signalisiert, dass sie aufstehen, sich verabschieden und gehen sollte. In die Sicherheit ihrer eigenen Dunkelheit fliehen. Doch ehe es ihr gelang, sich vom Boden zu erheben, stand er vor ihr und legte seine Hand auf ihre Schulter.

»Es tut mir leid, wenn ich mich so aufdränge. Ich möchte nicht in Ihr Privatleben eindringen.«

»Nein, nein. Das ist es nicht. Ich denke nur, dass ich zu viel getrunken habe und jetzt gehen sollte.«

Er kniete sich vor sie hin und fasste nach ihren Oberarmen.

»Maja meinte, dass das, was wir wirklich brauchen, oft von allein zu uns kommt. Dass wir nur aufmerksam sein müssen, damit wir nicht den kleinsten Hinweis übersehen. Als ich sah, wie Sie meine Zeichnungen betrachteten, glaubte ich, einen solchen Hinweis zu erkennen. Ich weiß, dass Sie die Bilder verstehen. Sie können meine Geschichte hören. Unsere Geschichte.«

Sein Blick war intensiv, und er ließ ihre Arme nicht los. Sie schaute in seine grauen Augen, die so offen wirkten, dass sie glaubte, direkt durch sie hindurchsehen zu können. Für einen Moment wurde sie wieder von dem gleichen Gefühl der Hilflosigkeit übermannt wie in der Nacht, als sie sich über seinen blutenden Körper auf dem Bürgersteig gebeugt hatte. Das Bedürfnis, etwas so Reines und Unschuldiges wie ihn zu schützen.

Schließlich wandte sie den Blick ab.

»Wissen Sie, der einzige Mensch, den ich kenne, der meine Zeichnungen und die Geschichten, die sie erzählen, versteht, ist Maja. Und sie sagte, dass es ihre Fähigkeiten übersteigt. Aber Sie verstehen, nicht wahr? Sie können meine Geschichte hören.«

In seiner Stimme lag eine neue Intensität. Als ob ihre Antwort alles für ihn bedeutete.

Sie blickte auf und nickte.

»Ja«, flüsterte sie. »Ich glaube, ich kann Ihre Geschichte wirklich hören.«

Er ließ ihre Arme los und setzte sich auf seine Fersen.

»Würden Sie die Geschichte für mich schreiben?«

Sie starrte ihn an. Dann begann sie langsam den Kopf zu

schütteln und blickte weg. Als sie ihn wieder ansah, bemerkte sie, dass er den Kopf nach hinten gelegt und die Augen geschlossen hatte. Tränen liefen ihm über die Wangen.

Er setzte sich wieder neben sie, die Beine vor sich ausgestreckt. Er schwieg.

»Hören Sie, Elias«, sagte sie, und jetzt war sie es, die sich vor ihn hinkniete. Sie beugte sich nach vorne und legte eine Hand auf seine Wange. »Hören Sie.«

Es war ihr nicht klar, ob er sie tatsächlich hörte.

»Ich weiß vielleicht, welche Geschichte Sie mit diesen Bildern erzählen, aber ich kann sie nicht aufschreiben. Es geht nicht. Ich habe ... es ist einfach nicht möglich. Es tut mir so leid.« Auch sie musste nun weinen.

Sie setzte sich wieder neben ihn.

»Ihre Geschichte verdient wundervolle, ausdrucksstarke Worte. Den poetischsten Text, den man sich vorstellen kann. Aber ich kann so etwas nicht schreiben. Ich kann überhaupt nicht schreiben. Ich bin nicht die Richtige.«

Sie legte ihre Hand auf seinen Nacken.

»Elias, sehen Sie mich an.«

Er wandte sich ab.

»Sehen Sie mich an. Hören Sie mir zu.«

Er öffnete die Augen und drehte ihr sein Gesicht zu.

»Ich lebe da drinnen, in meiner Dunkelheit, weil ich zu nichts anderem in der Lage bin. Ich kann nichts geben. Ich versuche lediglich, einen Tag nach dem anderen zu bewältigen. Was ich einmal hatte, habe ich verloren, und es gibt keine Möglichkeit für mich, es zurückzubekommen. Es ist für immer zerstört worden. Ich habe alles verloren. Und damit meine ich nicht Habseligkeiten. Ich meine damit alles, was dem Leben Bedeutung verleiht. Mein eigenes Selbst. Und wenn man all das verloren hat, dann ist man im Grunde nicht mehr am Leben. Auch wenn das Herz noch schlagen und die Lungen noch Sauerstoff in sich aufnehmen mögen. Es ist seltsam, wie der Körper weiterhin funktioniert, obwohl er keinem Zweck mehr dient. Eigentlich sollte das gar nicht möglich sein.«

Sie schwieg.

»Ich sollte nicht hier sein. Ich hätte diese verdammte Tür nie öffnen dürfen.« Ihr versagte fast die Stimme. »Aber ich bin hier, und es tut mir sehr leid.«

Elias sagte noch immer nichts. Schließlich räusperte sich Elisabeth und fuhr fort.

»Aber Sie, Elias, Sie haben ein außergewöhnliches Talent. Das dürfen Sie nie vergessen. So wie Sie Ihre Hände geschützt haben, so müssen Sie alles schützen, was Sie ausmacht, und niemals irgendwem erlauben, es Ihnen wegzunehmen.«

Er blickte nachdenklich drein, nahm ihre Hand und legte sie an seine Wange.

»Alles, was Sie ausmacht, muss behütet und geschützt werden, Elias. Und gefeiert. Vergessen Sie nie, wer Sie sind, und lernen Sie zu verstehen, dass nur diejenigen, die Sie so lieben, wie Sie sind, Sie wirklich lieben. Schauen Sie sich an, Elias!«

Er schüttelte den Kopf, während sie aufstand. Einen Moment lang stand sie da und blickte auf ihn hinab, als ob sie sich nicht sicher wäre, was sie als Nächstes tun sollte. Dann holte sie tief Luft.

»Kommen Sie«, sagte sie und nahm seine Hände. »Kommen Sie mit.«

Widerstrebend erhob er sich, und sie zog ihn mit sich zu dem Spiegel, der im Flur hing.

»Stellen Sie sich hierher«, sagte sie und zeigte auf den Platz vor dem Spiegel. »Jetzt schauen Sie sich an und sagen Sie mir, was Sie sehen.«

Elias stand vor dem Spiegel. Er wirkte steif und befangen.

»Erzählen Sie es mir. Haarfarbe?«

»Braun oder so.«

»Kastanienbraun. Dicht und sehr schön. Augen?«

»Grau.«

Sie schüttelte den Kopf. »Treten Sie näher an den Spiegel heran.«

»Na ja, eher gemischt. Ein bisschen Grün und ein bisschen Grau.«

Sie nickte. »Mit dichten dunklen und geschwungenen Wimpern. Sie sind wunderschön, Elias. Können Sie das nicht erkennen?« Sie lächelte und trat einen Schritt näher an ihn heran.

»Ziehen Sie Ihr T-Shirt aus.«

Er sah sie überrascht an.

»Machen Sie es einfach.«

Langsam zog er sein T-Shirt aus und ließ es auf den Boden fallen.

»Beschreiben Sie mir, was Sie sehen.«

»Einen blassen Oberkörper...«

»Einen breitschultrigen, wirklich attraktiven Oberkörper, würde ich sagen. Kraftvolle Arme.« Sie hob seinen rechten Arm. »Und eine Hand, die Zeichnungen erschaffen kann, die einen zum Weinen bringen.«

Er lachte. »Sie sind verrückt...«

»Ich weiß. Das habe ich Ihnen bereits gesagt, nicht wahr? Jetzt ziehen Sie Ihre Jeans aus.«

»Nein, das reicht, Elisabeth.«

Sie schüttelte den Kopf.

»Ziehen Sie sie aus.«

Er knöpfte seine Jeans auf und schlüpfte langsam aus ihr heraus.

»Und Ihre Unterhose. Ich schließe meine Augen, wenn Ihnen das lieber ist. Es ist nicht für mich, es ist für Sie.«

Sie schloss die Augen und hörte, wie er sich seines letzten Kleidungsstückes entledigte.

»Ich werde jetzt meine Augen wieder öffnen«, sagte sie. Sie stand ganz dicht hinter ihm und legte ihre Hände sanft auf seinen Rücken.

»Können Sie es jetzt sehen, Elias?«, flüsterte sie. »Können Sie sehen, wie schön Sie sind?«

Er stand reglos da, die Arme an den Seiten herabhängend, und betrachtete sich im Spiegel.

Dann drehte er sich zu ihr und umarmte sie, wobei er sie hochhob.

Als er sie wieder auf den Boden stellte, wirkte er ruhig. Sie lächelte und strich ihm über die Brust.

»Vergessen Sie das nicht, Elias. Niemals. Nicht, wie Sie *aussehen*, sondern wie es sich *anfühlt*. Sie sind all das. Ihre Gedanken, Ihre Ideen, Ihre Begabung, Ihr Körper – gemeinsam ergeben sie das, was Sie ausmacht. Lassen Sie nie zu, dass diese Teile getrennt werden. Erlauben Sie niemandem, Sie nur teilweise zu lieben, denn das ist keine Liebe. Jemand, der Sie liebt, liebt Sie ganz. Alles von Ihnen, genau so wie Sie sind.«

Sie lächelte und legte ihre Hände auf seine Schultern.

»Aber jetzt muss ich wirklich nach Hause gehen.«

»Warten Sie«, bat Elias und schlüpfte hastig in seine Jeans. Elisabeth hielt ihm die Hand hin, als er ins Schwanken kam.

»Kommen Sie.«

Er zog sie ins Wohnzimmer zurück.

»Setzen Sie sich«, sagte er. Widerstrebend gehorchte sie. Elias ging zum Schreibtisch und schaltete erneute eine Musik an.

»Die kenne ich noch gar nicht«, meinte sie.

Er nickte und ließ sich neben ihr nieder. »Seitdem ich Otto kenne, hört er nur Klaviertrios. Das ist Mendelssohns Klaviertrio Nr. 1, der zweite Satz.«

Sie hockten nebeneinander auf dem Boden und lauschten. Als die Musik zu Ende war, holte Elias etwas von seinem Schreibtisch. Er kehrte zu Elisabeth zurück und streckte ihr einen USB-Stick entgegen.

»Das ist *Die Amsel*«, erklärte er. »Sämtliche Bilder. Ich habe sie für Sie vorbereitet, weil ich hoffte, dass Sie meine Autorin werden würden. Aber ich möchte sie Ihnen trotzdem geben.«

Sie streckte sich und gab ihm einen Kuss auf die Wange.

»Sie werden Ihren Autor finden. Das weiß ich«, flüsterte sie.

Sie stand auf und ging ins Badezimmer. Nachdem sie geduscht hatte, stellte sie sich an das offene Fenster im Wohnzimmer, eine Teetasse in der Hand. Ihr Kopf fühlte sich schwer und ihr Mund trocken an. Dennoch verspürte sie eine Wärme, die sie sich nicht ganz erklären konnte. Die Sonne schien auf den kleinen Spielplatz auf der anderen Seite der Straße, wo momentan allerdings keine Kinder zu sehen waren. Sie war sich nicht sicher, aber vielleicht war heute ein Feiertag. Um diese Jahreszeit gab es so viele Feiertage.

Sie drehte sich zu ihren Büchern um und nahm den Stapel ungeordneter Papiere. Die Papiere, die sie so frustriert durchs Zimmer geschleudert hatte. Danach hatte sie diese wieder eingesammelt und auf einen Haufen auf den Boden gelegt.

Sie trug sie in die Küche hinüber, setzte sich an den Tisch und begann, die nummerierten Seiten wieder in der richtigen Reihenfolge zu sortieren. Dann ging sie ins Schlafzimmer, wo sie mit der Hand über das oberste Brett ihres Schranks wanderte, bis sie den Laptop und das Ladekabel fand. Wieder in der Küche stellte sie den Computer auf die Arbeitsplatte und steckte das Kabel ein. Sie war sich nicht sicher, ob sich die Maschine noch laden ließ, denn sie konnte sich nicht erinnern, wann sie diese das letzte Mal benutzt hatte.

Sie brauchte den ganzen Nachmittag, um das Manuskript zu lesen. Immer wieder musste sie eine Pause einlegen. Musste aufstehen und ein paar Runden durch die Wohnung drehen. Sich kaltes Wasser ins Gesicht spritzen. Etwas trinken. Aber sie weinte kein einziges Mal.

Es war bereits früher Abend, als sie die letzte Seite umdrehte. Sie legte die Hand auf den Stapel Papiere.

Warum hatte sie das Manuskript behalten? Und warum hatte sie es hierher mitgebracht? Es war fast so, als würde sie einen leblosen Körper mit sich herumschleppen. Einen Leichnam. Noch schlimmer: Es war der Körper von etwas, das niemals gelebt hatte.

VIERUNDZWANZIG

Es war der Abend vor Pfingsten, und die ganze Stadt blühte. Otto stand am offenen Küchenfenster und schaute hinaus. Obwohl er nur die Fassade des Gebäudes auf der anderen Seite des Hofes und die Wipfel der Bäume unter ihm sah, spürte er die Leere der Stadt. Er erinnerte sich daran, wie es sich in seiner Kindheit angefühlt hatte. Als wären er und seine Mutter die einzigen Menschen, die noch in der Stadt verweilten. Heutzutage störte ihn das nicht mehr im Geringsten – ganz im Gegenteil. Gewöhnlich fand er es sogar befreiend, wenn die Stadt allein zu der seinen wurde. Doch in diesem Moment irritierte es ihn, dass draußen vor dem Fenster eine verlassene Stadt lag. Es machte ihn fast ein wenig melancholisch.

Er hatte seine Spaziergänge in der zurückliegenden Woche immer weiter ausgedehnt. Eines Tages nahm er die Fähre nach Djurgården hinüber und verbrachte dort den ganzen Tag, einschließlich eines Mittagessens in Blå Porten. Er konnte sich nicht erinnern, wann er das letzte Mal dort gewesen war. Als Eva noch lebte, hatten sie oft die Frühjahrsausstellung in der Liljewalchs Konsthall besucht. Eva hatte sich für Kunst interessiert und malte auch selbst. Einige ihrer Aquarelle hingen noch in seiner Wohnung. Blasse, traumartige Landschaften. Nicht schlecht, aber auch nicht gut genug, um sie auszustellen oder zu verkaufen.

Nach Evas Tod war er immer seltener in Galerien und Museen gegangen, bis er es schließlich ganz sein ließ. Er merkte, dass er diese Ausflüge auf irgendeine Art vermisste.

Weniger als diese Ausflüge an sich vermisste er es jedoch, diese Dinge in Begleitung eines anderen Menschen zu unternehmen. Das Gefühl, Eindrücke zu teilen und über dieselben Dinge zu lachen oder zu weinen. Mit Eva war es nie so gewesen. Obwohl sie durch dieselben Ausstellungen gelaufen waren und dieselben Spaziergänge unternommen hatten, war es ihm nie so vorgekommen, als teilten sie dieselben Erfahrung miteinander. Wenn er es sich jetzt genau überlegte, fragte er sich, ob er überhaupt eine echte menschliche Nähe erlebt hatte, seitdem er ein kleines Kind gewesen war.

Warum hatte er sich in all den Jahren seit ihrem Tod nicht mehr Mühe gegeben? Außer der Freundschaft mit Elias gab es in seinem Leben im Grunde keine anderen Kontakte. Er hatte noch ein paar alte Freunde, mit denen er sich manchmal austauschte und die er einige Male im Jahr traf. Einer von ihnen war Åke, der ein Sommerhaus in Ekholmen besaß. Åke war nicht verheiratet, und soweit Otto wusste, hatte er nie geheiratet und auch keine Kinder. Ihre Freundschaft – wenn man das überhaupt so nennen konnte – war keine, in der man über Persönliches sprach.

Åke war viele Jahre lang Angestellter in Ottos Antiquariat gewesen, und als Eva starb, hat er Otto in sein Sommerhaus eingeladen. Nach und nach war daraus eine jährliche Tradition geworden: Otto kam jeden Sommer für zwei Wochen nach Ekholmen. Gewöhnlich überschnitten sich ihre Aufenthalte für eine Woche, und danach hatte Otto das Haus eine Woche lang für sich. Er mochte das, vor allem die zweite Woche. Wenn er jetzt daran dachte, musste er lächeln. Über die Tatsache, dass er die Woche für sich allein am meisten genoss. Hatte er sich zu sehr daran gewöhnt, für sich zu sein?

Er selbst hatte nie ein Haus auf dem Land besessen. Im Gegensatz zu den meisten Schweden, die hier geboren und aufgewachsen waren, besaß er keine Bleibe in einem anderen Teil des Landes oder Verwandte auf dem Land. Er hatte keine Verwandten. Nie hatte er sich als einen sonderlich sozialen Menschen erlebt, aber er erinnerte sich daran, wie seine Mutter auf unterschiedliche Weise Freundschaften geschlossen hatte. Arbeitskollegen, Nachbarn, Leute, die sie in verschiedenen Kontexten kennenlernte. Sie schien einen großen Freundeskreis zu besitzen. Aber auf einmal fragte er sich, ob ihr nicht doch ein Mann in ihrem Leben gefehlt hatte. Sie war noch recht jung gewesen, als sein Vater starb – knapp über vierzig, mit mehr als der Hälfte ihres Lebens noch vor sich. Sie war in ihrem sechsundachtzigsten Lebensjahr gestorben. Hatten Freunde und Bekannte ihr Bedürfnis nach einer engen Beziehung gestillt? Und was war mit ihrem einzigen Sohn? Otto erinnerte sich nicht an zärtliche Gesten oder Umarmungen, aber sie war unglaublich fürsorglich, loyal und in jeglicher Hinsicht ermutigend gewesen. Als Erwachsener hatte er sie vermutlich als seine beste Freundin betrachtet. So lange hatte es nur sie beide gegeben.

Jedes Mal, wenn Otto an Elisabeths Tür auf seinem Weg nach unten vorbeikam, geriet er in Versuchung, bei ihr zu klingeln. Doch er hielt sich zurück, da er annahm, dass sie lieber in Ruhe gelassen werden wollte. Vielleicht würde sie die Initiative ergreifen, wenn sie dazu bereit war? Aber seit ihrem gemeinsamen Ausflug nach Fåfängan waren viele Tage vergangen, und er hatte nichts mehr von ihr gesehen oder gehört. Nach der kleinen Party war Elias wie immer am Dienstag zum Essen gekommen, aber keiner der beiden schlug vor, dass sie Elisabeth dazu einladen sollten. Elias wirkte ein wenig gedankenversunken, was Otto auf sein Projekt zurückführte. Tatsächlich verabschiedete sich Elias auch bald nach dem Essen, um weiterzuzeichnen. Als sie im Flur standen, fiel Otto auf, dass Elias ein neues Selbstbewusstsein ausstrahlte. Er hielt den Kopf ein wenig aufrechter und hatte die Schultern ein bisschen weiter durchgedrückt.

Die Arbeit an *Der Amsel* muss ihm guttun, hatte Otto gedacht.

Jetzt stand er also vor seinem offenen Fenster. Es war früher Abend, und das Lied der Amsel hallte als Echo zwischen den Steinmauern des Innenhofs wider. Der Flieder blühte, und der Duft wehte in zarten Schwaden zu ihm herüber. Es war beinahe achtzehn Uhr. Und er war allein.

Er brauchte etwas über eine Viertelstunde, um seine Küche aufzuräumen, eine Champagnerflasche für eine schnelle Kühlung ins Eisfach zu legen, zu duschen und sich zu rasieren.

Dann stand er mit noch feuchten Haaren und ein wenig atemlos vor ihrer Tür, den Finger unsicher auf die Klingel gelegt. Er drückte. Nichts rührte sich. Er hatte beschlossen, sie in Ruhe zu lassen, wenn sie nicht nach dem ersten Läuten öffnete. Er steckte die Hände in die Hosentaschen und wippte von den Zehen auf die Fersen und wieder zurück. Nichts. Er warf einen raschen Blick auf Elias' Tür. Doch er wusste, dass dieser mit Maja und ihren Freunden ausgegangen war. Tatsächlich fühlte es sich so an, als ob das ganze Haus leer wäre. Dort, wo er stand, war er ganz allein.

Er hörte ihre leisen Schritte. Dann öffnete sie die Tür.

»Ich dachte mir, dass Sie es sind«, sagte sie.

»Ich wollte fragen, ob Sie Lust hätten, ein kleines Abendessen mit mir einzunehmen. Ich war mir nicht sicher, ob Sie überhaupt da sind. Alle scheinen übers Wochenende weggefahren zu sein.«

»Kommen Sie herein«, erwiderte sie. »Ich habe hier inzwischen ein bisschen Ordnung gemacht. Weiter ausgepackt. Sogar geputzt.«

Er trat in die Wohnung, und sie schloss die Tür hinter ihm, wobei sie ihm bedeutete, doch ins Wohnzimmer durchzugehen.

Es mochte vielleicht ordentlich aussehen, doch aus irgendeinem Grund wirkte es noch trostloser als zuvor. Ehe sie angefangen hatte, alles auszupacken, konnte man sich noch vorstellen, dass sich das Ganze wie ein gemütliches Zuhause anfühlen würde, sobald nur die Kartons weggeräumt waren. Doch das hier war das trostloseste Zuhause, das Otto jemals gesehen hatte. Im Wohnzimmer stapelten sich an einer Wand die Bücher, die gefalteten Umzugskisten lagen davor auf einem Haufen. Im ganzen Zimmer gab es kein einziges Möbelstück. Der Boden war sauber, ebenso wie das einen Spalt geöffnete Fenster. Dennoch wirkte der Raum wie eine Wüste.

»Na ja«, sagte sie und ließ die Arme sinken. »Keine echte Verbesserung, oder?«

Er zuckte mit den Achseln. »Das wird schon noch, das wird schon noch«, meinte er.

Sie sah ihn einen Moment lang an und blickte sich dann im Zimmer um.

»Glauben Sie wirklich?«

Er nickte. »Alles Gute braucht Weile.«

»Ich bin mir da nicht so sicher. Mir kommt es eher so vor, als ob alles Gute ganz plötzlich kommt, während sich das Schlechte Zeit nimmt. Und bleibt.«

Sie drehte sich zu ihm und sah ihn an.

»Ich kann Ihnen leider nichts anbieten.«

Otto winkte ab.

»Aber deshalb bin ich doch nicht hier. Ich habe bereits ein kleines, einfaches Abendessen oben bei mir vorbereitet. Es würde mich sehr glücklich machen, wenn Sie es mit mir teilen würden.«

Ihre Augen kamen ihm in ihrem schmalen, blassen Gesicht riesig vor.

»Warten Sie in der Küche auf mich«, sagte sie und verschwand im Schlafzimmer.

Er bemerkte einen dicken Stapel ungeöffneter Post auf dem Küchentisch. Nirgendwo gab es irgendeine Art von Schmuck oder auch nur ein Tischtuch. Eine kleine Lampe auf dem Fensterbrett. Die leere Arbeitsplatte war sauber gewischt. Kein Geschirr irgendwo. An einem Ende der Küchentheke stand ein Laptop, und darauf lag ein schwarzes Notizbuch, zusammengehalten von einem Gummiband. Aus irgendeinem Grund überraschte ihn das. Vielleicht weil es ein Hinweis auf Leben in einem sonst scheinbar unbewohnten Raum war. Er war fast erleichtert, als er ihre Schritte im Flur vernahm.

Sie wollte gerade die Wohnungstür hinter ihnen zuziehen, als sie noch einmal innehielt.

»Ich habe etwas vergessen. Einen Moment.« Sie verschwand kurz in der Wohnung. Dann gingen sie gemeinsam nach oben.

Otto hatte eine große Schüssel ungeschälter Krabben, Mayonnaise, einen Korb mit Toastscheiben, eine Auswahl drei verschiedener Käse, frische Feigen und Walnüsse hergerichtet. Auf der Arbeitsplatte stand zudem eine Glasschüssel mit Erdbeeren, und der Tisch war für zwei gedeckt. Er warf einen raschen Blick auf das Ganze, während er dachte, was für eine traurige Gestalt er abgegeben hätte, wenn er allein dort hätte sitzen müssen.

»Bitte, machen Sie es sich bequem«, sagte er und zog einen Stuhl heraus. »Ganz einfach, wie Sie sehen. Ich hatte eigentlich einen Abend allein geplant, denn ich wollte Sie nicht schon wieder stören... Aber dann... na ja, dann beschloss ich, einfach mutig zu sein und Sie zu fragen, auch wenn es etwas sehr kurzfristig ist. Ich hoffe, Sie stört meine Aktion nicht.«

»Warum sollte mich das stören?«

»Man kann nie wissen. Ich war ziemlich aufdringlich...«

Sie lächelte und schüttelte den Kopf.

»Ich hätte abgelehnt, wenn ich nicht hätte kommen wollen. Oder einfach die Tür nicht geöffnet. Wie das so meine Angewohnheit ist.« Sie lächelte erneut.

Als Otto diesmal den Champagner öffnete, hörte man nur ein leises Seufzen der Flasche.

»Diesmal keine Delle in der Decke. Eigentlich schade. Ich hätte den Korken richtig knallen lassen sollen. Eine weitere Erinnerung an einen besonderen Abend.«

Er reichte ihr ein Glas und schenkte ein.

»Ich hoffe, er ist kalt genug«, sagte er.

Otto hielt ihr sein Glas entgegen, um mit ihr anzustoßen. Elisabeth hob das ihre.

»Skål! Auf...« Otto suchte nach dem richtigen Wort.

»Die Freundschaft?«, schlug Elisabeth vor.

»Die Hoffnung?«, fügte er hinzu. Elisabeth drehte das Glas in ihrer Hand.

»Oh, aber Hoffnung beinhaltet, dass man sich ein Morgen vorstellen kann. Für mich ist das Hier und Jetzt genug.«

Er nickte und wollte gerade etwas erwidern, als die Amsel im Hof vor dem Fenster zu singen begann. Einen Moment lang lauschten sie ihr beide schweigend.

»Man kann sich fast vorstellen, dass sie nur für uns singt, nicht wahr?«, meinte Otto schließlich. »Als Trost für all diejenigen, die an Pfingsten in der Stadt zurückgeblieben sind.«

»Ich glaube, das tut sie auch«, sagte Elisabeth. »Die Amsel singt nur für uns. Zumindest heute Abend.«

Der frühe Juniabend hatte sich über die Stadt gelegt – eine Art von Ausatmen nach dem Tag. Eine winzige Veränderung des Lichts und der Temperatur, sonst nichts.

Und die Amsel sang.

Elisabeth und Otto saßen noch immer am Küchentisch. Otto hatte Weißwein eingeschenkt sowie die Erdbeeren und den Käse auf den Tisch gestellt.

»Sie fragen mich ja gar nichts«, stellte Elisabeth plötzlich fest.

Otto blickte überrascht auf.

»Sollte ich?«

»Sie machen sich doch sicher Ihre Gedanken...«

»Eigentlich nicht. Elias war anfangs neugierig, was Sie betraf, und auch ich begann mich zu fragen, wer Sie sind. Weil wir Sie nie aus Ihrer Wohnung kommen sahen. Aber Elias' Neugierde führte zu etwas Konkretem: Er begann diese Bilder zu zeichnen.«

Elisabeth lächelte, während sie eine Erdbeere entstielte.

»Es war etwas seltsam, dass wir Sie nie gesehen haben. Aber nein. Die Antwort auf Ihre Frage lautet Nein. Ich mache mir keine Gedanken. Ich habe, ehrlich gesagt, gar nicht an Sie gedacht. Wir haben auch andere Nachbarn, die ich nicht kenne und selten sehe. Und ich frage mich bei denen garantiert nicht, was für eine Art von Leben sie führen.«

Elisabeth betrachtete Otto eingehend. Die Flammen der Kerzen auf dem Tisch spiegelten sich in ihren Augen wider. Zum ersten Mal gestand er sich bewusst ein, dass sie schön war. So schön, dass er Angst hatte, seine Gedanken könnten sich in seinem Blick, seinen Gesten und seinen Worten offenbaren.

»Aber das hat sich natürlich völlig geändert. Nachdem ich jetzt weiß, wer Sie sind.«

Wieder lächelte Elisabeth ein wenig.

»Nachdem Sie jetzt wissen, wie es in meiner Wohnung aussieht. Wie ich lebe. Ich hatte gedacht, dass gerade das zu Fragen führen würde, bin aber erleichtert, dass es das nicht tut.«

»Vielleicht ist das genau mein Problem«, meinte Otto. »Ich mache mir zu wenige Gedanken. Ich frage mich zu wenig. Im Grunde denke ich über nichts anderes nach als über das, was ich direkt sehe und spüre. Ich betrachte Menschen mit weniger Interesse und Leidenschaft als meine Bücher.«

»Ist das denn so schlecht? Ich mir sicher, das kann auch ziemlich befreiend sein. Für beide Seiten. Es ist im Grunde bedeutungslos, sich mit Menschen zu beschäftigen, die man gar nicht kennt. Oder nicht einmal gesehen hat.«

»Hm. Das hängt von der Situation ab. Sie sind nach draußen gestürzt, um Elias zu helfen, obwohl Sie ihn gar nicht kannten.«

»Das ist etwas anderes. Jemandem in einer Notlage zu helfen – das ist so, wie wenn man einem Tier hilft. Jedem Lebewesen. Das zeigt noch keine Verbindlichkeit. So etwas tut man ganz instinktiv.«

»Natürlich zeigt das Verbindlichkeit! Sogar sehr viel! Denken Sie nur an all die Leute, die völlig gleichgültig über einen Verletzten oder Sterbenden hinwegsteigen, ohne auch nur einen Finger zu rühren. Beziehungsweise keinen Gedanken an ihn verschwenden.«

»Es ist trotzdem nicht dasselbe wie wirkliches Interesse für seine Mitmenschen.«

Otto ging zum Kühlschrank und holte eine weitere Flasche Wein heraus.

»Das ist unsere dritte Flasche, Otto«, sagt Elisabeth kopfschüttelnd. »Wer weiß, wo das noch alles endet.«

»Stimmt, Sie haben recht. Aber es ist fast Pfingsten. Und wir sind allein. Sie und ich und die Amsel.«

Er setzte sich wieder und füllte ihre Gläser.

»Um zu meiner Anfangsfrage zurückzukehren: Mir fiel der Ausdruck auf Ihrem Gesicht auf, als Sie vorhin meine Wohnung betraten. Ich weiß, wie sie aussieht. Ich habe keine Möbel, keine Bilder, keine Vorhänge. Ich habe meine Bücher ausgepackt, aber ich habe nicht einmal ein Regal. Die Böden zu wischen und die Fenster zu putzen hat es eigentlich noch schlimmer gemacht. Ich sehe das auch. Zuvor konnte man noch annehmen, dass bald Möbel eintreffen würden. Vorhänge und Teppiche. Dass es nur eine Frage der Zeit wäre...«

Sie betrachtete ihn nachdenklich.

»Aber ich weiß nicht, ob ich jemals richtig dort einziehen werde. Oder ausziehen.«

»Es besteht keine Eile, Elisabeth. Schauen Sie mich an. Ich bin beinahe neunundsechzig und lebe noch immer nur vorübergehend hier. Als ich hier einzog, konnte ich mir beim besten Willen nicht vorstellen, dass ich achtzehn Jahre später noch immer hier leben würde. Ich brachte meine Sachen in die Wohnung, und wo sie damals zufällig landeten, da stehen sie heute noch.«

Sie schüttelte den Kopf.

»Das ist nicht dasselbe. Wissen Sie, ich bin mir nämlich nicht sicher, ob ich überhaupt irgendwo leben will.«

In der Küche wurde es sehr still. Auf einmal war es auch draußen still. Als ob alle den Atem anhalten würden.

Otto stand auf und ging um den Tisch. Er nahm Elisabeth an den Händen und zog sie sanft auf die Füße. Dann schlang er seine Arme um sie und hielt sie behutsam fest.

»Still«, flüsterte er. »Ich bin so glücklich, dass Sie hier sind, im gleichen Haus wie ich. Es ist nicht nötig, weiter als bis zu diesem Moment zu denken. Für uns beide nicht.«

Sie standen reglos in der düsteren Küche.

»Wie wäre es, Elisabeth«, flüsterte Otto ihr ins Ohr, »wenn wir nach unten gingen und uns in den Hof setzten? Die Gartenmöbel sind schon herausgeräumt. Dort könnten wir unseren Wein trinken und die Erdbeeren essen.«

Sie löste sich langsam aus seiner Umarmung und trat einen Schritt zurück. Nachdem sie sich mit den Händen über die Augen gewischt hatte, lächelte sie schwach.

»Ich finde, das klingt nach einer großartigen Idee. Das machen wir.«

Viel später saßen sie noch immer im Hof. Otto hatte für Elisabeth eine Wolldecke und für sich einen Pulli geholt. Sie saßen eng nebeneinander auf einer Holzbank, und Otto hatte seinen Arm um Elisabeths Schultern gelegt.

»Wir haben vorhin auf die Hoffnung angestoßen«, sagte er. »Worauf ich eigentlich wirklich anstoßen wollte, war die Liebe. Aber ich frage mich in letzter Zeit, ob ich nicht ein Leben ohne Liebe geführt habe. Vielleicht habe ich deshalb vorgeschlagen, auf die Hoffnung zu trinken. Wenn ich es mir genau überlege, ist die Hoffnung möglicherweise noch wichtiger. Die Hoffnung auf Liebe. Wenn man keine Hoffnung mehr hat, dann ist es auch nicht möglich zu lieben. Oder Liebe anzunehmen.«

Er überlegte.

»Ich bin mir sicher, dass meine Mutter mich geliebt hat. Aber sie hatte so viele Probleme zu bewältigen, dass sie oft stark davon in Anspruch genommen war. Ihre Trauer darüber, was sie verloren hatte, überschattete die Freude, die ihr noch blieb. Ich glaube, so etwas passiert nicht selten. Irgendwie scheint die Trauer mehr Raum zu greifen als das Glück. Aber auf ihre Weise hat mich meine Mutter geliebt. Davon bin ich überzeugt. Und ich habe sie geliebt.

Ich habe sehr lange zu Hause gewohnt – auch noch, als ich meinen Doktor an der Uni machte. Meine Welt war sehr klein. Ich hatte wenige Freunde. Meine Mutter meinte immer, dass ich zu ernst sei, dass ich immer meine Nase in irgendein Buch stecken würde, anstatt auszugehen und mich zu amüsieren. Aber ich wusste nicht, wie das geht. Dann lernte ich den Mann kennen, der für meine berufliche Laufbahn ausschlaggebend war. Er hieß Axel Borgström. Ich lernte ihn zufällig in der Königlichen Bibliothek kennen, wo ich einen Großteil meiner Zeit verbrachte. Wir stellten fest, dass wir viele ähnliche Interessen hatten, und er lud mich ein, ihn in seiner Buchhandlung zu besuchen. Das war die Buchhandlung, die später einmal die meine werden sollte. Ich hörte mit der Dissertation auf und begann stattdessen für ihn zu arbeiten. Und dann traf ich Eva. Sie sehen, dass ich ein ziemlich ereignisloses Leben geführt habe.«

»In welcher Hinsicht?«

»Nicht viel Liebe, in gewisser Weise. Nur eine Beziehung, eine Ehe. Es gab die eine oder andere Affäre, ehe ich Eva kennenlernte, aber die würde ich nicht Liebe nennen. Und inzwischen stelle ich auch meine Ehe in Frage. Und dann... na ja, dann bleibt im Grunde nichts übrig.«

»Aber die Liebe gibt es doch nicht nur in Beziehungen. Ich frage mich inzwischen, ob sie nicht eher etwas wie eine Fähigkeit ist. Etwas, was man kann oder auch nicht. Und was sich in vielen verschiedenen Varianten ausdrückt. Vor allem aber glaube ich, dass vieles von dem, was wir Liebe nennen, etwas ganz anderes ist. Manchmal sogar das Gegenteil davon.«

Otto nickte.

»Das stimmt. Es ist nicht immer einfach zu wissen, was Liebe ist. Ich dachte, ich hätte mich in Eva verliebt, als wir uns kennenlernten. Aber was wusste ich schon über die Liebe? Habe ich Eva geliebt? Inzwischen weiß ich das nicht mehr. Damals glaubte ich es schon.«

Elisabeth schien zu zittern.

»Ist Ihnen kalt?«

Sie schüttelte den Kopf, aber er zog sie dennoch näher an sich heran.

»Es heißt, dass man selten einen Herzinfarkt hat, wenn man *glaubt*, man hätte einen. Dass man *weiß*, wenn es wirklich einer ist. Vielleicht ist es so auch mit der Liebe. Wenn man sich nicht sicher ist, dann ist es keine echte Liebe. Aber wenn man es noch nie zuvor erlebt hat, wie kann man sich dann sicher sein? Leider scheint man das immer erst im Nachhinein zu wissen. Wenn man es mit etwas anderem vergleichen kann. Traurigerweise scheinen sich die meisten von uns zudem damit abzufinden, was sie haben. Und deshalb nennen wir beinahe alles *Liebe*. Und lassen so gar keine Hoffnung auf wahre Liebe in uns aufkommen.«

Sie saßen eine Weile schweigend da. Alle Fenster im Haus waren schwarz. Nur Ottos Küchenfenster schimmerte in einem warmen gelben Licht. »Wir reden uns ein, dass die Liebe eines Tages zu uns kommen wird, dass sie all unsere Bedürfnisse befriedigen, unsere Hoffnungen und Träume erfüllen und ewig dauern wird. Wir glauben zu lieben, wenn wir in Wirklichkeit einfach nur geliebt werden wollen«, sagte Elisabeth leise. »Wir projizieren unsere Gefühle auf einen Menschen und verlieren sogleich alle anderen um uns herum aus dem Blick. Diejenigen, die vielleicht in der Lage wären, uns Liebe zu schenken. Vielleicht bekommen wir auch nie all die

Liebe, nach der wir uns sehnen, von nur einem Menschen. Aber viele kleine Geschenke der Liebe zusammen genommen vermögen viel mehr auszumachen als alles, was wir von einem Menschen erwarten können.«

»Wenn Sie allerdings sagen, dass Liebe eine Fähigkeit ist, Elisabeth, dann frage ich mich, ob es nicht auch eine Fähigkeit ist, in der Lage zu sein, die Liebe anzunehmen. Zuzulassen, dass man geliebt wird. Ich glaube, dass diese Fähigkeit mindestens genauso wichtig ist. Aber vielleicht haben Sie das ja auch damit gemeint?«

Elisabeth gab ein kurzes Lachen von sich.

»Ich bin mir nicht sicher, was ich meine. Ich werde heute auch nicht mehr versuchen, meine Gedanken zu entwirren. Ich will hier einfach noch eine Weile sitzen und am liebsten gar nicht mehr nachdenken.«

Dennoch betrachtete sie ihn gedankenversunken, als ob sie nicht ganz davon absehen konnte, was er gerade gesagt hatte. Allmählich meldete sich der Tag zurück. Der Himmel über ihnen war nicht mehr so intensiv dunkelblau wie zuvor.

In diesem Moment begann erneut die Amsel zu singen.

Otto beugte sich über Elisabeth und gab ihr einen sanften Kuss auf den Kopf.

Sie blickte zu ihm auf, legte ihre Hände auf seine Wangen und küsste ihn auf den Mund.

Dann stand sie auf und zog aus der Hosentasche ihrer Jeans einen Schlüssel, den sie ihm hinhielt.

»Können Sie den bitte für mich aufbewahren? Nur für alle Fälle.«

Sie nahm seine Hand, drehte die Handfläche nach oben und legte den Schlüssel darauf, ehe sie seine Finger darum schloss.

Otto erwiderte nichts. Er nickte nur.

FÜNFUNDZWANZIG

Die Sonne war noch nicht am Horizont zu sehen. Aber der Himmel leuchtete bereits, und im Osten verwandelte sich das Blau in einen rosafarbenen Nebel.

Elias überquerte langsam den Kirchplatz. Er warf einen Blick auf die neue Reihe von kleinen Gräbern, die allesamt mit Pflanzen oder Schnittblumen dekoriert waren. Die Welt besaß eine erstaunliche Klarheit. Die Farben schienen durchsichtig zu sein, und Düfte umhüllten ihn. Er blieb stehen und setzte sich auf eine der Parkbänke.

Die Party war genau wie jedes Jahr verlaufen – wie Maja das vorhergesagt hat. Derselbe Ort – das Schrebergartenhäuschen von Majas Mutter in Tanto –, dieselben Leute und dieselben Gerichte. Sogar dieselbe Musik. Es war zu einer jährlichen Tradition geworden, und allmählich ging es sogar darum, nichts zu verändern. Nur das Wetter war ungewöhnlich schön gewesen. Elias erinnerte sich auch an nasse, verregnete Partys. Doch dieses Jahr war es perfekt gewesen. Maja hatte allerdings einen neuen Gast mitgebracht – Paul, einen französischen Fotografen. Sie hatte ihn Elias vorgestellt und war dann in die winzige Küche zurückgekehrt, wo sie das fortsetzte, was sie gerade tat. Paul und Elias hatten auf dem Rasen herumgestanden, umgeben von gerade aufgeblühten Fliederbüschen, und an ihren Bieren genippt. Paul hatte geraucht, während Elias seine Lungen mit der kühlen, duftenden Luft angefüllt hatte. Sie unterhielten sich auf Englisch, denn Elias sprach kaum Französisch. Paul war für einen Kurzbesuch in Schweden, um dort Fotos für ein französisches Literaturmagazin über Stieg Larssons Stockholm zu machen.

Als Maja die beiden einander vorgestellt hatte, legte sie Elias den einen Arm um die Schultern und Paul den anderen.

»Paul«, sagte sie, »das ist mein bester Freund. Er heißt Elias Blom, und er ist Schwedens großartigster Zeichner und Illustrator – wenn nicht sogar der Welt. Und das, Elias, ist mein neuer Freund Paul Pascinsky. Er ist Frankreichs großartigster Fotograf – wenn nicht sogar der Welt. Und wir nennen ihn Pepe. Ich habe das Gefühl, dass ihr beide euch verstehen könntet.«

Sie hatte gelacht und war verschwunden. Elias spürte, wie er errötete, doch er tat es Paul gleich und lachte ebenfalls. Ihm wurde bewusst, dass er schon sehr lange nicht mehr so gelacht hatte. Verzweifelt überlegte er, was er sagen konnte, doch Paul war schneller.

»Du bist also Zeichner und Illustrator?«, fragte er, legte den Kopf zur Seite und ließ den Rauch durch seinen Mundwinkel entweichen.

Elias gelang es zu nicken.

»Ihr Schweden seid ausgezeichnete Illustratoren. Wenn es also stimmt, was Maja gesagt hat, und du zu den besten gehörst, musst du sehr, sehr gut sein.«

»Ach, ich weiß nicht«, sagte Elias und hoffte, dass seine Wangen in der Abenddämmerung nicht so rot leuchteten, wie sie sich anfühlten. »Ich kann nicht einschätzen, wie gut ich bin. Aber ich weiß, dass ich ohne Maja nicht zurechtkäme. Ich bin nur mit Bildern gut, nicht mit Worten.«

»Ich auch!« Paul lächelte.

Er erkundigte sich bei Elias nach dessen Büchern und zeigte sich sehr beeindruckt, als er erfuhr, dass drei von ihnen bereits ins Französische übersetzt und in Frankreich veröffentlicht worden waren.

In diesem Moment rief Maja zum Essen. Die Gäste setzten sich an den Tisch. Wie immer bei Majas Partys ging es in den Unterhaltungen bei Tisch um verschiedenste Themen, wobei man zwischendurch auch häufig leidenschaftlich diskutierte. Paul schien sich in der ihm neuen Gesellschaft sehr wohlzufühlen und nahm lebhaft am Gespräch teil. Nach dem Essen machten es sich alle auf der kleinen Veranda, auf den Steinstufen in den Garten hinunter und auf Decken im Gras bequem. Der Tau begann sich im Garten zu verteilen, und der Rasen wurde feucht, aber nicht kalt. Für Stechmücken war es zum Glück noch zu früh im Jahr.

Elias und Paul setzten sich auf die Steinstufen, Paul auf eine unterhalb von Elias. Nach einer Weile lehnte er sich gegen Elias' Schienbeine. Elias saß völlig reglos da, während die Wärme von Pauls Rücken seine Jeans und dann seine Haut durchdrang.

Die beiden blieben noch, als alle anderen schon gegangen waren, und halfen Maja beim Aufräumen und Abschließen des Häuschens. Dann liefen sie gemeinsam zum Bahnhof. Vor dem Bahnhofsgebäude verabschiedeten sie sich. Elias schloss Maja in die Arme. Als er Paul die Hand hinstreckte, ergriff dieser sie fest und zog ihn an sich, um ihm einen Kuss auf die Wange zu drücken. Elias sah, wie Maja zufrieden lächelte, jedoch nichts sagte.

»Ich würde mich wirklich freuen, dich wiederzusehen«, erklärte Paul. »Vielleicht essen wir mal zusammen zu Mittag? Ich bin noch fünf Tage hier.«

»Sehr gerne«, erwiderte Elias und holte sein Portemonnaie heraus. »Hier ist meine Karte. Ruf mich an.«

Elias blickte über den menschenleeren Kirchplatz. So hatte er ihn noch nie zuvor gesehen. So klar, dass jeder Grashalm, jedes Blütenblatt hervorzustechen schien. Er hatte zwar ein oder zwei Joints geraucht und im Laufe des Abends auch ein paar Biere getrunken. Aber die Wirkung davon war inzwischen verflogen.

Er fühlte sich einfach glücklich.

Das Haus war still, als er die Stufen zur Eingangstür hinauflief. An seiner Wohnungstür hing eine Plastiktüte. Neugierig nahm er sie ab und warf einen Blick hinein. Papiere. Die ganze Tüte war voller Papiere. Er sperrte die Tür auf und trat ein, schlüpfte aus seinen Schuhen und lief barfuß ins Wohnzimmer. Das Licht musste er nicht einschalten, denn draußen wurde es bereits hell. Er legte die schwere Tüte auf den Tisch und schüttete den Inhalt heraus. Es war ein dicker Papierstapel, der mit einem schmalen grünen Band zusammengebunden war. Ganz oben befand sich ein zusammengefaltetes Blatt mit ein paar Zeilen:

Lieber Elias,

ich weiß, wie schwierig es für Sie ist zu lesen. Deshalb wundern Sie sich sicher, warum ich Ihnen das hier gebe. Sie müssen nicht weiterlesen, aber ich könnte mir vorstellen, dass Otto Ihnen sicher gerne helfen würde. Wenn Sie das wollen. Machen Sie es so, wie es Ihnen zusagt.

Er las nur die ersten Zeilen. Dann faltete er das Blatt zusammen und legte es auf den Tisch. Das grüne Band knüpfte er auf und nahm das Deckblatt ab. Es war zerknittert, als ob jemand es nachlässig in der Hand gehalten hätte. Zwei Worte standen darauf:

Gebrochene Flügel

Der Titel kam ihm irgendwie bekannt vor. Allerdings war er auch nicht sonderlich originell. Wieder betrachtete er den

Stapel. All das konnte er auf keinen Fall lesen. Er schob die Ränder der Papiere zusammen, legte das Brieflein wieder obenauf und verschnürte das Ganze.

Dann trat er zum Fenster. Die Sonne hatte die Dächer noch nicht erreicht, doch der Himmel war bereits zartblau. Nirgendwo war eine Wolke zu sehen.

SECHSUNDZWANZIG

Das Wetter schlug um, und es wurde wieder kühler. Der Frühling schien innezuhalten, und die Stadt war nach einigen Wochen ungebremster Lebensfreude in ihren winterlich verschlossenen Zustand zurückgekehrt.

Otto saß mit einer Tasse Tee an seinem Küchentisch. Er hatte das Fenster geschlossen, das über Nacht offen gewesen war. In der Küche war es noch kalt. Vor ihm auf dem Tisch lag aufgeschlagen das erste Buch, das Elisabeth ihm geschenkt hatte – *Wie die Vögel unter dem Himmel*. Er hatte seine Hand auf die offene Seite gelegt, doch seine blicklosen Augen hielt er auf das Fenster gerichtet.

Ich glaube nicht, dass ich jemals jemanden kannte, der ein derart unhinterfragtes Leben geführt hat.

Er musste immer wieder an diesen Satz denken. Wie war er zu verstehen? Meinte die Autorin damit die eigene Selbstanalyse, die man mit seinem Leben betrieb? Oder ein fehlendes Interesse an der eigenen Umgebung? Sein Leben konnte er als unhinterfragt bezeichnen – von sich selbst und von anderen. Es war sogar unwahrscheinlich, dass irgendjemand außer einer Handvoll Familienmitglieder und Freunde jemals einen Gedanken an sein Leben verschwendet hatte. Und er selbst auch nicht. Erst jetzt hatte er begonnen, sich zu erinnern und zu versuchen, diese Erinnerungen zu interpretieren. Er hatte viel über Eva nachgedacht und musste jetzt mit einer erschreckenden Klarheit erkennen, dass auch ihr Leben völlig unhinterfragt verlaufen war. Da er so wenig

Interesse an ihrem Leben gezeigt hatte, wusste er nicht, wie sehr sie sich selbst damit auseinandergesetzt hatte. Es war für ihn unmöglich zu wissen, ob sie glücklich oder unglücklich gewesen war. Sie hatte selten über ihre Kindheit oder ihr früheres Leben gesprochen, und er hatte sich auch keine große Mühe gegeben, mehr darüber herauszufinden. Kein Wunder, dass ihre Ehe so... so erbärmlich unterentwickelt gewesen war.

Seufzend schloss er das Buch und wollte gerade aufstehen, als es an der Tür klingelte. Er erwartete keinen Besuch und hatte keine Ahnung, wer das sein konnte.

»Elisabeth!«, sagte er überrascht, als er die Tür öffnete. »Kommen Sie herein.«

Zögernd betrat sie die Wohnung.

»Kann ich Ihnen etwas anbieten? Vielleicht eine Tasse Kaffee?«

Sie schüttelte den Kopf.

»Ich habe mich gefragt, ob Sie heute vorhaben, zum Supermarkt zu gehen.«

»Darüber habe ich, ehrlich gesagt, noch gar nicht nachgedacht. Aber ja, klar, ich gehe fast täglich. Allein schon, um etwas Luft zu schnappen. Damit ich hier herauskomme.«

Sie nickte.

»Kann ich mitkommen?«

Einen kurzen Moment lang war Otto sprachlos. Doch dann fasste er sich.

»Natürlich! Gerne. Wann möchten Sie gehen?«

»Oh, das ist mir eigentlich egal. Ich kann mich nach Ihren Plänen richten. Natürlich könnte ich auch allein gehen, aber ich fühle mich ein wenig... ich bin bisher nicht viel rausgegangen und fühle mich noch immer ein wenig verloren. Es wäre gut, eine Begleitung zu haben.«

»Ich komme in einer halben Stunde zu Ihnen hinunter. Reicht das?«

Sie nickte, trat einen Schritt vor und gab ihm einen flüchtigen Kuss auf die Wange.

»Danke für den Abend letztens. Es war eine zauberhafte Nacht.«

Damit drehte sie sich um und ging.

Er sah, dass ihre Türe nur angelehnt war, als er die Treppe hinunterging. Elisabeth tauchte auf, sobald er ihr Stockwerk erreichte. Sie schien sich ein wenig sorgfältiger als sonst angezogen zu haben – dieselbe Jeans, aber eine weiße Bluse und einen dicken marineblauen Pullover, beides Kleidungsstücke, die er noch nicht kannte. Sie schien sogar etwas Make-up zu tragen. Auch wenn er kein Experte auf diesem Gebiet war. Jedenfalls sah sie seiner Meinung nach außerordentlich schön aus.

»Es ist zwar kühl und grau, aber ich wollte Sie trotzdem fragen, ob wir nicht noch spazieren gehen wollen, ehe wir einkaufen. Manchmal laufe ich den Årstaviken entlang. Es ist ein schöner Weg am Wasser, und selbst wenn die Sonne auch nur ganz kurz auftaucht, verpasst man sie dort garantiert nicht.«

Sie nickte, und Otto hielt für sie die Haustüre auf, damit sie ins Freie treten konnte.

Otto hatte recht. Die Sonne brach durch die Wolken, und als sie am Fluss entlangliefen, fühlte sich die Luft wieder etwas wärmer an. Die Weiden beugten sich mit ihren kleinen hellgrünen Blättern über das Wasser, und Enten schwammen friedlich zwischen den Ästen hindurch. Am Ufer lagen ein paar Boote. Die meisten jedoch waren an Bojen auf dem

Wasser festgezurrt und warteten dort auf sommerliche Abenteuer. Ein schwacher Geruch von Teer und Farbe lag in der Luft.

»Ich habe Elias seit etwa einer Woche nicht mehr gesehen. Normalerweise kommt er alle paar Tage vorbei. Wahrscheinlich ist er so mit seinem Projekt beschäftigt.«

»Ich habe ihn auch nicht mehr gesehen. Ich habe nicht mehr mit ihm geredet, seitdem ... seitdem er mich einlud, mir seine Zeichnungen genauer anzusehen.«

Otto warf ihr einen neugierigen Blick zu.

»Und wie finden Sie sie?«

Sie antwortete nicht sofort.

»Sie machen mir Angst«, sagte sie schließlich.

»Angst?«

»Ja, sie gehen mir zu nahe. Sind mir zu persönlich. Als ob Elias mein Leben gezeichnet hätte. Aber vielleicht lese ich da nur etwas hinein, was er nie beabsichtigt hat.«

Sie blinzelte in die Sonne, die auf der dunklen Oberfläche des Wassers glitzerte.

»Ist das denn so wichtig? Ich meine, ist es wichtig, ob es seine Absicht war, das zu zeichnen, was Sie zu sehen glauben?«

»Ich denke schon. Für ihn. Und für mich. Ich hatte das Gefühl, ich müsste ihm sagen, dass ich die Geschichte in seinen Zeichnungen lesen kann und dass es auch meine Geschichte ist.«

Eine Weile schlenderten sie Arm in Arm dahin.

»Elias hat mich gefragt, ob ich schreiben kann.«

»Ach ja?«

»Und ich musste Nein sagen. Ich kann diese Geschichte nicht schreiben. Das ist völlig unmöglich.«

»Obwohl Sie die Geschichte so klar sehen, so klar hören

können? Könnten Sie nicht zumindest versuchen, sie zu schreiben?«

Sie schüttelte den Kopf.

»Ich weiß kaum etwas über Sie, Elisabeth, und wie Sie inzwischen wissen, spekuliere ich auch nicht über andere Menschen und ihr Leben. Aber ich habe die Bücher gelesen, die Sie mir gegeben haben, und Ihnen zugehört. Und das lässt mich vermuten, dass Sie schreiben können. Und zwar sehr gut.«

»Es ist eine Sache, sich angemessen gut auszudrücken. Und Texte von anderen zu lesen, um dann etwas aus ihnen zu extrahieren. Aber es ist etwas ganz anderes, die Worte niederzuschreiben, die Elias für die Bilder braucht. Etwas vollkommen anderes.«

»Nun, ich könnte niemals auch nur andeutungsweise etwas Kreatives oder Poetisches schreiben. Dennoch bedeuten mir Bücher alles. Wenn ich so darüber nachdenke, wird mir klar, dass ich unglaublich wenig geschrieben habe. Seit der Schule im Grunde nichts mehr. Ich habe nicht einmal ein Tagebuch geführt.«

»Ich schon«, erwiderte Elisabeth. »Die ganzen Jahre über. Inzwischen frage ich mich, warum. Aber es kam mir so vor, als würde ich die Dinge besser verstehen, wenn ich sie niederschreibe. Als ob meine Gedanken eine Art von Prozess durchlaufen würden, während sie von meinem Gehirn aufs Papier übertragen werden. Inzwischen bin ich mir aber nicht mehr so sicher, ob das nicht nur eine Illusion ist.«

»Warum sollte das eine Illusion sein? Ich finde, das klingt sehr plausibel. Ich wünschte, ich hätte das versucht. Könnte es nicht auch eine Möglichkeit sein, den Moment festzuhalten? Manche Gedanken sind zu flüchtig. Und andere wiederum nehmen so viel Raum ein, dass man etwas dafür aufgeben muss, um sie unterzubringen. Wie viel von meinem Leben ist ohne Erinnerung. Nichts ist zurückgeblieben. Nichts. Und ich rede hier von Jahren, Elisabeth. Von Jahren, die vermutlich mit Erfahrungen und Erlebnissen gefüllt waren. Jetzt ist keine Spur davon auffindbar. Ich finde das so traurig.«

»Denken Sie wirklich, dass sie unwiederbringlich verloren sind? Dieses Notieren von Dingen – ich bin mir nicht sicher, ob es wirklich sinnvoll ist. Eigentlich erinnert es an ein Foto. Man fängt das ein, worauf man die Kamera richtet, mehr aber nicht. Vielleicht richtet man die Kamera auf die ganz falschen Dinge. Das ist auch die Gefahr, wenn man etwas aufschreibt. Irgendwie überschattet das die Erinnerung. Und später, wenn man sich entscheiden soll, an welche Version man glaubt, wählt man meist die niedergeschriebene. Außerdem kann man nicht alles festhalten.«

»Trotzdem – ich beneide Sie um diese Tagebücher.«

Elisabeth lächelte.

»Ich habe Elias etwas von mir gegeben. Vielleicht wird er Sie beim Lesen um Hilfe bitten.«

Otto sah sie ein wenig überrascht an.

»Ich hatte das Bedürfnis, ihm zu erklären, warum ich seinen Text nicht schreiben kann. Warum ich überhaupt nicht schreiben kann. Also gab ich ihm das Einzige, was ich jemals geschrieben habe. Falls er es liest, denke ich, dass er verstehen wird. Ich hoffe es jedenfalls.«

»Natürlich werde ich ihm helfen. Aber ich warte ab, um zu sehen, ob er mich selbst fragt. Ich möchte mich ihm nicht aufdrängen. Darf ich fragen, was Sie geschrieben haben?«

»Es ist ein Manuskript. Ein Filmskript«, erwiderte Elisabeth. Ihr Ton klang verschlossen, und Otto verstand, dass er nicht weiter nachhaken sollte.

Sie gingen den Hügel hinauf und an der Schwimmhalle von Eriksdal vorbei.

»Schwimmen Sie gern?«, fragte Otto und deutete auf das Gebäude.

Elisabeth nickte.

»Ja, aber ich schwimme lieber im Freien.«

»Das Freibad ist dort drüben, auf der anderen Seite. Im Sommer gehe ich meist morgens hierher und schwimme ein paar Bahnen. Ich rede mir ein, dass es meinem Körper und meinem Geist guttut. Dieses Jahr habe ich es allerdings noch nicht geschafft.«

Als sie oben auf dem Hügel ankamen, blieb Elisabeth stehen.

»Ich muss so einen USB-Stick kaufen«, erklärte sie.

»Dort drüben gibt es einen Laden, der solche Sachen verkauft«, erwiderte Otto und zeigte auf das große Einkaufszentrum auf der anderen Seite der Straße. Sie warteten, bis die Ampel auf Grün schaltete, und gingen dann hinüber.

Auf dem Weg zurück überlegte Otto, wie er die Zeit mit Elisabeth verlängern konnte, ohne dass es zu offensichtlich wirken würde. Er bot sich an, ihr die Einkaufstüten abzunehmen, doch sie bestand darauf, sie selbst zu tragen.

»Das tut mir gut, Otto. Ein kleines Training.«

Es war Mittag, als sie zurückkehrten. Diesmal hielt er es für keine gute Idee vorzuschlagen, gemeinsam zu essen. Sie waren über zwei Stunden aus gewesen. Wahrscheinlich wollte sie sich ausruhen. Auch wenn sie nicht müde wirkte – ganz im Gegenteil. Bisher hatte er sie noch nie so wach gesehen. Er verlangsamte seinen Schritt, und sie schlenderten gemächlich im hellgrünen Schatten der Kastanienbäume über den Kirchplatz. Er konnte den Abschied nicht für immer hinauszögern. Das war klar. Bald würden sie wieder zu Hause eintreffen, und dann gab es nichts, was er tun konnte, um sie noch aufzuhalten.

»Danke, Otto«, sagte sie, als sie vor ihrer Wohnungstür standen. »Das war ein schöner Vormittag.«

Otto nickte.

»Ja, das stimmt. Und es sieht so aus, als ob die Sonne zurück wäre. Es ist wieder angenehm draußen.«

Sie wartete noch einen Moment, als ob sie etwas hinzufügen wollte. Doch dann schien sie ihre Meinung zu ändern.

»Also, noch einmal vielen Dank. Bis bald.«

Sie standen einander gegenüber, jeder mit Einkaufstüten in der Hand. Otto wusste nicht, was er noch sagen sollte.

»Ja, bis bald! Auf Wiedersehen.«

SIEBENUNDZWANZIG

Es herrschte keine Dunkelheit mehr. Die Nächte waren durchlässig, nicht mehr schwarz. Sosehr sie auch versuchte, die Dunkelheit wieder zurückzubringen, sowenig gelang es ihr. Das verräterische Licht drang immer wieder zu ihr durch. Sie lag angezogen auf ihrem Bett. Der Vogel an der Wand schien verzweifelt mit seinen kleinen Flügeln zu schlagen. Er wirkte so hoffnungslos. So furchtbar hoffnungslos.

Innerlich ging sie die Ereignisse der letzten Tage durch. Wenn sie zu den schwersten – den glücklichsten – Momenten kam, verkrampfte sich ihr Magen, und ihr Herz hämmerte wie verrückt: als sie beobachtet hatte, wie Elias sein eigenes Bild im Spiegel betrachtete und sich dann langsam und lächelnd zu ihr wandte. Ottos Arm um ihre Schultern. Seine Lippen auf ihren Haaren. Das Lachen. Unvorstellbar: Lachen!

Was war nur los mit ihr? Sie war nicht nur auf die Vorschläge der beiden eingegangen, sondern sie hatte auch selbst welche gemacht.

»Du lässt mich allein zurück, Elisabeth – hier in der Dunkelheit.«

Die Frau in Grün war in dem dämmrigen Licht kaum zu sehen. Doch ihre Traurigkeit schien die ganze Wohnung zu erfassen.

»Ich bin doch auch hier«, flüsterte Elisabeth.

»Du kommst, und du gehst. Du musst dich endlich entscheiden.«

»Ich habe mich entschieden. Das weißt du doch.«

Die Frau in Grün schüttelte betrübt den Kopf.

»Du änderst immer wieder deine Meinung, Elisabeth. Du beginnst, Hoffnung zu hegen. Du wendest dich von mir ab.«

»Aber du verschwindest«, flüsterte Elisabeth. »Ich kann dich nicht mehr sehen.«

Sie wachte am Nachmittag mit der Sonne auf ihrem Gesicht auf. Als sie sich erhob, war ihr schwindlig, und sie setzte sich für einen Moment noch einmal an den Rand des Bettes. Dann wurde sie erneut von allem überwältigt.

Von ihren verrückten Handlungen. Warum hatte sie sich in Elias' Leben eingemischt? Nicht nur, was seine Zeichnungen, sondern auch was sein Privatleben betraf. Fassungslos über sich selbst schüttelte sie den Kopf.

Ich bin wahnsinnig. Wie kann ich mir einbilden, einem anderen zu helfen, wenn ich mir doch selbst nicht helfen kann?

Dennoch wurde sie das Gefühl nicht los, dass sie das Richtige getan hatte. Sie sah Elias vor sich und glaubte, all die Möglichkeiten zu erkennen, die ihm offenstanden.

Dann ihr Manuskript. Das Heiligste. Das, was dem Kind, das sie nie geboren hatte, dem Leben, das sie nie geführt hatte, am ehesten entsprach. Ihr war nun klar, dass all die Dinge, die sie sonst in diese Wohnung gebracht hatte, nur Staffage waren. Im Zentrum befand sich das Manuskript. Und jetzt hatte sie es diesem jungen Mann gegeben, der nicht einmal lesen konnte. Was glaubte sie eigentlich, was er davon hätte?

Sie ging ins Badezimmer, um sich zu duschen.

Das nasse Haar in ein Handtuch gewickelt, saß sie danach am Küchentisch vor ihrem Laptop. Das vertraute Schreibtischhintergrundbild erschien auf dem Bildschirm. Vertraut und doch so fremd. Wie etwas, das in eine andere Zeit, in ein anderes Leben gehörte. Sie griff nach dem USB-Stick, den Elias ihr gegeben und der seit jenem Abend auf dem Stapel mit ungeöffneter Post gelegen hatte. Der Ordner erschien auf dem Bildschirm. Sie öffnete den Ordner und klickte dann auf jedes einzelne Bild, sodass sie sich hintereinander ganz bewusst im Vollbildmodus öffneten. Sie betrachtete sie aufmerksam, eins nach dem anderen. Als sie fertig war, fuhr sie den Computer wieder herunter.

Sie stand auf und zog sich an. Dann holte sie eine Flasche Wein aus dem Kühlschrank, verließ die Küche und ging zur Wohnungstür hinaus.

»Ich dachte mir, dass Sie das sein könnten. Auch wenn ich mir keine zu großen Hoffnungen machen wollte«, sagte Otto, nachdem er die Tür geöffnet hatte.

Elisabeth streckte ihm die Flasche entgegen. Otto achtete nicht darauf, sondern zog Elisabeth nur an sich und hielt sie einen Moment lang fest, wobei er den Duft ihrer noch feuchten Haare in sich einsog. Irgendwann ließ er sie widerstrebend los.

»Ich war ein bisschen einsam, und es ist wieder so ein schöner Abend. Und dann habe ich noch die Amsel gehört. Kann ich für einen Moment hereinkommen?«

»Sie können für so lange hereinkommen, wie Sie wollen, liebste Elisabeth. Sie haben keine Ahnung, wie froh ich bin, Sie zu sehen.«

Er nahm ihr die Flasche ab und schloss die Tür hinter ihr.

»Bisher haben Sie ja nur meine Küche kennengelernt. Wollen wir uns diesmal vielleicht ins Wohnzimmer setzen? Aber zuerst schaue ich mal nach, ob ich etwas Essbares im Kühlschrank finde. Sie haben doch sicher noch nicht gegessen, oder?« Elisabeth schüttelte den Kopf, und Otto rieb sich die Hände. Er schien sich darauf zu freuen, erneut ein Essen für sie zubereiten zu dürfen.

»Für mich allein hätte ich mir nicht die Mühe gemacht, etwas zu kochen. Aber wir wollen mal sehen...« Er öffnete den Kühlschrank, und innerhalb weniger Minuten hatte er ein Tablett vollgestellt – kleine Schälchen mit Oliven, mit gerösteten Mandeln, Humus, aufgeschnittenen Tomaten und Gurken. Daneben in einem Korb getoastetes Fladenbrot.

»Soll ich uns auch noch zwei Eier kochen?«, wollte er wissen.

Elisabeth schüttelte den Kopf.

»Das ist mehr als genug. Ich bin eigentlich nicht zum Essen gekommen...«

Otto nahm das Tablett und ging ins Wohnzimmer voraus. Elisabeth folgte ihm mit dem Wein und zwei Gläsern.

Der Raum war mehr oder weniger so, wie Elisabeth sich ihn vorgestellt hatte. Gemütlich und wohnlich, ein wenig überladen und mit übervollen Bücherregalen, die zwei Wände bedeckten. Neben dem Fenster hingen einige Aquarelle, die traumartige Landschaften zeigten. Otto bemerkte, dass sie stehen geblieben war, um sie zu betrachten.

»Das sind Evas Bilder. Früher habe ich in ihnen einfach nur eine Verlängerung von Eva als Person gesehen. Inzwischen fällt mir jedoch auf, dass sie schön und ausgesprochen gut sind. Kleine Kunstwerke. Ich wünschte, ich hätte das früher gesehen. Und ich wünsche, dass ich ihr das gesagt hätte.«

Elisabeth setzte sich auf das grüne Sofa, und Otto machte es sich auf einem durchgesessenen Sessel ihr gegenüber bequem. Es gab keinen Fernseher im Zimmer, doch Elisabeth entdeckte dafür eine Stereoanlage. Sie sah neu und raffiniert aus. Wieder musste sie daran denken, wie lange es bereits her war, seitdem sie das letzte Mal richtig Musik gehört hatte.

»Musik?«

Sie nickte. »Sie wählen aus.«

Ohne zu zögern, schob Otto eine CD in den CD-Spieler.

Er kehrte zu seinem Sessel zurück und schenkte ihnen Wein ein.

Musik erfüllte den Raum. Elisabeth lehnte den Kopf an die Rückenlehne des Sofas und schloss die Augen. Als sie diese wieder öffnete, bemerkte sie Ottos Blick. Er hatte sie beobachtet.

»Gefällt sie Ihnen?«, fragte er, als ob ihn ihre Antwort wirklich interessieren würde.

»Sie ist sehr schön. Aber auch sehr traurig.«

Otto nickte.

»Es ist ein Trio. Natürlich.« Er lächelte ein wenig beschämt. »Seit unserem ersten gemeinsamen Essen, bei dem ich Rachmaninows Klaviertrio Nr. 1 auflegt hatte, höre ich nur noch Trios. Ich hatte keine Ahnung, dass es so viele gibt. Es ist komisch. Früher habe ich nie Trios gehört. Quartette schon. Sonaten, jede Art von Kammermusik. Aber keine Trios. Die entdecke ich jetzt erst, eins nach dem anderen. Es ist spannend, weil in einer solch kleinen Gruppe jedes Instrument zählt. Jede Note. Man kann nichts vertuschen. Die drei Musiker sind einander und dem Zuhörer völlig ausgeliefert. Das gefällt mir immer besser. Momentan hören wir Tschaikowskys Klaviertrio in a-Moll, den ersten Satz. Es ist wie ein Echo der Rachmaninow-Musik beim letzten Essen. Oder vielleicht ist es auch andersherum, denn Rachmaninow war offenbar von Tschaikowskys Werk so beeindruckt, dass er sein erstes Trio in Erwiderung darauf schrieb. Ich rede mir ein, dass ich das hören kann. Dass sich die beiden Stücke irgendwie aufeinander beziehen. Aber was weiß ich schon. Ich höre nur zu und nehme in mich auf.«

Sie lauschten der Musik und aßen dabei ein wenig von den Dingen auf dem Tablett. Otto hatte eine Kerze auf dem Couchtisch angezündet, und die Flamme flackerte in der kühlen Abendluft, die durch das offene Fenster hereinkam.

Plötzlich stellte Otto sein Glas auf den Tisch. Er beugte sich vor, die Arme auf seinen Schenkeln, die Hände um die Knie geschlungen, und sah Elisabeth an.

»Ich habe über das Manuskript nachgedacht, das Sie Elias gegeben haben. Er hat sich bisher noch nicht bei mir gemeldet. Vielleicht werde ich es also nie zu Gesicht bekommen, denn es könnte ja sein, dass er es allein zu lesen versucht. Um meinetwillen hoffe ich das nicht, denn ich muss immer wieder an Sie denken, Elisabeth. Ich habe so viele Fragen, und ich glaube, ich würde die Antwort in diesem Text finden.«

Sie sah ihn an, den Kopf zur Seite geneigt.

»Machen Sie sich keine Sorgen. Ich bin mir sicher, dass er Sie bitten wird, es mit ihm zu lesen. Selbst wenn er es zuerst allein versucht, wird er es sicher mit Ihnen teilen wollen. Denn er wird Ihre Hilfe brauchen, um es zu analysieren. Und wenn Sie es gelesen haben und noch Fragen offen sein sollten, können Sie ruhig zu mir kommen. Wenn Ihnen etwas nicht klar sein sollte.«

»Es geht nicht um offene Fragen, Elisabeth. Ich habe vielmehr etwas Angst.«

»Kommen Sie und setzen Sie sich neben mich«, lud ihn Elisabeth ein.

Otto erhob sich, ging um den Couchtisch herum und ließ sich auf dem Sofa neben ihr nieder.

Elisabeth wandte sich zu ihm.

»Sie müssen keine Angst um mich haben, Otto.« Sie schlang ihre Arme um seinen Nacken und küsste ihn auf die Wange. Ihre Miene war ernst, als sie ihn ansah. »Ich möchte nicht, dass Sie Angst haben müssen. Sie haben eine solche Fähigkeit zu Liebe und Freude, dass es eine schreckliche Verschwendung Ihrer Zeit wäre, wenn Sie Angst um mich hätten.«

Zärtlich legte Otto eine Hand auf ihren Nacken. Er zog sie an sich und küsste sie auf den Mund.

Als sie sich vorsichtig von ihm befreite und aufstand, betrachtete er sie mit verwirrter Miene. Einen furchtbaren Moment lang befürchtete er, etwas falsch verstanden zu haben. Dass sie nun gehen wollte.

Doch dann zog sie ihn hoch.

»Wo ist das Schlafzimmer?«

Sanft strich er eine Haarsträhne aus ihrer Stirn hinter ein Ohr. Die ganze Zeit über sah er sie dabei fragend an.

»Bist du dir sicher?«

Sie nickte.

»Ja, Otto. Ich bin mir absolut sicher.«

ACHTUNDZWANZIG

Es war Mittsommer, und eine lange Woche herrlichsten Sommerwetters war vorhergesagt. Doch Elias interessierte sich nicht im Geringsten für das Wetter. Jedenfalls nicht für das Wetter in Stockholm.

Mittsommer war immer ein Feiertag gewesen, vor dem er sich gefürchtet hatte. Damals, als es nur ihn und seine Mutter gegeben hatte. Lange ehe ihm es bewusst geworden war, hatte er die Bitterkeit seiner Mutter ob der Tatsache gespürt, dass sie nirgendwo hinkonnten, während »alle« anderen – diejenigen, mit denen sie normalerweise nichts zu tun haben wollte – in ihre Sommerhäuser fuhren. Sie hatte ihm nichts zu bieten als ihre Ressentiments, und die Feiertage zogen sich stets ohne sichtbares Ende quälend dahin. Es gab keine Ausflüge, keine Besuche, kein Festessen. Nur kalte, verkrampfte Verbitterung. Das war das Schlimmste.

Später, als er in die Schule ging, wurde ihm bewusst, dass seine Mittsommertage nicht nur einsam, sondern auch beschämend waren. Ein Umstand, den man unbedingt verbergen musste. Obwohl ihm schon immer klar gewesen war, dass die Mittsommerfeste der anderen Leute anders verliefen als die seinen, begriff er erst, als er Maja kennenlernte, wie andere Leute diese Feiertage verbrachten. Dann lernte seine Mutter Gunnar kennen und heiratete ihn, wodurch die vorherrschende Stimmung nicht mehr Verbitterung und Ressentiments, sondern Angst wurde. Zuerst war es Hoffnung. Mit Gunnar sollten sie ein neues Leben beginnen und all das, was sie bisher versäumt hatten, endlich genießen können. Nun würde es keine Ungerechtigkeiten mehr geben, und die Scham sollte durch wohlverdienten Stolz ersetzt werden.

Doch diese Zeit der Hoffnung war nur sehr kurz. Die vorher unendlich einsamen Mittsommerfeiertage waren nun auch noch von brutalen, betrunkenen Ausbrüchen begleitet – Tage, die man fürchten und denen man entfliehen musste.

Als Elias von zu Hause auszog, wurden Majas Mittsommerfeste zu den seinen. Nicht nur ihre Mittsommer, sondern ihr ganzes Leben wurde das seine. Es war ein Leben, das er als Spiegel sah. Gleichzeitig wurde es jedoch nie mehr als ein Spiegelbild. Obwohl er so viel mit Maja teilte, konnte das Leben mit ihrer Familie niemals das seine werden – so sehr und so großzügig sie sich auch darum bemühten.

Dann lernte er Otto kennen, und die letzten Jahre hatten sie gemeinsam an Mittsommer zu Abend gegessen. Es war kein richtiges Fest. Elias hatte nie nachgefragt, aber stets den Eindruck gehabt, als ob auch Otto unglückliche Erinnerungen an diese Feiertage quälten.

Diesmal würde Mittsommer anders sein. Vielleicht würde jetzt sein neues Leben beginnen. Er konnte ein Lächeln nicht unterdrücken, als er in seinem Wohnzimmer stand und sich die Woche ausmalte, die vor ihm lag.

Es gab ihm einen Stich, als er schuldbewusst an Otto dachte. Sie hatten nicht konkret über das Mittsommernachtfest gesprochen. Aber vielleicht nahm Otto an, dass sie es wie immer gemeinsam verbringen würden? Er musste das klären, ehe er abreiste.

Er warf einen Blick auf den Stapel Papiere, der auf seinem Tisch lag. Noch hatte er keinen Versuch unternommen, Elisabeths Manuskript zu lesen, sondern war nur im Kreis darum herumgeschlichen. Er hatte ein paar Blätter in die Hand genommen und dann wieder hingelegt. Hatte das Deckblatt betrachtet, als ob er den Text in sich aufnehmen könnte, indem er einfach seinen Blick durch den Stapel bohrte.

Er umrundete den Koffer, der offen auf dem Boden lag, und ging in die Küche, um eine Plastiktüte zu holen. Wieder an seinem Tisch schob er das Manuskript in die Tüte und legte diese auf den Fußabstreifer im Flur.

Er wusste nicht so recht, was er packen sollte. Paris. Provence. Er war ein paarmal in Paris gewesen, um seinen Verleger zu treffen, aber nie lange genug, damit er die Stadt erkunden und besser kennenlernen konnte. Jetzt würde er Paul in Paris treffen und ein paar Tage bei ihm bleiben. Dann wollten sie gemeinsam in das Haus von Pauls Eltern in der Nähe von Marseille fahren.

»Mach dir keine Gedanken – sie werden dich garantiert mögen. Meine Mutter spricht besser Englisch als ich, und mein Vater ist auch nicht schlecht. Meine Mutter ist Übersetzerin, mein Vater arbeitet als Meeresbiologe. Sie sind weit gereist und wirklich in Ordnung. Sie lieben mich, ihr einziges Kind. Und sie lieben diejenigen, die ich liebe.« Elias verstand, dass es vor ihm wohl viele andere gegeben hatte. Doch Paul hatte gelacht und ihn in den Arm genommen. Auch Elias musste lachen.

Er warf ein paar T-Shirts in den Koffer. Dann ging er zur Tür und hob die Plastiktüte hoch.

Otto öffnete seine Wohnungstür. Er warf einen raschen Blick auf die Tüte in Elias' Hand.

»Komm herein, komm herein«, sagte er und trat zur Seite, um Elias Platz zu machen.

Sie setzten sich an den Küchentisch. Otto hatte noch nicht mit dem Kochen begonnen, doch es drang ein schwacher

Essensgeruch aus dem Innenhof zu ihnen herauf. Offenbar grillte dort jemand.

Elias legte die Tüte auf den Tisch.

»Du weißt schon, was das ist, nicht wahr?«, meinte er.

Otto nickte.

»Ich habe nicht einmal den Brief gelesen. Ich scheine seit mehreren Tagen in immer enger werdenden Kreisen darum herumzulaufen. Ich starre es an, als ob es sich von selbst erklären würde, ohne dass ich mich durchkämpfen muss. Aber leider hat es nicht funktioniert.« Er schenkte Otto ein schiefes Lächeln und reichte ihm dann den gefalteten Brief. Otto ließ sich Zeit, ihn auseinanderzufalten, und griff dann nach seiner Brille.

Er las ihn schweigend. In der Stille konnten sie die Stimmen der Leute im Hof hören.

»Soll ich ihn dir vorlesen?«, wollte Otto wissen, als er ihn zu Ende gelesen hatte.

Elias nickte.

»Er ist an dich adressiert.« Er begann vorzulesen.

Lieber Elias, ich weiß, wie schwierig es für Sie ist zu lesen. Deshalb wundern Sie sich sicher, warum ich Ihnen das hier gebe. Sie müssen nicht weiterlesen, aber ich könnte mir vorstellen, dass Otto Ihnen sicher gerne helfen würde. Wenn Sie das wollen. Machen Sie es so, wie es Ihnen zusagt.

Ich habe das Gefühl, dass ich Ihnen eine Erklärung schulde. Sie wissen, wie wenig ich es mag, jemandem etwas zu schulden. Deshalb nun das.

Sie haben mich gefragt, ob ich schreiben kann. Ich antwortete Ihnen mit Nein, und das stimmt auch. Ich konnte einmal schreiben, das glaube ich zumindest. Jedenfalls habe ich immer ein Tagebuch geführt, auch wenn man das nicht als literarisches Schreiben bezeichnen kann. Gelegentlich werden die Texte eines Tagebuches zu bewegender oder eindrucksvoller Literatur. Bei meinem Tagebuch ist das allerdings nicht der Fall.

Mein Tagebuch war der Versuch, mein Leben zu begreifen. Wenn ich meine Erlebnisse und Gedanken notierte, wurden sie für mich verständlicher. Meine Tagebücher waren also immer nur für mich. Dann begann ich mit den Worten anderer Menschen zu arbeiten. Ich wurde Schauspielerin. Auf der Schauspielschule wurde mir bewusst, dass es dort viele wie mich gab. Leute, die sich durch die Worte anderer lebendig fühlten und diese Worte brauchten. Vor allem jedoch begriff ich, dass das Gefühl der Geborgenheit, das man spürt, wenn man das Leben anderer darstellt, anstatt sein eigenes zu führen, höchst trügerisch ist. Ich brauchte sehr lange, bis mir das klar wurde. Nach der Schule führte ich diese Art von Leben noch lange weiter. Ich lebte das Leben anderer. Wahrscheinlich wusste ich nicht einmal, wer ich wirklich war.

Dieses Manuskript, Elias, ist das Einzige, was ich nicht für mich, sondern für andere geschrieben habe. Es ist ein Filmskript, wurde aber von kaum jemandem gelesen und niemals in einen Film umgesetzt. Jedenfalls nicht so, wie ich mir das erhofft hatte. Ich schrieb es in einer Art von Verzweiflung. So sehe ich das jedenfalls jetzt. Damals hatte ich einen Punkt in meinem Leben erreicht, an dem alles, was mein Leben einmal ausgemacht hatte, verloren war. Es hatte sich einfach in nichts aufgelöst, Elias. Ich war völlig nackt und ausgeliefert.

Vielleicht glaubte ich, dass dieses Skript zu etwas Neuem führen würde. Dass es eine neue Tür öffnen oder mir zumindest das Gefühl geben könnte, dass ich auf mehr hoffen kann. Während ich es schrieb, hoffte ich, dass sich die Geschichte in etwas Nützliches verwandeln würde.

Ich wählte Strindbergs Inferno aus Ottos Bücherregal. Ich las es einmal vor langer Zeit, glaube aber nicht, dass ich es damals verstanden habe. Jetzt glaube ich, es zu verstehen. Im Grunde ist es egal, ob ich es so verstehe, wie Strindberg das wollte. Der Text hat eine Bedeutung für mich – er spricht mit mir. Das ist, was Strindberg schreibt:

»Es gibt im Leben so schreckliche Zwischenfälle, dass sich der Geist im Augenblick sträubt, ihre Spur zu bewahren, aber der Eindruck bleibt und wird mit unwiderstehlicher Gewalt wieder lebendig.«

Genauso ist es, Elias. Zuerst glaubt man, dass es eine neue Tür gibt und dass man sie öffnen kann. Dass es eine Zukunft gibt, etwas, was es sich zu erkunden lohnt. Aber mein Text öffnete keine neue Tür. Und er schaffte es auch nicht, die alte zu schließen. Man könnte sogar sagen – ganz im Gegenteil. Ich blieb in der Schwebe zwischen den beiden. Und dort, Elias, herrscht das absolute Nichts.

Ich weiß nicht, warum ich diese Papiere so lange mit mir herumgetragen habe. Der Text hat für niemanden irgendeinen Wert. Und jetzt kann ich ihn einfach nicht länger aufbewahren. Hier ist er also. Ich gebe ihn Ihnen, Elias. Sie können Ihnen gerne verbrennen. Ihn in den Müll werfen. Aber ich dachte, dass Sie vielleicht verstehen werden, wenn Sie mein Manuskript lesen sollten, dass ich nicht an sich nicht schreiben kann. Aber dass ich nicht mehr zu schreiben in der Lage bin.

Elisabeth

Als Otto zu Ende gelesen hatte, faltete er den Brief wieder zusammen und überlegte.

»Ich würde den Text natürlich liebend gern lesen«, sagte er. »Mit dem größten Vergnügen. Zugegebenermaßen habe ich mich sogar bereits darauf gefreut. Weißt du, Elisabeth ist mir ... also, sie ist mir sehr ans Herz gewachsen. Und ich glaube, dieses Skript könnte wichtig sein, um sie besser zu verstehen.« Er legte eine Hand auf den Stapel Papiere. »Es lesen zu dürfen kommt mir sowohl wie ein Privileg als auch wie eine Verantwortung vor. Nicht nur für mich, sondern für uns beide.«

Elias nickte. »Auf irgendeine Weise ist der Text mit meinen Bildern verbunden. Ich weiß nur nicht, wie. Aber irgendwie scheint das der Fall zu sein.«

»Ein Bier? Oder ein Glas Wein?« Otto erhob sich.

»Ein Bier, bitte. Danke.«

Otto öffnete den Kühlschrank und reichte Elias ein Bier. Sich selbst schenkte er ein Glas Wein ein und setzte sich dann wieder.

»Ich bin eigentlich gekommen, um dir zu sagen, dass ich morgen nach Paris fliege«, erklärte Elias.

»Wirklich? Hat es etwas mit deiner Arbeit zu tun?«

Elias schüttelte den Kopf. Er konnte ein Lächeln nicht unterdrücken, auch wenn es ihm ein wenig peinlich zu sein schien.

»Nein, ich habe jemanden kennengelernt. Er heißt Paul und lebt in Paris. Er ist Fotograf – ein sehr guter, glaube ich. Und ... er hat mich eingeladen, mit ihm Mittsommer zu verbringen. Ein paar Tage bei ihm in Paris und dann eine Woche bei seinen Eltern in der Provence. Ich werde fast zwei Wochen weg sein.«

Otto lächelte und nahm beide Hände von Elias in die seinen.

»Das freut mich sehr für dich, Elias. Gib auf dich acht. Aber wage es auch, dich darauf einzulassen. Diese Sache namens Liebe ist kompliziert. Denn das ist es doch, nicht wahr?«

Elias nickte.

»Ohne Liebe ist das Leben nicht viel wert. Weise Worte von einem alten Mann, der erst sehr spät im Leben ein paar Einsichten erlangt hat.« Er lachte.

Elias schaute Otto an. Er überlegte, ob er ihn jemals zuvor auf diese Weise hatte lachen hören. Er schien meist zufrieden zu sein, aber dieses herzliche Lachen – das kam ihm neu vor.

»Prost und fröhlichen Mittsommer, Otto.«

»Prost, Elias. Auf die Liebe!«

NEUNUNDZWANZIG

Otto saß am Küchentisch mit dem Manuskript vor sich. Er hatte noch nicht angefangen, den Text zu lesen, war dafür aber mehrere Male den Brief durchgegangen. Jetzt stand er auf und lief den Flur auf und ab. Ein unerklärliches Gefühl der Anspannung hatte ihn gepackt. Er fürchtete sich davor, das Filmskript aufzuschlagen. Auf dieselbe Weise, wie er sich fast davor gefürchtet hatte, mit den Händen über Elisabeths Haut zu streichen. Die kleine Kuhle unten an ihrem Hals zu küssen und ihr Parfüm einzuatmen. Sie fühlte sich so zart, so unglaublich zerbrechlich an. Er hingegen kam sich ungeschickt und unsicher vor, doch sie nahm ihn an der Hand. In gewisser Weise tat sie mit diesem Brief das Gleiche. Sie ermutigte ihn damit, weiterzulesen, ihre intimsten Geheimnisse kennenzulernen. Dennoch hatte er Angst vor dem, was er herausfinden würde. Und er hatte Angst vor der Endgültigkeit des Briefs. Er klang fast wie ein Abschied.

Vorsichtig hob er das Deckblatt und las den Titel:
Gebrochene Flügel
Er legte das Blatt beiseite und begann mit dem eigentlichen Manuskript. Bisher hatte er noch nie ein Filmskript gelesen, und zuerst fiel es ihm schwer, die ganzen Anweisungen zu ignorieren und sich nur auf die Geschichte zu konzentrieren. Doch nach wenigen Szenen war er völlig absorbiert.

Otto ließ die Seite sinken, die er gerade gelesen hatte. Er setzte die Brille ab und rieb sich das Nasenbein. Nahm einen

Schluck Wein und starrte aus dem Fenster, ohne etwas wahrzunehmen. Inzwischen wusste er nicht mehr, ob er überhaupt weiterlesen wollte.

Also ging er in sein Schlafzimmer und schaltete den Computer ein. Öffnete Google und tippte die Suchworte *Gebrochene Flügel* und *Film* ein.

Es gab viele Treffer – zu viele, um sie alle durchzugehen. Er klickte auf einen Link, der nach einer Rezension aussah. Dann auf einen weiteren und noch einen weiteren. Die Rezensenten waren allesamt ziemlich ungnädig. Otto kannte sich mit Filmen wenig aus, noch weniger mit dem französischen Film. Dieser schien jedenfalls ein totales Fiasko gewesen zu sein, auch wenn er sich nicht sicher war, ob es sich tatsächlich um denselben Film handelte.

Gebrochene Flügel war offenbar eine EU-Produktion eines französischen Regisseurs namens David Abelin. Hauptdarstellerin war eine junge britische Schauspielerin, die mit dem Regisseur verheiratet war.

Otto klickte weiter. Allmählich wurde klar, dass David Abelin bereits einige Arbeiten realisiert hatte – sieben Filme, die sowohl von den Kritikern als auch vom Publikum begeistert aufgenommen worden waren.

Dann entdeckte Otto Elisabeth.

Elisabeth Abelin, Schauspielerin. Jung. Atemberaubend schön. Und in einer Ehe, die als Beispiel einer gelungenen Verbindung zwischen zwei Künstlern gehandelt wurde. Zwischen einem Regisseur und seiner Muse. Der gefeierte französische Filmregisseur und seine schöne, begabte schwedische Schauspielerfrau. Ein glamouröses Paar.

Otto starrte auf den Bildschirm.

Und da war es:

Mit Gebrochene Flügel *brach David Abelin seine bisherige, herausragende Erfolgsgeschichte. Bis dato hatte er seine Filmskripte stets sorgfältig ausgesucht, doch diesmal scheint das ins Auge gegangen zu sein. Das Skript, das zum ersten Mal vom Regisseur selbst verfasst worden war, ist seltsam unausgewogen und teilweise komplett unverständlich.*

Das größte Problem ist vielleicht die fatale Fehlbesetzung der weiblichen Hauptrolle durch die junge britische Schauspielerin Jennifer Caulston. Die weiblichen Rollen, die Abelin bisher erschuf und die so eindrucksvoll von seiner damaligen Frau Elisabeth Abelin dargestellt wurden, beeindruckten allesamt durch Realismus und vielschichtige Tiefe – was diesem Film beides völlig fehlt.

Die Geschichte an sich wäre vermutlich nicht uninteressant. Eine Geschichte, die zur faszinierenden Studie einer Ehe zwischen zwei kreativen Menschen hätte werden können, samt ihres allmählichen Verfalls und letztlichen Zusammenbruchs. Da es kurz vor der Produktion von Gebrochene Flügel *zur Trennung Abelins von seiner früheren Frau kam, liegt es nahe, dass der Film als ein Kommentar über die eigene Situation des Regisseurs beabsichtigt war. Aber die junge und unerfahrene Caulston in der Hauptrolle sowie ein Skript, das wenig dramatische Bandbreite beinhaltet, machten es unmöglich, eine solche eventuelle Absicht zu verwirklichen. Im Grunde sollte man nur um den Film trauern, der nie entstanden ist.*

Es war früher Morgen, als Otto das letzte Blatt des Skripts beiseitelegte. Draußen wurde es bereits hell. Er schaltete die Lampe aus, setzte die Brille ab und rieb sich die Augen. Mehrmals hatte er weinen müssen und dennoch bis zum Ende durchgehalten.

Jetzt stand er auf und trat ans Fenster. Holte mehrmals tief Luft und schaute in den Himmel über den Dächern. Auch der heutige Tag versprach wieder schön zu werden.

Er drehte sich um und betrachtete das Manuskript auf dem Tisch. Es war das erste Filmskript, das er jemals gelesen hatte, weshalb er nicht beurteilen konnte, wie gut oder wie schlecht es tatsächlich war. Aber er wusste, dass sich darin Szenen befanden, die zu einem außergewöhnlichen Film hätten führen können. Er verstand nicht, wie das Ganze so schrecklich schieflaufen konnte.

Von seiner Beziehung zu Elisabeth einmal abgesehen – wenn er es überhaupt wagte, von Beziehung zu sprechen, wobei er eins durchaus ehrlich sagen konnte: Er war dazu fähig, etwas, das ihn derart beschäftigte, vollkommen außen vor zu lassen – war die Geschichte hervorragend. Er begriff nicht, wie jemand über etwas so Intimes und offensichtlich Schmerzliches zu schreiben und dabei dennoch objektiv und distanziert zu bleiben vermochte. Wie sich jemand mit so erschreckender Ehrlichkeit betrachten konnte.

Allein dieser Gedanke jagte ihm erneut die Tränen in die Augen.

Er war vollkommen davon überzeugt, dass Elisabeth ihre eigene Geschichte niedergeschrieben hatte. War sie vielleicht von ihrem Tagebuch ausgegangen? Stellte das Ganze den Versuch dar, ihr Leben verständlicher zu machen? Zu etwas, woran sie sich klammern konnte, als ihr alles andere aus den Händen glitt?

So fühlte sich das jedenfalls für ihn an. Elisabeth erzählte ihre Geschichte mit glasklarer Unparteilichkeit und brutaler Ehrlichkeit, was unglaublich bewegend war. Aber er hatte auch den Eindruck gewonnen, als stünde hinter dem Ganzen eine persönliche Absicht. Als hätte sie ihre Beziehung und deren tragisches Ende um ihrer selbst willen offengelegt. Um sich dazu zu zwingen, sich alles bis ins letzte, schreckliche Detail genau anzusehen. Sie beschuldigte niemanden; es ging ihr ausschließlich darum zu verstehen. Damit sie ihrem Leben eine neue Richtung geben und eine Basis für etwas Neues erschaffen konnte. Indem sie die Vergangenheit verstand, hoffte sie, in die Zukunft blicken zu können.

Gleichzeitig schien sie auch zu versuchen, ihre persönliche Tragödie zu etwas Allgemeingültigem zu machen.

Er konnte nicht begreifen, dass ein Film, der auf diesem Skript – auf Elisabeths Skript – basierte, so schlecht geworden war. Aber hatte es nicht in der Kritik geheißen, dass Elisabeths früherer Ehemann, der Filmregisseur, das Skript selbst verfasst hatte? Otto war verwirrt.

Sein Blick fiel auf den kleinen Glasbehälter, wo er alles Mögliche sammelte, unter anderem Batterien, Streichhölzer, Gummibänder und Büroklammern. Außerdem auch Elisabeths Schlüssel.

Er hatte sich nicht viel dabei gedacht, als sie ihm den Schlüssel gegeben hatte. Er hatte vielmehr angenommen, dass sie ihm einfach ihren Schlüssel anvertraute, um im Notfall einen weiteren für ihre Wohnung zu haben. Er bewahrte auch den Schlüssel zu Elias' Wohnung auf und Elias den seinen. Eine praktische Vereinbarung.

Doch jetzt fragte er sich plötzlich, ob sie noch etwas anderes damit bezweckt hatte, ihm den Schlüssel zu geben. Er versuchte sich daran zu erinnern, was sie gesagt hatte. Damals hatte sie ihn auch zum ersten Mal geküsst. Aber was genau hatte sie gesagt?

»Nur für alle Fälle.«

Damals hatte er ihre Worte nicht als sonderlich bedeutsam empfunden, doch jetzt war er verunsichert. Man konnte sie auf unterschiedliche Weise verstehen. Auf einmal wurde Otto von einer großen Unruhe erfasst.

Wenn Elisabeths Skript tatsächlich autobiografisch war –

und es gab keinen Grund, daran zu zweifeln –, dann war sie hierher als letzte Station ihres Lebenswegs gekommen. Er sah sie als einen schwer verletzten Vogel vor sich, der von einem stürmischen Meer an Land gespült worden war. Ein Vogel mit einem gebrochenen Flügel, der kaum mehr am Leben war.

Otto hatte selbst nie die Erfahrung machen müssen, betrogen und verlassen zu werden. Er hatte nie das Gefühl gehabt, dass er zu jemandem gehörte oder jemand zu ihm. Um sich verlassen zu fühlen, musste man erst das Gefühl gehabt haben, zu jemandem zu gehören. Das begriff er jetzt. Er verstand, dass es Menschen gab, die sich so sehr mit denen verbunden fühlten, die sie liebten, dass ihr Leben jeglichen Sinn verlor, wenn sie verlassen wurden – ob das nun durch Tod, Untreue oder eine andere Art von Betrug geschah. Er wusste das, hatte es aber selbst nie erfahren. Was er kannte, war nur eine vage Traurigkeit und Einsamkeit. Und eine körperliche Leere, wie damals, als seine Hände im Schlaf vergeblich nach Evas Körper gesucht hatten. Aber er hatte weder überwältigende Trauer noch Zorn verspürt. Nur diese vage Traurigkeit und Einsamkeit, mehr nicht.

Was Elisabeth beschrieb, war etwas ganz anderes. Eine Art von Liebe, wie er sie nie erlebt hatte, und ein Betrug, der so schrecklich war, dass es ihm schwerfiel, darüber zu lesen. Es war nicht der Tod, der Elisabeth ihre Liebe geraubt hatte. Man konnte vielmehr behaupten, dass es das Leben gewesen war.

Er fragte sich, ob es nicht in gewisser Weise weniger schwierig war, seinen Liebsten an den Tod zu verlieren. Der Tod war absolut und nicht verhandelbar, und man sah sich dazu gezwungen, ihn, so gut es ging, zu akzeptieren. Der Tod konnte jederzeit eintreffen und zeigte keine Gnade. Es konnte ein langer Prozess sein, dem schreckliches Leid vorherging, oder der Tod konnte wie ein Blitz aus heiterem Himmel kommen. Doch er war stets der unbeteiligte Dritte. In seiner absoluten Skrupellosigkeit höchst objektiv. Er riss das Liebespaar auseinander, keiner der beiden handelte aus freiem Willen. Was auch immer der Tod sein mochte – er war nie hinterhältig. Nie durchtrieben. Mit dem Tod konnte man nicht verhandeln; man konnte weder bitten noch flehen. Der Tod änderte nie seine Meinung.

Als er mit Eva zusammen gewesen war, kam er nie auf die Idee, mit einer anderen eine Affäre zu haben. Er glaubte auch nicht, dass Eva das tun würde. Erst jetzt verstand er, dass sie durchaus daran gedacht und vielleicht sogar danach gehandelt haben könnte. Er würde es niemals erfahren.

Er wusste natürlich, dass so etwas geschah. Vor Kurzem hatte er gelesen, dass beinahe die Hälfte aller Ehen in Schweden geschieden wurden. Und Untreue passierte nicht nur in Ehen oder Beziehungen, die danach aufgelöst wurden. Untreue war nicht unbedingt die schlimmste Form des Betrugs.

Nein, die schlimmste Form des Betrugs war die absichtliche Zerstörung desjenigen, der abhängiger war. Desjenigen, der mehr liebte.

Man konnte niemanden zur Liebe zwingen oder dazu, in einer Beziehung zu bleiben. Elisabeths Hauptgeschichte mochte interessanter klingen als die meisten ihrer Art – jedenfalls für ihn –, aber letztendlich war es nur eine weitere Version einer der ältesten Geschichten der Welt. Der Geschichte darüber, wie man sich verliebte. Wie man liebte. Und wie man diese Liebe wieder verlor. Für Otto besaßen alle drei Teile eine seltsame Schönheit. Die ganze Geschichte wurde von einem starken Gefühl der Liebe getragen. Selbst im letzten Teil gab es noch immer sehr viel Liebe. Und ein gewisses

Maß an Hoffnung. Nicht Hoffnung für die Beziehung, sondern eine schwache Hoffnung auf eine Zukunft.

Er stand in seiner Küche und wusste nicht, was er tun sollte. Also setzte er sich wieder an den Tisch und blätterte erneut im Manuskript.

E. Ich hatte geglaubt, dass die Liebe leicht wie eine Feder sein würde und zugleich doch stärker als alles andere. Ich hatte geglaubt, dass ich mein ganzes Wesen in seine Hände legen und mich dort sicher fühlen könnte. Genauso wie er sich ebenso in meine Hände legen und wissen konnte, dass ich ihn mit meinem Leben beschützen würde.

Ja, ich war naiv – aber nicht so naiv anzunehmen, dass es keine Herausforderungen geben würde. Aber ich glaubte, dass wir in unserem Innersten stets den anderen beschützen würden. Ganz gleich, wie heftig der Sturm um uns herum auch toben würde. Es ist seltsam, wie leicht es ist, unsere Hoffnungen auf andere zu projizieren und uns einzureden, dass diese auch die Hoffnungen der anderen sind.

Es ist ebenso seltsam, wie lange es dauert, bis man begreift, dass man sich geirrt hat. Dass einen niemand in seinem Innersten getragen hat.

Dennoch ist es so unglaublich schwierig, das herauszureißen, was man selbst in sich getragen hat. Trotz aller Einsichten. Es ist fast so, als wäre der andere mit dem eigenen Körper verschmolzen. Mit dem Herzen und der Lunge. Das Gehirn hat damit natürlich nichts zu tun. Diese Tatsache, dass der Mensch, den man in sich getragen hat und der dadurch zu einem Teil von einem selbst geworden ist und nicht mehr von einem getrennt werden kann – diese Tatsache hat nichts mit Vernunft zu tun. Es passiert ganz einfach.

Wie schwer die Last auch geworden sein mag, und wie klar man auch begreifen mag, dass man loslassen sollte, wie wichtig es auch wäre, sich selbst zu schützen – man schafft es einfach nicht, das alles abzuschütteln. Es ist unmöglich.

Es gibt niemanden, der einen trägt.

Man hört zu existieren auf. Ganz einfach.

DREISSIG

Am Tag vor Mittsommer fand Elisabeth am frühen Morgen einen Brief auf ihrem Fußabstreifer.

Liebe Elisabeth,
anscheinend haben wir dieses Jahr großes Glück, denn zur Abwechslung einmal soll es an Mittsommer perfektes Sommerwetter geben. Die Wettervorhersage für morgen sagt einen wolkenlosen Himmel, keinen Wind und Temperaturen von über 20°C voraus. Es würde mich sehr glücklich machen, wenn du den Tag mit mir verbrächtest. Ich werde ein Essen vorbereiten, aber ich dachte, wir könnten davor noch einen ausgedehnten Spaziergang machen. Wenn es dir passt, würde ich dich nach dem Mittagessen abholen. Sagen wir so um vierzehn Uhr? Lass mich wissen, ob dir eine andere Zeit genehmer wäre.
Dein Otto

Sie lächelte und las den Brief ein zweites Mal. Er hatte eine überraschend junge und dynamische Handschrift. Er schrieb mit Tinte, und das Papier war von guter Qualität. Das Ergebnis war schön, ganz unabhängig von der Nachricht. Sie faltete den Brief sorgfältig zusammen und legte ihn auf den Tisch. Allerdings nicht auf den Haufen mit ungeöffneter Post.

Tatsächlich lag der Haufen nämlich gar nicht mehr dort. Sie hatte die Briefe in eine Plastiktüte gestopft und sie neben die Wohnungstür gelegt. Sie wusste, dass sich keine Rechnungen darin befanden, weil alles von der Stiftung gezahlt wurde. Die Stiftung hatte ihr ganzes Leben lang im Hintergrund existiert, doch sie hatte sie bisher nie benutzt. Sie hatte David kennengelernt, als sie gerade einundzwanzig Jahre alt geworden war und Kontrolle über das Geld bekam, das ihr ihre Eltern hinterlassen hatten. Sie brauchte es nicht, also wurde das Geld für sie weiterhin investiert. Doch jetzt war sie dankbar – nicht sosehr für das Geld als vielmehr für die Tatsache, dass sie diese praktischen Dinge anderen überlassen konnte.

Sie hatte sich einen einfachen Arbeitsplatz an ihrem Tisch geschaffen. Der Laptop war aufgeklappt und wartete. Sie setzte sich, legte eine Hand auf die Maus und sah zu, wie der Bildschirm aufleuchtete. Da war das erste Bild – das Bild, das an ihrer Schlafzimmerwand hing.

Eine Amsel. Oder auch nur ein kleiner schwarzer Vogel. Er lag auf der Seite in etwas, das wie schmutziger, nasser Schnee aussah. An der Wand hatte sie geglaubt, sehen zu können, wie er verzweifelt mit seinen kleinen Flügeln schlug. Wenn sie das Bild jedoch auf dem Bildschirm betrachtete, kam ihr jedes Detail noch klarer vor. Sie glaubte, erkennen zu können, wie die winzige Brust bebte und der Schnabel offen stand, als ob der Vogel um Luft rang. Eine kleine Feder hatte sich aus dem Gefieder gelöst und lag neben dem Tier. Sie fragte sich, warum sie das bisher nicht bemerkt hatte. Die Augen starrten nach oben in einen unsichtbaren Himmel. Es war klar, dass der Vogel kaum noch am Leben war.

Elisabeth öffnete ein neues Dokument. Sie zögerte für einen Moment, während ihre Finger über den Tasten verharrten. Dann tippte sie langsam die Buchstaben des Titels:

Die Amsel

Sie starrte auf den leeren Bildschirm, die Finger nun auf den Tasten ruhend.

»Ich habe keine Ahnung, was ich hier tue«, sagte sie laut. »Ich bin keine Autorin. Und schon gar keine Dichterin. Das habe ich dir bereits erklärt, Elias. Und trotzdem sitze ich hier. Ich möchte es versuchen. Auch wenn ich nicht verstehe, warum. Aber ich möchte versuchen, eine Geschichte für dich zu schreiben. Ein Filmskript. Ich habe keine Ahnung, was du damit anfangen kannst. Wenn es mir überhaupt gelingt, etwas aufs Papier zu bringen.«

Ehe sie zu schreiben begann, legte sie eine CD in ihren Computer und steckte die Kopfhörer in ihre Ohren.

Als sie in dieses Haus einzog, schien es überhaupt kein Tageslicht zu geben. Sie konnte in ihrem Schlafzimmer liegen, umhüllt von der tröstenden, gnädigen Dunkelheit. Dort war sie der Frau in Grün in Richtung Leere gefolgt und hatte allmählich gelernt, ihre Sinne auszuschalten. Ihre Gedanken und Gefühle abzuschütteln. Tiefer und tiefer in die Dunkelheit vorzudringen.

Jetzt schien es keine Dunkelheit mehr zu geben. Als sie vom Computer aufblickte, stellte sie überrascht fest, dass draußen noch helllichter Tag war, obwohl sie wusste, dass es bereits spät sein musste. Sie hatte den ganzen Tag am Computer verbracht und nur einige kurze Pausen eingelegt. Es war erstaunlich, wie leicht die Worte geflossen waren. In gewisser Weise hatte sie alles bereits zuvor geschrieben und musste es jetzt nur noch anpassen. Sie wählte die Worte sorgfältiger und formulierte die Sätze genauer. Vielleicht auch allgemeingültiger, wenn man so etwas überhaupt konnte.

B. Ein Stern. Meine Augen können einen Stern sehen. Das ist alles. Ein kleines, einsames Licht in einer allgegenwärtigen Dunkelheit. Wenn ich meine Augen schließe, werde ich ihn dann auslöschen? Dieses einzige Licht? Dieses letzte Licht?

E. Nein, mein Kleines. Wenn du deine Augen wieder öffnest, wirst du sehen, dass das Licht heller scheint. Und dass es nicht das einzige ist.

B. Und wenn ich es nicht kann? Wenn meine Augen geschlossen bleiben? Was wird dann mit dem Stern geschehen?

E. Das weiß ich nicht. Das Beste wäre, du öffnest deine Augen.

Sie stand auf und trat zum offenen Fenster. Draußen war alles still. Sie konnte nicht einmal Geräusche in der Ferne hören. Da waren nur sie und die helle Sommernacht.

Sie fand keine Ruhe. Ein seltsames Gefühl von Dringlichkeit hatte sie erfasst, und sie setzte sich erneut an den Computer.

Die Kirchenglocke schlug vier Uhr, als sie schließlich den Laptop ausschaltete. Sie war nicht müde, sondern musste nur Computer und Text für eine Weile in Ruhe lassen. Das, was in ihrem Kopf vorging, ließ sich allerdings nicht so leicht abschalten.

Sie wusch sich das Gesicht, putzte die Zähne und ging ins Schlafzimmer. Dort trat sie an die Wand mit der Zeichnung, wo sie sich vorbeugte, um diese genauer betrachten zu können. Jetzt vermochte sie zu erkennen, dass es ganz leichte Unterschiede gab. Sie hatte recht gehabt. In diesem Bild hatte der Vogel keine Feder verloren, und seine Augen waren geschlossen. Der Rest war genauso. Hatte Elias das Original verändert, nachdem er ihr diese Kopie gegeben hatte? Oder eine Alternative angefertigt? Oder war der Vogel nur in ihrer Vorstellung zum Leben erwacht?

Sie zog sich aus und legte sich auf das Bett. Monatelang hatte sie es vermieden, sich im Spiegel zu betrachten. Jetzt strich sie mit den Händen über ihre Brüste. Hielt sie fest. Fuhr mit einer Hand über ihren flachen Bauch. Es war seltsam, wie unvertraut sich das anfühlte. Als ob es nicht mehr zu ihr gehörte.

Otto hatte seine Hände mit unendlicher Zärtlichkeit auf ihre Haut gelegt. Es hatte sich seltsam bekannt angefühlt, als wäre etwas in ihr erwacht, was sehr lange tief geschlafen hatte. Doch erst als sie mit ihren Händen über seine Brust fuhr, ihre Lippen auf seinen Hals presste und sie dann ganz leicht seinen Körper hinunterwandern ließ, geschah das Wunder. Sie blickte auf, sah in seine Augen – in diese Seen aus bernsteinfarbenem Licht – und erkannte dort größte Freude. Dankbarkeit. Und reines Vergnügen. In diesem Moment überkam auch sie ein Gefühl vollkommenen Glücks.

Doch jetzt lag sie hier, allein in ihrem Schlafzimmer, während sich draußen der Morgen über die Stadt legte. Es war in den frühen Stunden von Mittsommer. Und dieser beglückende Moment mit Otto schien sehr weit weg zu sein.

Die ersten Sonnenstrahlen hatten bereits die Baumkronen auf der anderen Seite der Straße erreicht, als sie einschlief. Sie hörte nicht, als die Kirchenglocke fünf Uhr schlug. Und sie hörte auch nicht, als die Amsel im Hinterhof zu singen begann.

EINUNDDREISSIG

Otto betrachtete sein Gesicht im Spiegel über dem Waschbecken. Er bezeichnete sich oft als »alt« oder als »alten Mann«, doch eigentlich hatte sich seine Selbstwahrnehmung nie verändert. Er hatte nur versucht, sich dem Eindruck anzupassen, den er seiner Meinung nach auf die anderen Leute machte. Er *war* alt, aber er *fühlte* sich nicht alt. Allerdings auch nicht jung. Er war einfach nur er selbst.

Doch jetzt, als er versuchte, sich objektiv zu betrachten, konnte er eindeutig Anzeichen des Alterns erkennen. Die Haut unter seinem Kinn schien nicht mehr auf den Knochen zu liegen, sondern hing in losen Falten herab. Die Augenlider waren runzelig, und er musste seine Augen weit öffnen, um die Lider ganz zu heben. Er hatte immer gute Zähne gehabt, doch inzwischen waren sie nicht mehr weiß.

Er hielt die Hände hoch und bemerkte, wie dünn und fleckig seine Haut war. Als er jedoch seine Hand an seine Wange gelegt hatte, Haut also auf Haut traf, erinnerte er sich an das Gefühl, das er verspürte, als er mit den Fingern über Elisabeths Brust strich. Wie er ihre Haut erkundete. Ihr Parfüm einsog. Die überwältigende Empfindung ihrer Hände auf seiner Haut. Und das Anschwellen des Blutes in seinen Genitalien.

»Hier bin ich also. Otto Vogel. Ich bin achtundsechzig Jahre alt. Und ich bin verliebt.«

Er starrte sich an.

»Es ist ein Wunder«, flüsterte er. »Selbst wenn das alles

wäre, selbst wenn ich in diesem Moment sterben würde, täte ich das in dem Wissen, dass ich das größte Geschenk des Lebens erfahren durfte. Ein Wunder.«

Er schaltete das Licht aus und verließ das Badezimmer. Heute wählte er seine Kleidung bewusst aus. Alles war bereits herausgelegt. Das neue braune Polohemd und die helle Hose. Er schlüpfte in die Ledersandalen und kehrte ins Badezimmer zurück. Dort tropfte er sich etwas Eau de Cologne in die Hände und rieb es über Wangen und Hals. Sein Bewusstsein hatte an Sensibilität gewonnen. Auf einmal war er sich jedes Bereichs seines Körpers bewusst. Seine Hände auf den Wangen, das Gefühl der neuen Kleidung auf seinem Körper, seine Füße in den Sandalen. Jede winzige Bewegung war nun erfüllt mit einer neuen, tieferliegenden Bestimmung, und all seine Sinne waren geschärft.

Nachdem er die Wohnungstür hinter sich zugezogen hatte, stand er im Treppenhaus und holte mehrmals tief Luft.

»Danke«, flüsterte er. Wenn man ihn gefragt hätte, bei wem er sich bedankte, hätte er das nicht beantworten können. Er war nie religiös gewesen, glaubte nicht an eine höhere Macht, an einen Gott. Er war einfach so sehr von Dankbarkeit erfüllt, dass er diesen Dank laut aussprechen musste.

»Danke.«

Dann ging er die Treppe hinunter.

Elisabeth öffnete die Tür, und Otto war sprachlos. Sie hatte offenbar weitere Kleidungsstücke ausgepackt, die er bisher noch nicht gesehen hatte. Eine tief ausgeschnittene, korallenrote Bluse, welche ihren Hals und Teile ihrer Schultern entblößte, sowie eine weiße Hose. Sie musterte ihn mit einem Ausdruck, der schwierig zu deuten war. Vielleicht ein Lächeln oder eine Frage? Oder eine Mischung aus beidem?

»Du siehst wunderschön aus, Elisabeth«, sagte er mit leiser Stimme.

Jetzt wurde das Lächeln offensichtlich.

»Danke«, erwiderte sie, trat aus der Tür und zog sie hinter sich ins Schloss. Er legte seinen Arm um ihre Taille und sog den Duft ihrer Haare ein. Eigentlich verspürte er das Bedürfnis, sie in die Arme zu schließen, hochzuheben und vor Freude laut zu jubeln, aber er war sich nicht sicher, wie sie darauf reagieren würde. Während er noch zögerte, wandte sie sich ihm ganz zu, schlang die Arme um seinen Nacken und küsste ihn.

»Frohen Mittsommer, Otto!«, sagte sie. Dann nahm sie seine Hand, und sie gingen gemeinsam die Treppen hinunter und auf die Straße hinaus.

Sie spazierten Arm in Arm dahin. Als sie den obersten Punkt der Eisenbahnbrücke erreichten, blieben sie stehen und blickten über das Wasser. Viele kleine Boote waren unter ihnen zu sehen, entweder auf dem Weg zum Mälaren-See oder in Richtung Schleuse, von wo aus sie in die Ostsee und zu den Schären weiterfuhren.

»Glaubst du mir, wenn ich dir sage, dass ich noch nie einen Fuß auf eine Yacht gesetzt habe?«

»Warum sollte ich dir das nicht glauben? Das haben sicher viele noch nicht.« Elisabeth lachte.

»Und du?«

»Doch, ich bin gesegelt. Nicht als Kind, aber später, nachdem ich... Mein Mann segelte. Er hatte eine wunderschöne Yacht. Und wie die meisten, die segeln, war er leidenschaftlich – was das Boot und was das Segeln betraf. Also musste ich es auch lernen und wurde genauso leidenschaftlich wie er. Ich habe immer versucht, die Dinge zu lieben, die er auch geliebt hat. Beim Segeln fiel mir das auch nicht schwer. Hier im kalten und dunklen Wasser des Nordens sind wir nie gesegelt. Wir segelten im Mittelmeer, was etwas ganz anderes ist. Wir teilen das miteinander, du und ich: Keiner von uns ist bisher hier gesegelt.«

Otto nickte und lächelte.

»Es gibt so viel, was ich noch nicht ausprobiert habe. Was ich nie wirklich verstanden habe oder wovon ich so gar nichts weiß. Im Nachhinein kommt mir meine Welt sehr klein vor. Vielleicht weil meine Mutter ihre neue Heimat nie richtig verstanden hat. Jedenfalls nicht so, wie wenn man seit Generationen hier lebt. Sie hat sich bemüht. Sie versuchte alles Schwedische zu übernehmen. Aber da ist ein Unterschied zwischen einem bewussten Bemühen und einem natürlichen In-sich-Aufnehmen. Meine Mutter und ich lernten die oberflächlichen Dinge, aber das wahre Wesen – wie zum Beispiel der Feiertage – begriffen wir nie so ganz. Vielleicht vor allem was Mittsommer betraf. Wir aßen Hering und neue Kartoffeln und Erdbeeren. Und ich erinnere mich daran, wie mich an Mittsommer meine Mutter zum Spielplatz brachte. Wo wir uns mit den anderen, die in der Stadt blieben, um einen Maibaum versammelten. Jemand spielte Akkordeon, und wir tanzten. Aber es fühlte sich so an, als wären wir Touristen und würden an irgendeinem merkwürdig exotischen Ritual teilnehmen.

Wir verinnerlichten Mittsommer nie wirklich, Mutter und ich, weshalb es mich auch nicht störte, dass ich dieses Wochenende später oft alleine verbrachte und einfach wie ein normales Wochenende handhabe. Wenn Eva und ich Kinder gehabt hätten, dann wäre das vielleicht etwas anderes gewesen. Unsere Kinder hätten vielleicht verstanden, worum es bei Mittsommer geht. Und viele andere Dinge auch. Ich frage mich manchmal, ob ich hier nicht tiefere Wurzeln hätte schlagen können, wenn ich tatsächlich Kinder gehabt hätte.«

Er blinzelte in die Sonne und schaute dann auf das Meer unter ihnen.

»Wo kam deine Familie her?«, wollte Elisabeth wissen.

»Aus Wien. Man sollte annehmen, dass Österreich nicht so anders ist als Schweden, aber tatsächlich trennen die beiden Kulturen Welten. Gleichzeitig sind wir uns so ähnlich. Es ist seltsam. Vielleicht hat es mit den Erwartungen zu tun. Wenn man in ein Land zieht, das offensichtlich sehr anders ist als das, aus dem man kommt, dann bereitet man sich darauf vor. Man bezieht sich anders auf das, was um einen herum ist. Die schwierigsten Unterschiede sind allerdings diejenigen, die man kaum bemerkt. Die Dinge, auf die man eigentlich den Finger nicht zu legen vermag. Als ob eine unsichtbare Struktur die »wahren Bürger« zusammenbringt, eine Struktur, zu der die erst kürzlich Zugezogenen keinen Zutritt haben. Als Immigrant lernt man vielleicht die Sprache perfekt, nimmt alle Gewohnheiten und Traditionen an, aber das reicht nicht. Man bleibt Immigrant – ich glaube, über Generationen hinweg. Schau mich an, Elisabeth. Würdest du mich für einen richtigen Schweden halten?«

Elisabeth musterte ihn, als ob sie ihn genauer einzuschätzen versuchte.

»Hm. Ich bin mir nicht sicher. Ich kenne dich schon und kann dich nicht mehr objektiv betrachten. Du bist auf jeden Fall ein ungewöhnlicher Mann. Geborener Schwede hin oder her.«

Sie lachte.

»Aber ich weiß, was du meinst. Ich habe über dreißig Jahre lang in Frankreich gelebt. So lange, dass ich mein Nicht-wirklich-Französin-Sein vergaß. Doch dann passierten immer wieder Dinge, die mich genau daran erinnerten. Meistens durch etwas, was ich sagte oder tat. Manchmal aber auch durch gar nichts. Man sprach mich auf Englisch an, obwohl ich dachte, ich hätte mich perfekt angepasst. In gewisser Weise hat mich das aber nie gestört. Ich hatte nie etwas dagegen, Schwedin zu sein, so sehr ich Frankreich auch liebte. Ich bin auch nie dorthin emigriert, wie das Menschen tun, die vor Krieg und Terror fliehen. Ich bin einfach nur mit meinem französischen Mann dort hingegangen und wusste nicht, für wie lange das sein würde. Vermutlich hielt ich es nie für einen dauerhaften Zustand. Schon seltsam, wenn ich mir das jetzt so recht überlege. Denn unsere Beziehung hielt ich sehr wohl für etwas, das auf ewig halten würde.«

Sie hielt inne, als müsste sie erst einmal darüber nachdenken, was sie gerade gesagt hatte.

»Er schien mein Schwedischsein zu mögen. Jedenfalls in den ersten Jahren. Er stellte mich als seine schwedische Frau vor – ganz bewusst. Dass ich allerdings bestimmte französische Feinheiten nicht verstand, darüber hat er sich oft geärgert, und er lachte immer wieder über meine Sprachfehler. Ich wurde nie richtig französisch.«

Otto legte seine Hand über die ihre, die auf dem Geländer vor ihnen ruhte.

»Ich habe in Wien gelebt, bis ich fast sechs war. Ich bin mir nicht sicher, ob meine Erinnerungen an diese Zeit echte Erinnerungen sind oder nur Projektionen der Geschichten, die meine Mutter mir erzählte. Ich hatte eine kleine Schwester, Elsa. An sie erinnere ich mich. Und ich bilde mir auch ein, mich an meinen Vater zu erinnern. Nicht sehr deutlich, aber doch so, dass ich von seiner Liebe zu mir überzeugt bin.«

Er bot Elisabeth seinen Arm an, und sie gingen weiter über die Brücke.

»Mein Vater war für die Maschinen in einer großen Druckerei zuständig. Die Angestellten, die Spezialwissen hatten, wurden nicht eingezogen, weshalb sich meine Eltern glücklich schätzten. Meine Familie konnte ein relativ normales Leben führen, trotz des Krieges. Doch dann wurde Elsa krank. Meine kleine Schwester ist nicht verhungert, und sie wurde auch nicht von einer Bombe, einer Granate oder einem Maschinengewehr getötet. Sie wurde einfach krank. Und sie starb. Danach begann mein Vater immer länger und länger zu arbeiten. Manchmal kam er gar nicht nach Hause, sondern schlief einfach ein paar Stunden in der Arbeit. Zu Hause wurde es vollkommen still. Daran erinnere ich mich. In gewisser Weise wusste ich, dass nur noch Mutter und ich übrig waren.

Ich weiß nicht genau, was passiert ist. Aber eines Tages kam die Polizei und erklärte uns, dass mein Vater bei einem Arbeitsunfall ums Leben gekommen war. Meine Mutter sprach nie darüber. Wenn sie über meinen Vater redete, dann erzählte sie von früheren Tagen. Als wir noch alle eine glückliche Familie waren. Aber das ist wahrscheinlich nichts Ungewöhnliches – dass man seinem Kind nur glückliche Erinnerungen mitgeben will. Und wie ich schon sagte: Ich weiß nicht mehr, ob meine Erinnerungen an meinen Vater wirklich Erinnerungen sind oder eben Rekonstruktionen aus den Dingen, die ich über ihn erfahren habe. Jedenfalls bin ich mir sicher, dass meine Mutter ihr Bestes tat, um mir einen liebenden Vater zu geben. Und ich glaube, das ist ihr auch gelungen.«

Sie gingen schweigend dahin.

»Komplizierte Angelegenheit, diese Sache mit den Erinnerungen«, meinte Elisabeth schließlich. »Meine Eltern starben bei einem Verkehrsunfall, als ich acht war. Meine Erinnerungen an sie, an uns alle zusammen, sind glasklar. Als der Unfall passierte, sah ich uns anfangs immer wieder in einer dieser Schneekugeln, nur war in ihr kein Schnee, sondern Sonnenschein. Goldene Flocken und leuchtende Farben. Dort lebten wir drei. Draußen hingegen hatte die Welt keine Farbe. Und draußen war auch mein unglaublicher Zorn auf Mama und Papa, weil sie mich zurückgelassen hatten. Ich begann diesen Zorn auf den einzigen Menschen zu projizieren, den ich liebte: auf meine Tante Anita, die ältere Schwester meines Vaters. Anita und ihr Mann Krister nahmen mich auf. Sie hatten keine eigenen Kinder, und ich glaube, Anita hoffte, dass ich ihr Kind werden würde. Dass meine ersten acht Jahre schwächer werden und sich irgendwann auflösen würden.

Doch je mehr sie sich bemühte, desto mehr zog ich mich zurück. Desto mehr hasste ich sie. Ich wollte nicht das Kind sein, das sie nie hatte, ich wollte das Kind meiner Eltern sein. Vor allem das Kind meiner Mutter. Als ich ins Teenageralter kam, wurde es ganz schlimm. Ich wollte ihre Liebe nicht. Ich wollte ihr Essen nicht. Ich wollte nichts zu tun haben mit ihrem Weihnachten, ihrem Ostern und ihrem Mittsommer. Ich wusste, dass ich ihnen sehr wichtig war und dass Anita mich liebte. Aber der Mensch, den sie umsorgen und lieben wollte, war nicht ich. Anita liebte jemanden, den es nicht gab. Und ich ... na ja, ich hatte niemanden, den ich lieben konnte.«

Am Ende der Brücke nahmen sie die Fußgängerüberführung über die Eisenbahngleise und liefen dann am südlichen Ufer am Wasser entlang.

»Ich erinnere mich noch an den Tag, als ich ihnen erklärte, dass ich Schauspielerin werden möchte. Wie meine Mutter. Ich erinnere mich an das Gefühl einer tiefen Befriedigung, als ich Anitas Miene sah. Sie wirkte so, als ob ich ihr einen Schlag ins Gesicht gegeben hätte. Eine Schauspielerin! Sie waren dagegen, weil sie sich wirklich Sorgen machten. Das weiß ich inzwischen. Auf ihre Weise wollten sie das Beste für mich. Aber die beiden waren nie in der Lage, mir das zu vermitteln. Inzwischen ist mir auch klar, dass meine Eltern keineswegs das Leben geführt hatten, das ich mir so vorstellte. Dass der Unfall vielleicht in Wirklichkeit gar kein Unfall war. Und dass Anita und Krister mich vor diesem Wissen beschützen wollten. Damals jedoch kam mir das alles völlig anders vor. Ich wurde immer wütender. Ich hatte das Gefühl, in ihrem ordentlichen und sauberen Haus, wo sich nie etwas änderte, keine Luft zu bekommen. Die Monotonie der jährlichen Routinen ekelte mich an: Skifahren im Winter, der Sommer in ihrem Haus auf dem Land, die gemeinsam verbrachten Feiertage. Jedes Jahr schien absolut vorhersehbar und unverändert zu sein. Dieselbe Dekoration, dieselben Gerichte, dieselben Traditionen. Das schien der Klebstoff zu sein, der alles zusammenhielt. Ich hatte das Gefühl zu explodieren, wenn ich noch länger an diesem Leben teilhaben müsste. Also lief ich weg. Ich fand eine kleine Wohnung zur Untermiete in der Jungfrugatan und hielt mich mit Gelegenheitsjobs über Wasser. Irgendwie funktionierte es. Ich bin nie zurückgekehrt.«

Sie blieben stehen und beobachteten, wie zwei kleine Mädchen Enten fütterten. Der Vater hielt die Tüte mit dem trockenen Brot, und die beiden Mädchen rannten kichernd und laut rufend vor und zurück.

»Dann schaffte ich es gleich beim ersten Mal auf die Schauspielschule. Dort lernte ich meinen ersten richtigen Freund kennen, Mattias. Er war alles, was ich nicht war. Er kam aus einer Familie, wo sich alles auf die eine oder andere Weise um Kunst zu drehen schien. Alle standen immer hinter ihm und unterstützten ihn. Mattias wusste, was er erreichen wollte. Ich hingegen war mir nur darüber im Klaren, was ich *nicht* wollte. Ich wollte nicht wie Anita und Krister werden. Auf der Schauspielschule fand ich genau das, wonach ich gesucht hatte: eine Identität. Eigentlich nicht nur *eine* Identität, sondern viele. Ich musste nicht nur ein Mensch sein, sondern konnte alle möglichen Rollen annehmen. Und das war herrlich. Bald verstand ich, dass meine Fähigkeit, in eine Rolle zu schlüpfen, stärker ausgeprägt war als bei den meisten. Ich konnte problemlos einen Akzent annehmen, mir Gesten, Mienen und eine bestimmte Körpersprache aneignen. Fast war es so, als ob ich nur in den Rollen lebte, die ich spielte.

In meiner Freizeit spielte ich Mattias' Muse – eine unendlich hingebungsvolle, beinahe ungreifbare Muse. Ich hatte keine festen Vorstellungen, keinen eigenen Geschmack. Aber in der Gesellschaft von Mattias fühlte ich mich sicher. Er war... er akzeptierte mich auf eine geistesabwesende Art. Ich glaube, er betrachtete mich als seinen Besitz – so wie ein Kleidungsstück, vielleicht eine Jacke. Eine, die er mochte und die ihn wärmte und gleichzeitig nie etwas von ihm verlangte. Eine, die da war, wenn er sie brauchte. Aber auch eine – und das wusste ich von Anfang an –, die ersetzbar war. Ich weiß nicht, ob ich ihn jemals wirklich geliebt habe. Ich hatte mich in sein Leben verliebt. War fasziniert von seinen Ideen und seinen Träumen. Ich wollte, dass er auch für mich träumte und mich mitzog. Damit ich nicht selbst darüber nachdenken musste, was ich eigentlich wollte.

Doch dann lernte ich David kennen. In seiner Welt war jemand wie ich ganz und gar nicht sicher. Auch er sah mich als seinen Besitz an, aber seine Forderungen an mich waren heftig und oft schwer zu verstehen. Ich bemühte mich sehr. Ich dachte, ich würde bald lernen, meine Rolle perfekt zu spielen, wenn ich nur am Ball bliebe. Aber die Anforderungen änderten sich immer wieder, und ich kam nicht hinterher. Ich brauchte sehr lange, um zu verstehen, dass er eigentlich gar keine Anpassung von mir wollte. Er war nicht daran interessiert, dass ich mich seinen immer schwereren Anforderungen stellte. Eigentlich wollte er, dass ich mich wehre. Doch bis ich das begriff, war es bereits zu spät. Für uns beide.«

Der Weg führte nun einen Hügel hinauf, vorbei an kleinen Schrebergärten. Ein paar Leute kamen an ihnen vorbei – mit ihren Hunden oder auch joggend. Meist jedoch waren sie allein. Otto hielt Elisabeths Hand.

»Weißt du eigentlich, dass ich zum ersten Mal in meinem Leben so die Hand einer Frau halte?«

Er hob ihre beiden Hände in die Luft.

»Eine weitere Premiere für mich: neben einer Frau spazieren gehen und ihre Hand halten.«

Elisabeth sah ihn mit hochgezogenen Augenbrauen an.

»Ja, ich weiß, dass dir das seltsam vorkommen muss«, fuhr Otto fort. »Aber es stimmt. Eva war nicht so. Manchmal gingen wir Arm in Arm dahin, aber meist liefen wir einfach nur nebeneinanderher. Es fühlte sich nie natürlich an, ihre Hand zu nehmen. Ich weiß nicht, warum – obwohl es das Natürlichste der Welt sein sollte. Und so... so unglaublich befriedigend.«

Er lächelte.

Als sie in Ottos Wohnung zurückkehrten, stellte Elisabeth fest, dass er bereits alles für das Essen zusammengestellt hatte. Gläser, Teller und Besteck lagen in einem Korb, der auf dem Küchentisch stand.

»Ich habe jetzt einmal darauf gebaut, dass das Wetter schön bleibt. Da wir wahrscheinlich die Einzigen im Haus sein werden, die noch hier sind, werden wir den Hof für uns allein haben. Deshalb schlage ich vor, dass wir unten essen.«

Elisabeth nickte.

»Etwas Wein?«

Sie nahm das Glas, das er ihr reichte, und Otto schenkte einen gekühlten Weißwein ein.

»Unser üblicher Trinkspruch?«

»Unser üblicher Trinkspruch.«

Sie hoben ihre Gläser und blickten einander tief in die Augen. Otto legte eine Hand auf Elisabeths Nacken und zog sie sanft an sich. Er drückte seine Wange auf die ihre und verweilte so.

»Heute Morgen habe ich mich sehr lange und ausführlich im Spiegel betrachtet. Um herauszufinden, wie ich vielleicht auf andere wirke. Und vor allem, wie ich auf dich wirke. Aber ehrlich gesagt kam ich nicht sehr weit. Ich konnte *sehen*, wie ich aussehe, aber das, was meine Augen aufnahmen, schien sich nicht mehr mit meinem Gehirn zu verbinden. Woran mag das liegen?«

Elisabeth trat einen Schritt zurück, um ihn besser betrachten zu können. Sie lächelte und schüttelte dann den Kopf.

»Ich weiß es nicht, Otto. Was meinst du?«

»Ich glaube, ich bin einfach vollkommen damit beschäftigt, glücklich zu sein. Man sollte in Gegenwart einer Dame nicht fluchen, aber es ist mir so verdammt egal, wie ich aussehe, Elisabeth. Ich bin einfach nur unglaublich glücklich!«

Elisabeth lachte.

»Du bist verrückt, Otto. Aber ich finde, du bist schön. Innen und außen.«

»Vielleicht für dich«, erwiderte er und wurde ein wenig rot.

Er stellte sein Glas auf den Tisch, zog sie an sich und küsste sie.

Sie mussten zweimal gehen, um alles in den Hof hinunterzubringen. Otto breitete ein weißes Tischtuch auf dem Gartentisch aus und deckte ihn mit feinem Porzellan und Kristallgläsern. Er hatte Lachs in Aspik und einen Salat aus neuen Kartoffeln, Spargel und Zuckererbsen vorbereitet. Elisabeth vermutete, dass sowohl die Brötchen als auch die Mayonnaise selbstgemacht waren. Sie saßen einander gegenüber und wollten gerade zu essen beginnen, als Otto erneut aufsprang. Er ging zu dem großen Flieder hinüber, der voll schwerer Blütendolden hing, und brach ein paar Zweige ab. Dann legte er sie in die Mitte des Tisches.

»Ich finde, wir sollten auch etwas Dekoration haben«, sagte er, als er sich wieder setzte.

Elisabeth hatte auf einmal das Gefühl, allein in einer menschenleeren Stadt zu sein. Sie stellte sich vor, wie sie von oben aussehen mochten. Der kleine Hof, umrahmt von Flieder und der alten Linde an der Mauer. Der kleine Tisch voll von Essen und Wein. Otto neben ihr. Die Stadt hatte ihre Augen geschlossen und ihnen den Rücken zugewandt. Sie konnten jetzt tun und lassen, was sie wollten. Elisabeth musste lächeln. Auf einmal sah sie erneut die Schneekugel ihrer Kindheit vor sich. Doch diese Schneekugel zeigte nun sie und Otto, umgeben von langsam fallenden Flocken aus Gold.

»Woran denkst du?«

Elisabeth spielte mit dem Weinglas in ihrer Hand.

»Ach, eigentlich an nichts. Und das ist so außergewöhnlich.«

Otto streckte ihr sein Glas entgegen und sah sie an. Sie hob ihr Glas und schaute ihm in die Augen.

»Das ist unser Moment, Elisabeth. Unsere Zeit. Endlich.«

Sie nickte.

Viel später, als sich der sonnige Tag zuerst in einen warmen Abend und schließlich in eine kühle Nacht verwandelt hatte, kehrten sie nach oben zurück. Otto setzte sich auf das Sofa. Er streckte die Beine aus und platzierte die Füße auf einen Hocker. Elisabeth legte sich neben ihn, ihren Kopf auf seinem Schoß. Gedankenverloren spielten seine Finger mit ihren Haaren.

»Darauf habe ich die ganzen Jahre über gewartet. Auf einen perfekten Mittsommer. Jetzt weiß ich, dass sich das Warten gelohnt hat.«

Elisabeth lächelte, ohne die Augen zu öffnen.

Otto erwachte. Er wusste nicht, was ihn geweckt hatte. Vorsichtig drehte er sich zur Seite und betrachtete Elisabeth. Sie lag zusammengerollt da, eine Hand unter dem Kopfkissen. Seine Augen wanderten über ihr Gesicht, ihre nackten Schultern und eine nur halb sichtbare Brust. Auf einmal wurde ihm klar, dass ihn ein Glücksgefühl geweckt hatte und er nicht länger zulassen konnte, dieses Glück einfach zu verschlafen.

Er lag völlig reglos da, atmete langsam und tonlos. Von draußen war kein Laut zu vernehmen, obwohl das Fenster weit offen stand. Der zarte Vorhangstoff bewegte sich kaum im leichten Wind, der zu ihnen hereinwehte. Otto hatte die Finger verschränkt, sodass er nicht der Versuchung nachgeben würde, einen Arm auszustrecken und Elisabeths Haut zu berühren. Er sah, wie ihre Augen unter den Lidern zuckten, und vermutete, dass sie träumte. Sie sah weder traurig noch besorgt aus. Auf ihrem Gesicht lag vielmehr ein Ausdruck vollkommener Entspannung.

Rein und unschuldig, dachte er. Das gehört mir. Dieser Augenblick wird nun immer mir gehören.

Die schwachen ersten Töne der Amsel wehten durch das Fenster herein.

Otto lächelte. Gerade als er glaubte, dass dieser Moment nicht perfekter hätte sein können.

Er hielt den Blick auf ihr Gesicht gerichtet, während sich das Lied des Vogels zwischen den Mauern der Gebäude erhob.

Da schlug Elisabeth die Augen auf.

ZWEIUNDDREISSIG

Elias stand in der Mitte des Zimmers und blickte zum offenen Fenster hinüber. Er hatte sich gerade geduscht. Während seiner Abwesenheit war es Sommer geworden, obwohl er weniger als zwei Wochen weg gewesen war. Es schien zu passen, dass hier so viel passiert war, denn auch bei ihm war in dieser kurzen Zeitspanne Bedeutendes geschehen.

Sein Blick wanderte zu dem Koffer, der offen auf dem Boden lag, angefüllt mit neuer Kleidung. Es kam ihm so vor, als ob er sich gehäutet hätte. Es war nicht schmerzhaft gewesen und doch überwältigend. Gigantisch. Auch ein wenig beängstigend. So glücklich zu sein machte ihm Angst.

Als er seine Wohnung betrat, hatte er das Gefühl, in eine vergangene Zeit einzutauchen.

Er begann, seine Kleidung zu sortieren und die schmutzige in den Wäschekorb zu werfen. Dann schloss er den Koffer und stellte ihn hinter den Kleiderschrank. Er nahm eine Jeans und ein T-Shirt aus dem Stapel mit sauberer Kleidung und räumte den Rest weg.

Mit einem seltsamen Gefühl der Beklommenheit setzte er sich an seinen Tisch und klappte den Laptop auf.

Das erste Bild.

Seine sofortige Reaktion war Erleichterung. Ihm wurde klar, wie angespannt er gewesen war. Warum? Hatte er Angst, dass ihm die Bilder nichts mehr sagen würden? Dass er nicht mehr das dringende Bedürfnis verspürte, das Projekt zu Ende zu bringen? Er war sich nicht sicher. Irgendwie fühlte es sich komplexer, tiefgreifender an. Vielleicht hatte er befürchtet, dass er als derjenige, der er geworden war, keinen Zugang mehr zu seinem früheren Selbst und seiner Kunst finden würde.

Aber es fühlte sich noch genauso an wie zuvor. Er empfand die gleiche Aufregung und dasselbe Bedürfnis zu zeichnen, als ob es weiterhin wesentlich wäre, das Ganze sogleich auf Papier zu bringen.

Er nahm die Finger von der Tastatur und lehnte sich auf seinem Stuhl zurück, während er auf das Bild starrte. Dieses Projekt musste zu Ende gebracht werden. Ihm blieb keine andere Wahl. Es war einfach das bisher wichtigste Projekt seines Lebens.

Als Otto die Tür öffnete, standen sie sich einen Moment lang gegenüber, beide ein wenig vom Anblick des anderen überrascht. Elias hielt die Flasche Champagner in der Hand, die er Otto aus Frankreich mitgebracht hatte.

»Komm herein, komm herein«, sagte Otto und nahm das Geschenk entgegen.

In der Küche hatte Otto den Tisch wie immer gedeckt. Für zwei. Elisabeth würde offensichtlich nicht hochkommen.

»Etwas zu trinken?«

Elias entschied sich für ein Bier, und Otto schenkte sich selbst ein Glas Rosé ein.

»Die Feiertage haben dir offensichtlich gutgetan«, sagte er, während er Elias musterte.

»Dir auch!« Elias lachte.

»Ja, es sind wirklich zwei schöne Wochen gewesen.« Otto stellte eine Schüssel mit Salat und eine weitere voller neuer Kartoffeln mit frischem Dill auf den Tisch. »Und damit meine ich nicht das Wetter.« Er öffnete den Ofen und holte eine Auflaufform mit baltischem Brathering heraus. Auch auf den

Fisch streute er etwas geschnittenen Dill und stellte die Form dann ebenfalls auf den Tisch.

»Auf uns, Elias. Und willkommen zurück!«

Sie prosteten einander zu und begannen zu essen.

»Ich habe die Abende jetzt immer im Hof verbracht«, erklärte Otto, als sie fertig waren. »Sollen wir mit unseren Getränken hinuntergehen?«

Elias nickte. Sie erhoben sich. Otto reichte Elias die offene Weinflasche und bat ihn dann, sich noch ein Bier aus dem Kühlschrank zu holen. Er nahm sein eigenes Weinglas, ehe er neben der Wohnungstür eine Plastiktüte aufhob.

»So ist es jeden Abend seit Mittsommer gewesen«, sagte Otto, als sie sich draußen hinsetzten. »Einfach zauberhaft. Eine Zeit außerhalb der Zeit. So kommt es mir jedenfalls vor. Der Morgen wird zum Tag, dann zum Abend und schließlich zur Nacht, ohne dass man die Übergänge so recht merkt. Ich fühle mich fast auserwählt, das erleben zu dürfen. Ohne Pflichten, ohne mich um etwas kümmern zu müssen. Ich kann einfach in diese außergewöhnliche Zeit eintauchen und muss keinen Moment lang an morgen denken. Oder an gestern, wenn man es so betrachtet. Ich kann einfach nur hier sein, in diesem Augenblick, und es scheint nichts anderes zu geben.«

Er musterte Elias nachdenklich.

»Weißt du, Elias, ich habe bisher in meinem Leben noch nie etwas Vergleichbares erfahren. Alles fühlt sich neu für mich an. Es ist unglaublich. Ich laufe durch eine neue Landschaft, wo sich hinter jeder Biegung etwas Neues verbirgt. Ein neuer Duft, ein neuer Anblick.«

Er hielt inne.

»Und ich glaube, ich weiß, was es ist. Im Grunde ist es ganz einfach: Ich bin glücklich.«

Elias lächelte wissend.

»Merkwürdig. Du hast mit diesen Worten genau das beschrieben, was auch ich empfinde«, sagte er.

Otto hielt ihm sein Glas entgegen, und sie stießen erneut miteinander an.

»Man sieht dir an, dass du auch eine schöne Zeit verbracht hast«, erklärte Otto.

Elias lächelte von Neuem.

»Als ich abreiste, hatte ich keine Ahnung, wie sich die Dinge entwickeln würden. Ich habe Paul ja nur ein paarmal hier in Stockholm getroffen und konnte das Ganze nicht so recht einschätzen. Doch zum ersten Mal in meinem Leben wusste ich, dass ich diese Gelegenheit nicht verstreichen lassen durfte. Ich war bereit, das Risiko einzugehen, enttäuscht zu werden. Oder verletzt. Oder hintergangen. Jede Art von Risiko. Ich wusste, dass es sich auf jeden Fall lohnen würde.«

»Und es wurde keine Enttäuschung. Das ist mehr als deutlich zu sehen.«

Elias errötete.

»Nein. Es wurde ... na ja, wie du sagtest: Ich glaube, ich weiß, was es ist. Ich bin glücklich.«

»Dann lass uns diesen Moment festhalten. Lass uns immer daran denken, wie richtig sich dieser Augenblick anfühlt. Lass uns einander versprechen, dass wir das nie vergessen.«

Er streckte Elias die Hand über den Tisch hinweg entgegen, und Elias nahm sie.

»Hast du gedacht, dass Elisabeth heute Abend mit uns essen würde? Hattest du gehofft, sie zu sehen?«

»Ich bin mir nicht sicher. Aber ich habe mich tatsächlich gefragt, ob sie auch kommt.«

»Nun ja, ich dachte mir, dass wir heute Abend mal zu zweit sein könnten. Um ein wenig miteinander zu reden.«

Elias nickte.

»Du fragst dich wahrscheinlich, ob ich ihr Manuskript gelesen habe.«

»Hast du?«

Otto beugte sich vor und hob die Plastiktüte hoch, um sie zwischen sich und Elias auf den Tisch zu legen.

»Das habe ich. Es ist ein Filmskript. Aber das wusstest du ja schon, nicht wahr? Ehe ich darüber rede, muss ich dir allerdings ein wenig über Elisabeth erzählen. Vor allem, was die Dinge betrifft, die ich im Internet gefunden habe oder die ich von dem wenigen, was sie bisher von sich berichtet hat, verstanden habe. Und was ich gelesen habe.«

Er zeigte auf die Tüte.

»Da sie das hier dir gegeben hat, glaube ich, dass sie uns beiden ihre Geschichte erzählen wollte. Jedenfalls in Form dieses Skripts.«

»Verstehe.«

»Elisabeth hieß früher Elisabeth Abelin. Sagt dir der Name etwas?«

Elias schüttelte den Kopf.

»Mir sagte er auch nichts. Aber ich kenne mich mit Film nicht sonderlich gut aus, und schon gar nicht mit dem französischen. Meinem Verständnis nach war Elisabeth wohl eine ziemlich bekannte Schauspielerin, die in vielen Filmen mitgespielt hat. Die meisten drehte ihr Mann, David Abelin. Sie lernten sich kennen, als Elisabeth auf der Königlichen Schauspielschule hier in Stockholm war. Soweit ich weiß, war sie damals etwa zwanzig. Er war viel älter. Ich habe keinen ihrer Filme gesehen, aber ich dachte mir, dass wir beide, du und ich, uns vielleicht einen ausleihen könnten oder du mir helfen könntest, ein paar herunterzuladen. Wie du weißt, kenne ich mich in diesen Dingen nicht aus.

Wie auch immer. Nachdem sie gemeinsam sieben erfolgreiche Filme gedreht hatten, sah sich David Abelin nach einer anderen, jüngeren Schauspielerin um. Die alte Geschichte, doch in diesem Fall sehr öffentlich und für Elisabeth höchst zerstörerisch, denn sie teilten sich nicht nur ihr professionelles, sondern auch ihr privates Leben. Das hier«, erklärte Otto und zeigte auf die Tüte, »ist ein Skript, das Elisabeth auf der Grundlage ihrer Tagebücher aus den letzten, schwierigen Jahren verfasst hat. Es ist die Geschichte der Auflösung ihrer Ehe. Mir zumindest fiel es schwer, sie zu lesen. Sie ist schrecklich ehrlich. Elisabeth scheint nichts zurückzuhalten. Sie geht dabei auch mit sich selbst hart ins Gericht. Sie scheint niemanden zu bezichtigen oder nach Schuld zu suchen. Von Ehebruch spricht sie auch nicht. Meiner Meinung nach versuchte sie lediglich zu verstehen, was passiert ist, als sich ihre Ehe gegen ihren Willen auflöste. Wie sie allen Halt und jegliche Perspektive verlor. Sie zeigt einem ihren innersten Kern. Es ist wahrhaftig nicht leicht zu ertragen.«

Otto rieb sich das Kinn.

»Was die Qualität betrifft, erlaube ich mir kein Urteil. Teils, weil ich bisher keine Filmskripte gelesen habe, und teils, weil ich vermutlich voreingenommen bin.«

Elias fiel das kleine Lächeln auf, das Otto zeigte, als ob ihm etwas peinlich wäre. Doch Elias ging vorerst nicht darauf ein.

»Ich glaube nicht, dass es schlecht ist. Ich bin mir sogar sicher, dass es zu einem guten Film hätte werden können. Meiner Meinung nach ging Elisabeth davon aus, dass sie und David den Film zusammen machen würden. Ich glaube, das nahm sie wirklich an. Wie einen Schwanengesang. Ein letztes gemeinsames Projekt und das öffentliche Ende einer öffentlichen Beziehung. Deshalb gab sie ihm wohl auch das Skript zum Lesen.«

Otto schenkte sich noch mehr Wein ein und nahm einen Schluck. Es schien ihm schwerzufallen weiterzureden. Als er fortfuhr, klang seine Stimme so, als würde sie ihm jeden Moment versagen.

»Es wurde zu einem Film. Er heißt *Gebrochene Flügel*. Oder auch *Ailes Brisées*. Aber es ist nicht Elisabeths Film. Es ist nicht das Skript, das sie geschrieben hat. David hat es ›überarbeitet‹ und den Rezensionen nach zu urteilen völlig zerstört. Er gab seiner neuen jungen Frau die weibliche Hauptrolle, während eine ältere Schauspielerin die verbitterte Exfrau darstellte. Es wurde nicht mehr aus zwei Perspektiven erzählt, wie das noch Elisabeth tat, sondern ganz aus der Sicht des Mannes. Es wurde die Geschichte seiner Befreiung aus einer zerrütteten Ehe. Die ältere Frau wurde zu einem Hindernis auf seinem Weg in eine wunderbare neue Beziehung und erhielt in seinem Film fast keine Stimme. Elisabeths qualvolles, beinahe unerträglich ehrliches Skript wurde benutzt und zerstört. Und zwar von ihrem eigenen Mann.«

Elias saß reglos da, die Ellbogen auf dem Tisch abgestützt, das Kinn in den Händen.

»Mein Gott. Sie muss völlig niedergeschmettert gewesen sein«, sagte er.

»Bestimmt. Ihre Beziehung war offenbar sehr eng, sehr vertraut gewesen. Anscheinend haben sie alles gemeinsam gemacht, überall zusammengearbeitet. Er war ihr Regisseur und oft auch der Drehbuchautor der Filme. Gewöhnlich spielte sie die Hauptrolle, aber man gewinnt den Eindruck, als ob sie sich gegenseitig inspiriert hätten und mehr oder weniger nichts ohne den anderen taten. Da hat man nicht das Bedürfnis, etwas zurückzuhalten, weil man ein und derselbe Mensch zu sein scheint. Man teilt alles miteinander. Man gibt dem anderen all das, was man zu geben hat.«

Otto starrte gedankenverloren vor sich hin.

»Und was passierte dann?«, wollte Elias wissen.

»Ich bin mir nicht sicher, was dann geschah. Aber es war das erste Filmskript, das Elisabeth selbst verfasst hat. Sie hatte bereits mehrere Jahre lang keine Rolle mehr in den Filmen ihres Mannes gespielt. Ich glaube, ursprünglich sah sie das Schreiben dieses Skripts als eine Art Zusammenfassung ihrer Tagebücher. Aber letztlich muss sie wohl gehofft haben, dass es zu einer neuen Karriere führen würde. Dass sie von da an Drehbücher verfassen oder vielleicht auch selbst Regie führen könnte. Doch sie war sich nicht sicher, ob das Skript gut genug war, weshalb sie es ihrem früheren Mann zu lesen gab.«

»Und dann hat er es gestohlen.« Elias schüttelte fassungslos den Kopf.

»Ich finde, er hat nicht nur ihr Drehbuch gestohlen, sondern auch die Zukunft, die sie dadurch zu haben erhoffte. Es wäre schön, sich vorzustellen, dass die schlechten Kritiken, die der Film bekam, sie ein wenig besänftigt hätten. Aber ich befürchte, dass sie diese nur als Beweis dafür sah, wie schlecht das Drehbuch war.«

»Glaubst du, sie hat den Film gesehen?«

»Keine Ahnung. Ich weiß nicht, was geschah. Ich vermute, dass sie verschwand. Aber wohin sie ging, weiß ich nicht. Ich vermute, dass sie sich in einem schlechten Zustand befand. Vermutlich musste sie irgendwo behandelt werden – ob hier in Schweden oder in Frankreich, wo sie so lange lebte, auch das weiß ich nicht. Wir wissen nur, dass sie dann letzten Winter hier aufgetaucht ist.«

Elias rieb sich die Arme. Er zitterte.

»Es wird ein wenig kalt«, sagte Otto. »Sollen wir wieder hineingehen? Möchtest du noch mehr über das Drehbuch erfahren, oder wollen wir ein anderes Mal weiterreden?«

»Ich befürchte, das muss warten. Ich muss nachdenken.«

»Ein andermal dann. Wenn dir danach ist. Lass es mich einfach wissen.«

Sie standen auf, nahmen ihre Flaschen und Gläser. Der Kies knirschte unter ihren Füßen, als sie durch den Hof gingen. Dann fiel die Haustür mit einem dumpfen Schlag hinter ihnen ins Schloss.

DREIUNDDREISSIG

Es war ein seltsamer Prozess. Sie schrieb in den hellen Nächten. Zwischen den Zeiten der Amsel. Oft hörte sie diese singen, wenn sie anfing, und vernahm sie erneut, wenn sie aufhörte. Die Nächte dehnten sich und fühlten sich manchmal endlos lang an, während sie ihr zugleich kürzer als jemals zuvor vorkamen.

Das alltägliche Leben tagsüber verlief friedlich. Auf eine warme und behagliche Art, die sie bisher nicht kennengelernt hatte. Morgens gingen sie und Otto meist gemeinsam ins Freibad von Eriksdalsbadet und schwammen. Sie entdeckten, dass sie den gleichen inneren Rhythmus teilten. Sie schwammen eine Bahn nach der anderen, meist fast alleine im Becken. Jeder Morgen fühlte sich an wie ein Neuanfang, eine Freude, die sie immer wieder überraschte. Danach gingen sie meist in eines der kleinen Cafés auf der anderen Seite des Ringvägen, tranken dort einen Kaffee und aßen ein Plundergebäck. Elisabeth fühlte sich ein wenig an die Frühstücke in Paris erinnert. Doch es war eine schwache, ferne Erinnerung, und wenn sie daran dachte, tat es nicht mehr weh.

An manchen Tagen nahmen sie die Fähre nach Djurgården und gingen stundenlang spazieren. Sie legten sich ins Gras und blickten in das endlose Blau über ihnen. Selbst wenn sie mit geschlossenen Augen dalag, konnte sie Ottos Blick auf sich spüren. Wenn sie die Augen öffnete, lag er neben ihr, sein Kopf ruhte auf seiner Hand, und er hielt seine bernsteinfarbenen Augen auf sie gerichtet. In seinem Blick lag noch immer die erste freudige Verblüffung, als könnte er nicht ganz glauben, was geschehen war. Oder als verstünde er nicht, was da eigentlich genau vor sich ging.

Er ist glücklich, weil er liebt, dachte sie. Und je mehr sie darüber nachdachte, desto offensichtlicher wurde es, dass dies das eigentliche Wesen des Glücks war. Zu lieben war ein Wunder. Auch ihr wurde bewusst, dass sie ihn liebte. Nicht weil er sie liebte, sondern wegen seiner endlosen Dankbarkeit für seine Liebe. Vielleicht liebte sie gar nicht ihn, sondern vielmehr seine Fähigkeit zu dieser selbstlosen Liebe. Sein echtes Erstaunen ob der Tatsache, dass ihm das Geschenk einer solchen Erfahrung zuteilwurde.

Sie wurde es nie müde, in seine Augen zu blicken und den Ausdruck darin zu erkunden. Vielleicht lag es an der Tatsache, dass sie dieselbe Farbe hatten wie die ihren. Sie schien in ihre eigenen Augen zu schauen und diese mit reiner Liebe erfüllt zu sehen. Der Ausdruck unschuldiger Freude faszinierte sie immer wieder von Neuem. Es erfüllte sie sogar, wie sie widerstrebend und ein wenig ängstlich zugeben musste, mit einem Gefühl von Glück.

Oft aßen sie bei Otto zu Abend, und mindestens einmal pro Woche stieß Elias zu ihnen. Die Zeit verging, und die Sommertage nahmen an Farbe und Intensität zu. Die Kastanienbäume auf dem Kirchplatz boten einen tiefgrünen Schatten, und die Rosen an der Mauer begannen zu blühen. Eine Art warme Stille hatte die ganze Stadt erfasst, die nun etwas beinahe Sinnliches auszustrahlen schien.

Es war Dienstagmorgen, und Elisabeth lag noch im Bett. Ihr Blick ruhte auf der Zeichnung an der gegenüberliegenden Wand. Seitdem sie das Gefühl hatte, den Vogel besser zu kennen, hatte dieser noch an Persönlichkeit gewonnen. Oft redete sie mit ihm. Schilderte ihm, wie sich ihr Manuskript entwickelte. Oder fragte ihn um Rat, wenn sie sich wegen irgendetwas unsicher war.

Die Frau in Grün war inzwischen zu einem verschwommenen Schatten geworden, obgleich noch immer vorhanden. Wie eine vierte Seite ihrer Existenz. Es gab die Vormittage und die Tage mit Otto. Die Abende mit ihm und manchmal mit Elias. Und dann die einsamen Nächte des Schreibens. Doch in dieser angenehmen Existenz zeigten sich hier und da Risse – Risse, durch die sie noch immer die Dunkelheit spüren konnte. Manchmal geriet sie in Versuchung, dorthin zurückzukehren. Zurück zu der Ruhe ohne Bedürfnisse, ohne Erwartungen, ohne Hoffnung. Zu der absoluten Leere, in der es keine Enttäuschungen gab und wo die Zeit nicht existierte. Dort in der Dunkelheit lebte auf ewig sie: die Frau in Grün.

»Ich bin hier, Elisabeth«, flüsterte sie. »Hier, hinter dir, die ganze Zeit. Wenn du dich vom Licht abwendest, wirst du mich sehen können. Und hören.«

Elisabeth schloss die Augen. Doch sie konnte noch immer den Sonnenstrahl spüren, der sich durch die Lücke zwischen den Vorhängen gestohlen hatte und ihr Gesicht erwärmte. Eine Erinnerung an den Tag draußen vor dem Fenster. An das Leben dort.

Sie schlug die Decke beiseite und setzte sich auf.

Elias war bereits da, als sie die Küche betrat. Otto beendete gerade sein Kochen, und im Hintergrund spielte Musik.

Das darf ich nicht vergessen, dachte sie, als sie unter der Tür stand. Das sanfte Licht des Glaslüsters, das an einem Sommerabend eigentlich überflüssig ist und doch so vollkommen. Der Geruch des Essens, der sich mit den Düften der Abendluft vermischt. Die so offensichtliche Verbindung zwischen diesen beiden Menschen. All das werde ich ihn mir aufbewahren und es niemals vergessen.

»Komm herein, Elisabeth. Nimm dir einen Wein und setz dich ans Fenster. Das Essen ist beinahe fertig. Heute wird es leider kein großartiges Dinner. Nur eine Platte mit verschiedenen Gemüsen und dazu eine geräucherte Lammkeule. Das ist alles.«

Damit stellte er einen großen Teller mit grünen Bohnen, Erbsen, jungen Karotten und neuen Kartoffeln auf den Tisch, die mit Kräutern bestreut und mit ein bisschen geschmolzener Butter übergossen waren. Die geräucherte Lammkeule lag auf einem Schneidebrett, auf dem auch kleine Töpfchen mit geriebenem Meerrettich und mit Senf standen. Elisabeth nippte genüsslich an dem gekühlten Rosé. Sie vermochte ein Lächeln nicht zu unterdrücken.

Otto schnitt das Fleisch auf. Elisabeth beobachtete ihn, beeindruckt von seiner Geschicklichkeit.

»Ich sehe dir so gerne zu, wenn du dich mit dem Essen beschäftigst. Es ist wunderbar, wie du alles mit so viel Liebe und Sorgfalt vorbereitest.«

Er wirkte überrascht.

»Wirklich?« Ein wenig beschämt lächelte er. »Mir macht es auch großen Spaß. Das hat es schon immer. Keine der Frauen in meinem Leben hat sich besonders für Kochen interessiert. Meine Mutter hatte keine Zeit für den Haushalt, weshalb ich schon recht jung anfing, sie mit einem Abendessen zu überraschen, wenn sie von der Arbeit nach Hause kam. Sie hat sich immer über meine Bemühungen gefreut. Und als ich dann Eva kennenlernte, habe ich einfach so weitergemacht. Ich kann mich nicht erinnern, dass wir jemals darüber gesprochen hätten. Ich wusste ganz einfach, dass sie nicht der Typ Hausfrau war. Allerdings muss ich zugeben, dass es mich am meisten freut, wenn ich für euch beide kochen kann.«

Er legte ihnen ein paar dünn geschnittene Scheiben Fleisch auf die Teller. Dazu nahmen sie sich Gemüse.

»Ich möchte euch etwas fragen«, meinte Otto, nachdem sie ein paar Gabeln voll gegessen hatten. »Ich habe einen Freund, der ein Haus auf einer kleinen Insel im Stockholmer Schärengarten hat. Jedes Jahr im August bietet er mir an, es für ein oder zwei Wochen zu nutzen. Ich habe mich gefragt, ob ihr zwei Lust hättet, mich dieses Jahr zu begleiten. Es ist nicht weit – nur eine kurze Bootsfahrt von Saltsjöbaden. Ihr könnt kommen und gehen, wie es euch gefällt. Entweder seid ihr die ganze Zeit über da oder nur für ein paar Tage oder auch nur für einen einzigen Tag. Es gibt genügend Platz für uns alle. Er bot mir diesmal die zweite und dritte Augustwoche an. Ich bevorzuge eigentlich die dritte Woche, weil um diese Zeit die meisten schon wieder nach Hause gefahren sind. Da ist es wunderbar ruhig und friedlich dort. Noch immer Sommer, aber die Nächte sind bereits wieder dunkel. Oft kann man den Himmel voller Sterne sehen.«

»Das klingt wunderbar«, sagte Elisabeth. »Aber ich bin mir noch nicht sicher...«

Ottos erwartungsvolles Lächeln wurde schwächer.

»Was ist mit dir, Elias? Was meinst du?«

Auch Elias schien zu zögern.

»Natürlich nur, wenn es passt«, fügte Otto rasch hinzu. »Ich verstehe vollkommen, wenn du andere Pläne hast.«

»Das ist es nicht. Die Sache ist nur die...« Er wirkte ein wenig angespannt. »Paul wird im August hier sein. Wir haben noch nicht besprochen, wann genau. Es hängt von seiner Arbeit ab.«

»Aber das wäre doch perfekt! Dann könntest du ihm auch ein wenig den Schärengarten zeigen – oder nicht? Natürlich kann er gerne jederzeit zu uns stoßen.«

Elias lächelte.

»Danke. Ich werde mit Paul reden und es dich dann wissen lassen.«

Otto nickte.

»Sollen wir in den Hof hinuntergehen?«

Otto und Elisabeth blieben noch draußen, nachdem Elias ins Haus zurückgegangen war. Otto zog Elisabeth an sich.

»Kalt? Sollen wir auch hineingehen?«

Sie schüttelte den Kopf.

»Bald, aber noch nicht gleich.«

Sie sah ihn an.

»Ich habe mich dazu entschlossen, es zu versuchen. Die Sache mit Elias' Bildern.«

Otto war überrascht.

»Aber das ist ja wunderbar, Elisabeth! Ich bin mir sicher, dass es eine großartige Geschichte wird.«

»Ich bin mir da nicht so sicher. Ich bin mir überhaupt nicht sicher – weder über die Form noch über den Inhalt. Aber ich muss immer wieder daran denken, und deshalb möchte ich es jetzt doch versuchen. Es kommt mir so vor, als müsste ich es einfach tun. Um es dann at acta legen zu können. Diese verdammten Bilder verfolgen mich Tag und Nacht. Ich scheine sie nicht aus meinem Kopf zu kriegen. Aber ich sehe dabei kein Buch vor mir.«

»Nein?«

»Nein. Ich sehe einen Film. Ich hätte das von Anfang an wissen müssen. Für mich hat sich jedes Bild bewegt. Ich konnte sehen, woher es kommt und wohin es geht.«

Otto nahm Elisabeths Hand und küsste sie.

»Wenn es das ist, was du spürst, dann musst du es ausprobieren, nicht wahr?«

Elisabeth legte ihre Hand auf seine Wange.

»Du bist ein kluger Mann, Otto«, sagte sie lächelnd. »Das werde ich auch. Aber es wird nicht mein Film sein. Es wird der von Elias werden. Denn erst als ich seine Bilder sah, habe ich etwas verstanden, was ich bisher nicht begriffen hatte. Ich sah die Geschichte vor mir, die ich schon immer erzählen wollte. Es ist mit nichts vergleichbar, was ich zuvor zu schreiben versuchte. Es fühlte sich unwirklich an, weil Elias meine Geschichte in seinen Bildern erzählte. Als hätte er sie besser verstanden als ich. Deshalb wird es sein Film werden und nicht meiner. Ein Animationsfilm mit seinen Bildern und meinen Worten. *Falls* es ein Film wird. Vielleicht habe ich das Ganze auch völlig falsch verstanden, und er ist nicht daran interessiert. Das soll er entscheiden. Aber ich werde versuchen, dieses Drehbuch zu schreiben. Als eine Art Geschenk. In gewisser Weise als ein Geschenk an mich ebenso wie an Elias.«

Otto legte erneut den Arm um ihre Schultern, damit sie sich gegenseitig wärmen konnten. Doch sie löste sich sanft von ihm und wandte sich ihm zu.

»Ich möchte, dass du mir etwas versprichst, Otto.«

Er sah sie erstaunt an, und sie glaubte, ihn erbleichen zu sehen – aus Angst oder aus Traurigkeit, das wusste sie nicht. Sie nahm seine Hände in die ihren.

»Ich möchte, dass du mir versprichst, Elias zu helfen. Versprich mir, dass du ihm hilfst, mit meinen Worten zurechtzukommen. Sie zu ergänzen oder zu verbessern, wenn es nötig ist. Sie zu erklären. Hilf ihm, diesen Film zu machen. Falls es das ist, was er will.«

Einen Moment lang herrschte absolute Stille. Otto zog sie näher an sich und drückte sie. Sie spürte seinen Atem auf ihren Haaren.

»All das, was du von mir möchtest, kannst du selbst tun,

Elisabeth. Und zwar besser als ich. Ich kenne mich mit diesen Dingen nicht aus.«

Sie antwortete nicht.

Er hob sanft ihr Kinn, um ihr Gesicht sehen zu können. »Warum möchtest du, dass ich dir das verspreche?«, wollte er wissen.

»Weil ich glaube, dass er dich brauchen wird, Otto.«

Er wandte den Blick nicht von ihr, und es dauerte eine Weile, ehe er antwortete.

»Ich verspreche es. Aber ich meinerseits werde dich brauchen, Elisabeth.«

Sie saßen schweigend da.

»Ich glaube, die Amsel hat für dieses Jahr mit dem Singen aufgehört«, sagte er schließlich. »Aber wir haben sie gehört, und wir werden uns an ihren Gesang erinnern – nicht wahr?«

Er spürte, wie sie nickte.

»Es wird jetzt täglich dunkler. Aber das lässt die Sterne umso heller glänzen. Warte nur, bis du nach Ekholmen kommst. Der Himmel dort glitzert nur so vor Sternen. Wir können auf der Veranda sitzen, das Meer vor uns, unsichtbar in der Dunkelheit, aber doch als Geruch und als Geräusch ständig präsent. Und die Sterne über uns.«

Gerade als er zu reden aufhörte, begann eine Amsel zu singen. Nicht in der Nähe, aber irgendwo außerhalb des Hofs.

»Ich habe mich geirrt«, flüsterte Otto. »Sie singt noch einmal für uns. Ein letztes Mal.«

Obwohl sie sein Gesicht nicht sehen konnte, wusste sie, dass er weinte.

Es war stets eine große Umstellung, in ihre eigene Wohnung zurückzukehren. Die Stille wirkte ohrenbetäubend und die

Dunkelheit irgendwie noch schwärzer. Es war nicht beängstigend, sondern nur anders. Fast so, als ob sich das Licht im Stockwerk über ihr gesammelt hätte und hier unten nur Dunkelheit übrig blieb.

Sie setzte sich vor ihren Laptop und klappte ihn auf. Dann schaltete sie die kleine Lampe in der Fensternische an und blätterte langsam durch den Stapel Papiere neben ihrem Computer. Als sie den Stapel etwa zur Hälfte durchhatte, legte sie die Zeichnungen, die sie bereits betrachtet hatte, auf eine Seite und wandte sich dem Rest zu. Zuoberst lag die Zeichnung einer dunklen Gestalt, die sich abwandte, das Gesicht war nicht zu erkennen. Der Körper schien beinahe schwerelos zu sein, und die Füße wirkten so, als ob sie den Boden nicht berührten. Die Arme waren weit ausgebreitet und die Hände offen.

Elisabeth beugte sich vor und musterte jedes Detail des Bildes genau.

Sie hat nichts, schrieb sie. *Der Boden unter ihr verschwindet, und ihre Füße suchen verzweifelt nach Halt. Sie schwebt nicht nach oben, sondern ist vollkommen reglos. Sie hat gerade den Kontakt mit dem Boden verloren. Den Kontakt mit allem. Ihre Hände fassen nach etwas, woran sie sich festhalten könnten, greifen jedoch ins Leere. Es gibt kein Oben und kein Unten. Kein Vorwärts. Kein Rückwärts. Nur dieses schwerelose, unerklärliche Jetzt, ohne Verbindung zu irgendetwas …*

Sie stand auf und holte die Rolle Doppelklebeband aus der Küchenschublade. Sie riss ein kleines Stück davon ab und klebte es an einen der Küchenschränke. Dann nahm sie die Zeichnung und drückte sie entschlossen darauf. Nachdem sie sich wieder gesetzt hatte, betrachtete sie das Bild, als ob sie versuchte, aus der Entfernung etwas Neues zu entdecken. Dann nickte sie. Und lächelte.

VIERUNDDREISSIG

»Komm herein«, sagte Otto. »Ich freue mich, dich zu sehen. Hast du Hunger?«

Elias nickte und lächelte.

»Aber deswegen bin ich nicht gekommen.«

»Nicht?«

»Du klopfst jetzt nicht mehr auf deinen Boden, um mich zu rufen, weshalb ich mir nicht sicher sein kann, wann es dir passt.«

»Ich weiß. Aber ich dachte, dass du inzwischen sowieso weißt, wie sehr du mir immer willkommen bist. Dieses Restaurant, das ich hier führe, ist für meine Stammgäste nie geschlossen.«

Sie gingen in die Küche.

»Ohne Vorwarnung musst du dich allerdings mit dem zufriedengeben, was mein Lokal gerade vorrätig hat.«

Elias setzte sich an den Tisch.

Otto öffnete eine Flasche Weißwein, hob sie fragend hoch, und als Elias nickte, schenkte er zwei Gläser ein. Sie hoben sie und prosteten einander zu.

»Heute wird es leider nur einen Salat geben. Mit Hühnchen. Ich hoffe, das ist in Ordnung.«

»Wunderbar. Das klingt wunderbar. Danke. Wie ich bereits sagte, bin ich eigentlich nicht zum Essen gekommen.«

»Obwohl es Zeit zum Abendessen ist?« Otto zog die Augenbrauen hoch.

»Ich weiß.« Elias lachte.

Otto begann den Tisch zu decken.

»Wie geht es Elisabeth?«, wollte Elias wissen.

»Oh, es geht ihr gut«, erwiderte Otto mit dem Rücken zu Elias. »Ich sehe sie fast täglich. Wir gehen morgens immer schwimmen.«

Er setzte sich.

»Aber heute Abend wird sie nicht mitessen?«

Otto schüttelte den Kopf, lieferte aber keine weitere Erklärung.

»Ich habe mit Paul geredet«, sagte Elias. »Er ist begeistert. Alle haben schon vom Stockholmer Schärengarten gehört. Er ist vielleicht noch bekannter als die Provence. Jedenfalls nehmen wir deine Einladung sehr gerne an. Wir freuen uns sehr darauf. Du musst uns jetzt nur noch sagen, was wir mitbringen sollen.«

»Wunderbar«, erwiderte Otto. »Ich muss noch darüber nachdenken und lasse es dich dann wissen. Elisabeth meint, dass sie hoffentlich ebenfalls mitkommt. Zuerst muss sie allerdings noch etwas beenden...«

»Arbeitet sie denn an etwas? Das sind gute Nachrichten, nicht wahr?«

Otto legte Messer und Gabel beiseite und sah Elias an.

»Ich glaube, sie schreibt deinen Text.«

»Was?«

Otto nickte.

»Aber...«

»Ich weiß, sie hat gesagt, dass sie es nicht kann. Oder nicht wird. Aber jetzt hat sie anscheinend ihre Meinung geändert.«

»Mein Gott, das ist...«

Otto bedeutete ihm mit einer Geste, dass er noch etwas hinzufügen wollte.

»Sie schreibt allerdings keine Geschichte in Buchform.«

Elias sah ihn fragend an.

»Sie schreibt ein Filmskript.«

»Aber das hat sie doch schon getan und ...«

»Ja, aber jetzt wird es ein anderes. Ein neues. Oder vielmehr schreibt sie jetzt das, was sie offenbar von Anfang an hätte schreiben sollen. Sie schreibt den Film, den sie durch deine Bilder vor Augen hat. So hat sie das jedenfalls erklärt.«

Elias verschränkte die Arme vor der Brust und holte tief Luft.

»Ich bin sprachlos.«

Otto nickte.

»Kann ich verstehen. Es ist alles wegen dir, weißt du. Sie glaubt zu erkennen, wie sich deine Zeichnungen bewegen. Sie hat mir erklärt, dass sie den Film genau vor sich sieht. Einen Animationsfilm, der auf deinen Zeichnungen basiert. Sie möchte nur die richtigen Worte finden, sodass auch andere ihn verstehen können. Wichtiger ist ihr jedoch, dass sie die richtigen Worte für dich findet.«

»Ein Animationsfilm? Mit meinen Bildern?«

Elias sprang auf, ging hinüber zum Fenster und riss es weit auf. Er holte mehrmals tief Luft und sog die kühle Abendbrise in seine Lungen. Als er sich wieder Otto zuwandte, breitete er die Arme aus.

»Verdammt noch mal, Otto! Verdammt!« Er packte Otto an den Schultern und sah ihn begeistert an.

Otto lächelte.

»Entschuldige meine Ausdrucksweise. Ich bin nur so verdammt ... so verdammt verblüfft.«

»Ich habe das Skript noch nicht gesehen und deshalb auch keine Ahnung, wie es werden wird. Aber sie hat mir erklärt, dass es etwas ganz anderes wird als ihr erstes Drehbuch. Obwohl sie das Gefühl hat, es könne beinahe die gleiche Geschichte sein, wird dieses Skript wegen deiner Bilder so anders sein. Deine Bilder lassen sie Dinge sehen, die sie vorher nicht gesehen hat. Du hast ihre Geschichte erzählt, und sie wurde ihr durch deine Bilder verständlicher. Ein größeres Kompliment ist kaum vorstellbar. Aber es wird dein Film werden – das hat sie deutlich gesagt.«

Elias lief aufgeregt durch die Küche. Er fuhr sich durch die Haare und schüttelte den Kopf, als könnte er es immer noch nicht fassen. Schließlich setzte er sich, und sie begannen zu essen.

Die Sonne stand bereits tief. Der Sommer hatte seinen Höhepunkt überschritten. Die Mauern des Hauses auf der anderen Seite des Hofs wurden von einem satten Abendlicht erleuchtet, das sich auch in Ottos Glaslüster widerspiegelte. Es würde nur noch wenige Minuten dauern, ehe der ganze Hof im Schatten lag.

»Ich verstehe das immer noch nicht. Warum hat sie nichts zu mir gesagt?«

»Ich habe vielleicht einen Fehler begangen. Wenn ich jetzt so darüber nachdenke, könnte ich mir vorstellen, dass sie es dir selbst erzählen wollte. Wenn sie so weit ist. Es wäre also gut, wenn du noch abwartest und erst mal nichts zu ihr sagst. Bis wir wissen, was sie tun will.«

Elias nickte.

»Es ist nur so ... so verdammt aufregend! Ich habe bisher nie an einen Film gedacht. Noch nie! Aber jetzt kann ich an nichts anderes mehr denken. Ich würde am liebsten zu ihr hinunterrennen und darüber reden. Es wird mir nicht leichtfallen zu warten. Nicht, nachdem ich jetzt Bescheid weiß.«

»Aber es wäre gut, wenn du es versuchen könntest. Sie soll es dir selbst und auf ihre Weise sagen, wenn sie so weit ist.«

»Natürlich. Ich bin nur so begeistert. Alles macht auf einmal Sinn. Als wäre das von Anfang an der Plan gewesen. Weißt du, wenn man manchmal zurückschaut, dann sieht es so aus, als ... na ja, als würde irgendwie alles zusammenpassen. Alles.«

Er lehnte sich zurück, verschränkte die Hände hinter dem Kopf und schüttelte ihn, während er aus dem offenen Fenster starrte.

»Der reine Wahnsinn ...«

Otto lächelte.

»Sollen wir ins Wohnzimmer hinübergehen? Vielleicht einen Cognac trinken und etwas Musik hören?«

FÜNFUNDDREISSIG

Ihr war kalt. Schon lange war ihr nicht mehr kalt gewesen. Zuerst hatte sie unter einer Art Fieber gelitten und dann die Wärme des Sommers genossen. Doch jetzt war ihr kalt. Sie stand auf und schloss das Küchenfenster. Draußen war es dunkel, und sie konnte ihr Spiegelbild in der Scheibe erkennen. Eine dunkle Silhouette, sonst nichts. Sie setzte sich und schaltete den Computer an.

Das Schreiben, das zuerst mehr oder weniger von selbst zu kommen schien, hatte angefangen, immer schwieriger zu werden. Inzwischen suchte sie nach jedem einzelnen Wort. Die Sätze entwickelten sich langsam, und sie musste immer wieder innehalten und den bisherigen Text von Neuem durcharbeiten. Ihn noch einmal lesen. Etwas löschen. Mit jedem neuen Versuch brauchte sie länger, um die Sätze und Abschnitte umzuformulieren. Auf einmal wurde ihr klar, dass sie Angst hatte. Angst davor, was die Worte ausdrücken konnten. Vor allem jedoch hatte sie Angst davor, zu einem Ende zu kommen.

Sie stand auf und schenkte sich ein Glas Wasser ein. Ihre Finger fühlten sich eisig an. Sie zitterte, als die kalte Flüssigkeit ihre Speiseröhre hinablief. Daraufhin ging sie ins Schlafzimmer, um sich einen Pulli zu holen.

Der Vogel befand sich an seinem Platz an der Wand. Es war seltsam, wie anders er ihr immer wieder erschien. Das Bild war natürlich dasselbe, aber die Wirkung auf sie hatte sich einem allmählichen Wandel unterzogen. Sie trat näher.

Wovon sie anfangs berührt worden war – das Resignierte, das Gebrochene und Schmutzige –, löste nun eine ganz andere Reaktion in ihr aus. Das Leben schien den Vogel verlassen zu haben, dessen kleine Flügel nun ganz und gar reglos dalagen. Der Schnabel war geschlossen, ebenso die Augen. Dennoch strahlte das Bild für sie nicht mehr dasselbe Gefühl von Verzweiflung aus. Alles war vorbei. Der Vogel war frei.

Sie schlüpfte in den Pullover und kehrte in die Küche zurück.

B. Sei nicht traurig. Du bist nicht ich. Was mit mir geschieht, ist ohne Bedeutung. Ich bin nicht du. Das war ich nie. Ich könnte nie all das sein, was du bist.

E. Und wer bin ich?

B. Oh, das kann ich dir nicht sagen. Das musst du selbst begreifen.

E. Ich brauche dich. Bitte bleib bei mir.

B. Du hast mich nie gebraucht. Ich werde stets derjenige sein, der dich braucht.

Sie blickte auf und merkte, dass es draußen bereits hell wurde. Es war Morgen. Elisabeth stand auf und streckte sich. Jetzt war ihr nicht mehr kalt. Die letzten Stunden waren wie im Flug vergangen. Das Filmskript war fertig.

Sie steckte den Memory-Stick in den Computer. Mit einem Klicken der Maus zog sie das Dokument auf den Stick. Es dauerte nur wenige Sekunden. Wie seltsam, dass viele Stunden der Arbeit zu einem schwerelosen Dokument geworden waren, das innerhalb eines Augenblicks überallhin fliegen konnte. Sie zog den Stick heraus, legte ihn auf den Tisch neben den Computer und verließ die Küche.

Die Bücher waren noch an derselben Stelle, wo sie diese

hingelegt hatte: in Stapeln an einer Wand des Wohnzimmers. Doch sie waren geordnet, weshalb Elisabeth auch rasch fand, was sie suchte. Einen kleinen, dünnen Band, den sie mit in die Küche zurücknahm.

Sie setzte sich auf den Stuhl direkt neben dem Fenster und begann zu lesen. Es dauerte nicht lang, denn das ganze Buch hatte etwa die Länge einer Kurzgeschichte. Dennoch hatte sie stets das Gefühl gehabt, dass sich darin mehr oder weniger alles befand, was die Menschen ausmachte. Hoffnung und Verzweiflung. Gut und Böse.

Gogols *Mantel*.

Doch jetzt war auch damit etwas geschehen.

Sie nahm einen Stift aus dem Becher auf dem Tisch und schlug das Deckblatt des Buches auf. Einen Moment lang hielt sie ihn zögernd über der Seite. Dann begann sie zu schreiben.

Geliebter Otto,
ich weiß, dass deine Buchregale bereits voll sind. Aber das hier ist ein sehr schmales Bändchen. Vielleicht besitzt du es bereits. Falls dem so sein sollte, könntest du ein neues Zuhause dafür finden.

Lange Zeit gehörte dieses Buch zu meinen absoluten Lieblingen. Ich fand, dass dieser schmale Band alles Menschliche enthielt. Aber als ich die Geschichte gerade noch einmal las, musste ich feststellen, dass ich nicht mehr dieselben Dinge in dem Text erkenne. Der Text selbst hat sich natürlich nicht verändert. Also muss es an mir liegen. Ich muss mich verändert haben. Diese Geschichte ist ohne Hoffnung; sie strahlt nur Dunkles aus. Das erkenne ich jetzt klar.

Weil du mich verändert hast, Otto. Du bist etwas sehr Seltenes: ein guter Mensch. Und du hast mir Hoffnung gegeben.

Ich bin mir nicht sicher, wie ich damit umgehen soll.
Aber genau das ist geschehen.
Ich möchte, dass du das weißt.
Elisabeth

Sie legte das Buch zur Seite und nahm ein weiteres zur Hand, das ebenfalls auf dem Tisch lag. Es war das Buch, welches sie Elias gegeben hatte. *Briefe an einen jungen Dichter.* Sie blätterte es durch. Hielt immer wieder inne, um hier und da einen Abschnitt zu lesen. Als sie es fast zur Hälfte durchhatte, streckte sie die Hand erneut nach dem Stift aus. Während sie schrieb, schlug sie immer wieder die Seite auf, auf die sie einen Finger gelegt hatte. Als sie fertig war, las sie sich laut vor, was sie soeben geschrieben hatte:

Lieber Elias,
hier ist also wieder das Buch, das du hiermit zurückbekommst. Ich möchte, dass du es behältst, auch wenn du es nicht noch einmal lesen musst. Ich weiß, dass es sich bereits in deinem Kopf befindet.

Das Filmskript, das ich vor längerer Zeit einmal schrieb, ist sehr düster. Inzwischen bin ich froh, dass es nie zu einem Film geworden ist. Als ich anfing, deine Geschichte zu schreiben, erwartete ich einen ähnlichen Tonfall. Doch zu meiner Verblüffung musste ich feststellen, dass es immer weniger düster wurde, je länger ich schrieb. Dein Vogel hat keine gebrochenen Flügel. Er hat Kraft und Mut. Und er hat Hoffnung. Ich hoffe, dass du das auch so siehst. Sowohl in deinen Bildern als auch in meinem Text.

Und ich hoffe, dass es allen klar sein wird, die den Film sehen.

Zum Schluss noch ein Zitat aus »unserem« Buch, Elias:

»Auch zu lieben ist gut: Denn Liebe ist schwer. Liebhaben von Mensch zu Mensch: Das ist vielleicht das Schwerste, was uns aufgegeben ist, das Äußerste, die letzte Probe und Prüfung, die Arbeit, für die alle andere Arbeit nur Vorbereitung ist.«
Von Herzen,
Elisabeth

Sie hatte den Küchentisch völlig leer geräumt und Gogols *Mantel* auf eine Seite gelegt. Auf das Bändchen hatte sie ihr schwarzes Tagebuch platziert. Auf der anderen Seite des Tisches befanden sich auf dem Buch, das sie Elias geschenkt hatte, die zwei Memory-Sticks – der von Elias mit seinen Bildern sowie der, den sie gekauft hatte und auf dem sich jetzt das neue Filmskript befand.

Otto öffnete mit einem überraschten Lächeln die Tür.
»Elisabeth!«, sagte er. »Komm herein.«
Er nahm ihre Hand, zog sie in die Wohnung und schloss die Tür. Dann hielten sie sich einen Moment lang in den Armen, ehe er besorgt ihr Gesicht musterte.
»Du hast heute Nacht gar nicht geschlafen, oder?«
Sie schüttelte den Kopf.
»Nein. Ich wollte es zu Ende bringen.«
»Und? Ist es dir gelungen?«
Sie nickte.
»Kaffee?«
»Ja, danke«, erwiderte sie lächelnd.
»Musik?«
Sie setzte sich, lehnte sich zurück und schloss die Augen. Eigentlich musste sie müde sein, aber merkwürdigerweise fühlte sie sich nicht so. Sie war eigenartig wach. Aber auch

dünnhäutig. Verletzlich. Als ob alles um sie herum sie auf eine Weise berührte, die sie bisher nicht gekannt hatte. Das Zimmer. Die Gerüche. Die Musik. Fast schienen ihr Körper und seine Sinne jeglichen Widerstand aufgegeben zu haben und jetzt alles in sich aufzusaugen.

Sie öffnete die Augen, als sie hörte, dass Otto zu ihr trat. Er trug ein kleines Tablett mit Tassen und einem Korb Brot. Der Duft des Kaffees mischte sich mit den anderen Gerüchen im Raum, um ein Ganzes zu bilden, das zu komplex war, um es zu analysieren, aber etwas unendlich Befriedigendes ausstrahlte.

Plötzlich wurde sie von einem heftigen Gefühl der Traurigkeit übermannt. Ohne es aufhalten zu können, füllten sich ihre Augen mit Tränen.

Hastig winkte sie ab und versuchte zu lächeln.

»Achte nicht auf mich, Otto. Ich bin einfach nur müde.«

Er setzte sich eng neben sie und legte seinen Arm um ihre Schultern. Sie lehnte sich an ihn, während er anfing, ihr Haar zu streicheln.

»Ich freue mich so sehr auf deine Insel, Otto. Das wollte ich dir unbedingt sagen.«

Er sah sie lächelnd an.

»Du hast mich gerade sehr glücklich gemacht, Elisabeth.«

Sie lag angezogen auf ihrem Bett, die Hände über der Brust verschränkt. Sie hatte die Vorhänge zugezogen, was mitten am Tag jedoch keinen großen Unterschied machte. Das Tageslicht ließ sich nicht so leicht aussperren. Nirgendwo sah sie die Frau in Grün, vermochte sie aber zu hören.

»Was erhoffst du dir, Elisabeth? Weißt du nicht, dass Hoffnung und Enttäuschung zusammengehören?«

»Ich erhoffe nichts«, flüsterte Elisabeth. »Deshalb erschreckt mich der Gedanke an eine Enttäuschung auch nicht. Ich habe keine Angst.«

»Wir haben alle Angst. Das weißt du doch. Wenn wir leben, haben wir Hoffnung. Und wenn wir Hoffnung haben, dann haben wir auch etwas zu verlieren.«

»Du hast recht. Die Angst ist eng mit der Hoffnung verknüpft. Wenn es keine Hoffnung gibt, muss man auch vor nichts Angst haben. Ich habe keine Hoffnung. Und deshalb habe ich auch keine Angst.«

»Aber kannst du wirklich ohne Hoffnung leben, Elisabeth? Die Hoffnung schleicht sich ein, sobald du dich wieder dem Leben zuwendest. Selbst in den unschuldigen Situationen gedeiht sie.«

Im Zimmer herrschte jetzt totale Stille.

»Es heißt, dass uns die Hoffnung als Letztes verlässt. Der einzige Ort, wo du dich gegen die Hoffnung wehren kannst, ist hier. Und zwar nur, wenn du alles andere aufgibst.«

»Ich will nur...«

»Ja, Elisabeth. Sag mir, was du willst.«

»Ich will nur dort sein. Ich will nur die Wärme spüren.«

»Aber genau das ist es doch, was unmöglich ist, Elisabeth. Weil das Hoffnung bedeutet.«

SECHSUNDDREISSIG

Es war eine sehr kleine Insel. Winzig klein. Sie bestand aus grauem Granitstein, einigen niedrigen, vom Wind gekrümmten Kiefern sowie kleinen Büschen. Vom Landungssteg aus, wo sie das Boot verließen, waren keine Häuser zu sehen.

»Die ganze Insel gehört uns«, sagte Otto und breitete die Arme aus, als wollte er alles umfassen. »Hier können wir tun und lassen, was wir wollen.«

Er nahm seinen Koffer. Elias und Paul gingen ihm hinterher. Sie trugen eine große Kühltasche zwischen sich.

Wir könnten eine Familie in Ferien sein, dachte Elisabeth, während sie die drei Männer vor sich betrachtete. Vorneweg Papa, gefolgt von den Jungs. Und dann die Mutter. Sie lächelte, als sie ihre Reisetasche und ein paar Einkaufstüten hochhob, um den dreien zu folgen.

Elisabeth war sich nicht sicher, was sie eigentlich erwartet hatte. Aber als sie das Haus oder vielmehr die Häuser sah, war sie verblüfft. Der Anblick schien die gleiche Wirkung auf Elias und Paul zu haben, die beide abrupt stehen blieben und das Anwesen anstarrten. Es war nicht großartig. Vielleicht nicht einmal schön. Es war nur ... absolut perfekt. Die niedrigen grauen Holzbauten sahen so aus, als ob sie schon immer da gewesen wären und zu dieser Insel geradezu gehören mussten. Vor dem Hauptgebäude verlief eine breite Veranda. Es gab noch zwei weitere Häuser, von denen eines ebenfalls eine Veranda hatte, was es wie einen jüngeren Verwandten des Hauptgebäudes aussehen ließ.

»Ich schlage vor, ihr beiden nehmt dieses Haus«, sagte Otto zu Elias und Paul, wobei er auf das kleinere Gebäude zeigte. »Es ist völlig separat mit einem eigenen Badezimmer und einer kleinen Küche. Aber natürlich seid ihr jederzeit im Haupthaus willkommen, wenn ihr das wollt. Ich dachte mir nur, dass ihr nichts gegen ein wenig Abgeschiedenheit einzuwenden habt.«

Elias und Paul nahmen fröhlich ihre Taschen und marschierten auf das kleinere Haus zu.

Otto blickte in den Himmel hoch.

»Noch kannst du sie nicht sehen, Elisabeth. Aber ich schwöre dir – sie sind da.«

Er nahm ihre Hand und küsste sie.

»Heute Abend zeige ich sie dir.«

Nachdem sie sich eingerichtet hatten, verbrachten sie den Tag vor allem damit, unten am Wasser zu sein. Paul und Elias bereiteten ein leichtes Mittagessen auf der Veranda vor, während sich Elisabeth um einen Kaffee auf den Felsen kümmerte. Sie schwammen in dem erstaunlich warmen Wasser und freuten sich über die sanfte Spätsommersonne.

Otto hatte sich bereit erklärt, das Kochen zu übernehmen. Wie sich jedoch herausstellte, fand er in Paul einen begeisterten Assistenten. Die beiden waren in der Hauptküche und bereiteten das Essen für den ersten gemeinsamen Abend vor. Elisabeth und Elias deckten währenddessen den Tisch auf der Veranda.

»Ich bin so froh, dass du auch mitgekommen bist«, sagte Elias. »Ohne dich wäre es nicht dasselbe gewesen.«

»Oder ohne dich«, erwiderte sie lächelnd. »Ich wollte von Anfang an mitkommen. Ich musste nur noch etwas erledigen und war mir nicht sicher, ob ich es rechtzeitig schaffen würde.«

Elias faltete die Servietten, wobei Elisabeth auffiel, wie viel Mühe er sich mit dem groben Leinen gab. Sie ging um den Tisch, trat hinter ihn und schlang ihre Arme um ihn.

»Danke«, flüsterte sie.

Auch er umarmte sie, sah sie aber überrascht an.

»Wofür?«

»Ach ... für alles. Ich möchte dir für so viele Dinge danken, vor allem aber dafür, dass du durch meinen Briefschlitz gerufen hast.«

Elias zog die Augenbrauen hoch. Seine Wangen röteten sich ein wenig.

»Danach kam ich mir ziemlich bescheuert vor«, erklärte er.

Elisabeth schüttelte den Kopf.

»Das war überhaupt nicht bescheuert. Es war liebenswert und genau das Richtige. Es hat alles verändert.«

Otto rief sie aus der Küche.

»Die Köche brauchen etwas zu trinken!«

»Kommt sofort!«, erwiderte Elisabeth und ging ins Haus.

Die Woche verging sehr schnell. Die Tage hatten etwas Traumhaftes an sich, als ob sie außerhalb von Ort oder Zeit existierten. In einer Nacht regnete es, doch am nächsten Morgen erwachten sie wie jeden Morgen zu schwerem Tau und Sonnenschein.

Einen Großteil der Zeit verbrachten sie auf den glatten Felsen am Meer.

Elisabeth kam den Pfad entlang, den Nachmittagskaffee in einem Korb. Vor ihr lag das Meer, vollkommen ruhig und in der Sonne glitzernd. Der Boden unter ihren nackten Füßen fühlte sich wunderbar warm an. Es war fast so, als ob sich der Sommer ein letztes Mal für sie bemühen würde. Am Ende des

Landungsstegs saßen Elias und Paul nebeneinander, zwei Silhouetten vor gleißendem Nachmittagslicht. Elisabeth musste an Elias vor dem Spiegel in seiner Wohnung denken.

Ich habe Angst, dachte sie. Ich habe Angst um ihn. Angst, dass er verletzt werden wird.

Sie vernahm Ottos Schritte hinter sich.

»Sinnierst du?«, fragte er. »Komm, ich nehme den Korb.«

»Es ist so wunderschön«, erwiderte sie und reichte ihm den Korb. »Aber es wird enden, nicht wahr?«

»Ja, das wird es. Aber stattdessen wird etwas Neues entstehen. Und zwar aus dem heraus, was jetzt ist.«

Er legte den freien Arm um ihre Schultern, und sie gingen gemeinsam den Pfad weiter zum Meer hinunter.

Sie hatten das Abendessen beendet und saßen nun in der Dunkelheit auf der Veranda. Paul hatte jedem ein Glas Calvados eingeschenkt und die Zitronengraskerzen angezündet, um die Stechmücken zu vertreiben.

»Ich danke dir, Otto, dass du mich auch eingeladen hast«, sagte er und hob sein Glas. »Ich werde diese Woche nie vergessen.« Er strahlte ihn an, und Elisabeth fiel wieder einmal auf, wie attraktiv er war. Die weißen Zähne, die olivfarbene Haut, die dunklen Locken, die sich in seinem Nacken kräuselten. Die schönen Hände. Er trug ein weißes offenes Hemd, dessen Ärmel hochgekrempelt waren.

Alle vier beugten sich über den Tisch und stießen miteinander an.

»So sollten wir immer leben.« Paul zeigte mit einer ausladenden Geste auf all das, was sich jenseits des kleinen Lichtkreises befand. »Auf diese Weise kommt man endlich einmal wieder zu sich selbst.«

Otto nickte.

»Vermutlich. Aber ich bin mir nicht sicher, wie es wäre, den langen, dunklen Winter hier zu verbringen.«

»Oh, in der richtigen Gesellschaft wäre es sicher auch schön«, erwiderte Paul und legte seine Hand auf Elias' Arm.

»Ich bin mir sicher, dass du recht hast. Der Ort ist unwichtig, solange man ihn nur mit den richtigen Leuten teilt.«

Auf einmal lehnte sich Elias zu Elisabeth, die Hände flach auf dem Tisch vor sich. Er blickte ihr direkt in die Augen.

»Da ist etwas, das ich dich fragen möchte«, sagte er.

Elisabeth drehte sich zu ihm und sah ihn an. In dem schwachen Licht wirkte ihr Gesicht sehr blass. Wie ein weißes Oval mit großen dunklen Augen.

»Otto hat mir gesagt, dass du einen Text geschrieben hast. Ein neues Manuskript.«

Elisabeth befreite sich aus Ottos Arm und lehnte sich vor, um Elias' Hände zu nehmen.

»Ja, das stimmt«, sagte sie. »Ich habe einen Text geschrieben. Ein Drehbuch. Aber ich bin mir nicht sicher, ob es dir gefallen wird. Denn während ich daran schrieb, hat sich meine Vorstellung von dem, was ich tue, verändert.«

Elias hielt den Blick auf sie gerichtet und ließ dabei ihre Hände nicht los.

»Ich wusste ja, dass diese ersten Zeichnungen, die du angefertigt hast, irgendwie von mir inspiriert wurden. Aber ich konnte nicht verstehen, warum. Damals hast du mich ja noch gar nicht gekannt.«

Elias schwieg.

»Als du mir das erste Mal die Bilder gezeigt hast, konnte ich mich in dem kleinen Vogel erkennen. Ich hatte nichts dagegen, dass du mich als Vogel siehst. Ganz im Gegenteil. Wie du weißt, nannte ich mein erstes Filmskript *Gebrochene Flügel*. Vögel haben etwas an sich ...«

Sie hielt inne und wartete, ob Elias etwas sagen wollte. Als er weiterhin schwieg, fuhr sie fort.

»Sie sind so zerbrechlich, so unglaublich ungeschützt. Den Hals einer Amsel kann man mit den bloßen Fingern brechen. Und doch können sich die Vögel weit über uns erheben. Davonfliegen, außerhalb unserer Reichweite.«

Es folgte ein längeres Schweigen, während sie das leise Rauschen des Meeres umgab.

»Also, Elias. Ja, es stimmt. Zu Hause wartet ein Manuskript auf dich. Du kannst damit machen, was du möchtest. Ich bin mir nicht sicher, ob es deinen Bildern angemessen ist, aber ich habe mein Bestes gegeben.«

Elias hob ihre Hände und küsste sie.

»Danke«, flüsterte er. »Ich danke dir, Elisabeth.«

Elisabeth warf einen Blick zu Paul hinüber. Er saß zurückgelehnt da. Seine rechte Hand schloss und öffnete sich immer wieder um die Armlehne seines Stuhls. Er hatte die Augen auf einen Punkt irgendwo hinter ihrem Kopf gerichtet, offenbar ohne etwas zu sehen.

»Es tut mir leid, Paul. Jetzt haben wir uns auf Schwedisch unterhalten.«

Ihre Blicke trafen sich, wobei er die Lippen zu einem seltsamen kleinen Lächeln verzog. Es dauerte nur wenige Sekunden, und möglicherweise lag sie völlig falsch mit ihrer Wahrnehmung. Doch der Ausdruck auf seinem Gesicht wirkte spöttisch. Kalt. Seine Hand zuckte, als müsste er sich zusammenreißen, um seinen Ärger nicht offen zu zeigen. Elias schien davon nichts mitzubekommen.

Einen Moment lang sagte keiner ein Wort. Auf einmal schob Paul seinen Stuhl zurück und stand auf. Ohne zu antworten, verließ er den Tisch und ging pfeifend davon. Elisabeth hatte das Gefühl, als ob er betont lässig ausschritt und sich in dieser Haltung erneut etwas Spöttisches zeigte. Nach einem kurzen Moment kehrte er mit einer Flasche Champagner und vier Gläsern zurück.

»Es gibt Momente im Leben, da braucht es einfach Champagner. Ich finde, das ist ein solcher Moment. Schließlich bin ich Franzose. Wir benötigen keinen großen Vorwand, um Champagner zu trinken.« Er lächelte, und in seinen dunklen Augen funkelte das Licht der Kerzen, als er die Flasche öffnete und allen einschenkte.

Elias ging um den Tisch herum auf Elisabeth zu. Sie stand neben ihm und strich sanft mit der Hand über seine Wange, ehe sie sich auf die Zehenspitzen stellte und ihm einen Kuss gab. Er legte seine Arme um sie, und sie standen stumm da und hielten sich fest. Beide strahlten dabei eine merkwürdige Feierlichkeit aus.

Der Augenblick wurde durch Paul unterbrochen, der sich laut räusperte.

»Also dann – auf den Film. Und viel Glück für alles andere auch«, erklärte er. Die vier hoben ihre Gläser, stießen miteinander an und tranken.

Otto zog Elisabeth an sich und flüsterte ihr ins Ohr: »Das ist erst der Anfang, Elisabeth. Erst der Anfang.«

Sie sah ihn an, sagte aber nichts, da sie noch immer von dem verunsichert war, was sie in Paul zu sehen geglaubt hatte. Als Paul seinen Arm um Elias' Schultern legte, war es nicht Elias, den er anschaute, sondern Elisabeth. Auch diesmal vermochte sie seine Miene nicht zu interpretieren. Doch sie fühlte sich in seiner Gegenwart nicht wohl.

Als ihr ein Schauder über den Rücken lief, schmiegte sie sich enger an Otto.

Elias schlug vor, gemeinsam mit Paul den Abwasch zu erledigen. Er zog Paul auf die Füße, und die beiden verschwanden im Inneren des Hauses.

»Hier herrscht doch eine seltsame Stille, oder?«, meinte Otto zu Elisabeth. »Einerseits scheint es völlig still zu sein. Andererseits ist diese Stille voll kleiner, undefinierbarer Laute. Aber ich kann sie nicht hören, da mein Gehör irgendwie auf eine andere Frequenz eingestellt zu sein scheint. Wenn ich dann einige Tage hier bin, ändert sich das, und ich beginne mehr und mehr, diese Laute zu unterscheiden. Das wirst du auch noch erleben.«

Elisabeth saß eng neben ihm. Sie hatte den Kopf auf seine Brust gelegt, während sein Arm auf ihren Schultern ruhte.

»Ich kann dein Herz klopfen hören«, sagte sie.

»Das ist gut!« Er lächelte.

»Als ich tagtäglich allein in meiner Wohnung war, bemerkte ich allmählich, dass auch unser Haus seine eigenen Geräusche hat. Eine Art Herzschlag – ein Puls. Man kann ihn spüren, wenn man seine Hand an die Wände legt. Vor allem in der Nacht.«

Als die beiden jungen Männer wieder aus der Küche kamen, wünschten sie ihnen eine gute Nacht. Otto bat sie, das Licht in der Küche auszuschalten und die Schiebetür zu schließen, ehe sie zu ihrem eigenen Haus hinübergingen.

Elisabeth beobachtete, wie die zwei durch das Gras schlenderten und sogleich von der Dunkelheit verschluckt wurden, als das Licht der Veranda sie nicht mehr erreichte. Dieses Verschwinden löste eine unerklärliche Traurigkeit in ihr aus.

Otto löschte die Kerzen. Sogleich wurde die Veranda von der Schwärze der Nacht überflutet.

»Siehst du? Es ist nicht mehr völlig dunkel, nicht wahr?«,

meinte Otto leise. »Je mehr Lichter man löscht, desto besser kann man sehen. Auch die Geräusche sind klarer. Findest du nicht?«

Elisabeth nickte an seiner Brust.

»Sollen wir nach unten gehen und uns noch ein Weilchen auf die Felsen am Landungssteg setzen, ehe wir uns schlafen legen?«, schlug Otto vor.

Sie liefen zum Wasser hinunter, wobei das Licht von Ottos Taschenlampe den Pfad vor ihnen erleuchtete.

»Komm, setzen wir uns hierher«, sagte er und führte sie zu einer glatt gespülten Einbuchtung im Stein. Sie konnten das Rauschen der Wellen hören, wie diese gegen den Steg schlugen, ohne etwas jenseits des kleinen Lichtkegels zu erkennen, der sie umgab. Otto schaltete die Taschenlampe aus, und einen Moment lang war alles wieder schwarz.

»Leg dich hin, Elisabeth«, sagte er. Auch er streckte sich der Länge nach aus und nahm dann ihre Hand. »Warten wir ein Weilchen. Am besten, wir schließen unsere Augen. Damit sie sich an das Licht gewöhnen.« Er drehte sich zu ihr und küsste sie.

»Und jetzt schau«, flüsterte er.

Elisabeth öffnete die Augen.

Über ihnen hing der schwarze Augusthimmel voller Sterne. Nicht einzelne Sterne, wie sie das schon oft gesehen hatte. Nein, hier war der ganze Himmel von Sternen übersät. Eine Schicht über der anderen, jede anders in ihrer Intensität – wie ein breites funkelndes Band über dem Himmel. Dieses Band schien zu leben und immer wieder neue Sterne in alle möglichen Richtungen zu verstreuen.

Elisabeth drehte sich abrupt zu Otto und rückte ganz dicht an ihn heran. Er hielt sie fest an seinen Körper gedrückt.

»Ich habe Angst, Otto«, murmelte sie.

»Angst?«

Er spürte, wie sie nickte.

»Aber hier ist nichts, wovor du Angst haben müsstest, Elisabeth.«

Sie legte eine Hand auf seine Brust und blickte zu ihm auf.

»Oh doch, hier ist etwas, Otto«, erwiderte sie. »Es ist beängstigend, so glücklich zu sein.«

Er streichelte ihr über das Haar, und so blieben sie lange Zeit eng aneinandergeschmiegt liegen.

Es war noch nicht ganz hell, als Elisabeth die Augen aufschlug. Sie spürte die Wärme von Ottos Körper neben sich. Er schlief auf seinem Bauch, den Kopf ihr zugewandt. Auf seiner Wange zeigten sich die ihr inzwischen so vertrauten silbrigen Stoppeln. Sein Arm war ausgestreckt, seine Hand ruhte auf ihrem Bauch. Sie schloss die Augen wieder und lauschte seinem leisen Atmen.

»Komm.«

Es war nur ein schwaches Flüstern. Doch es fühlte sich so an, als ob eine kühle Hand alles um sie herum wegwischen würde. Die tröstliche Welt, in der Otto schlief, verschwand, und sie war völlig allein.

Er bewegte sich nicht, als sie vorsichtig seinen Arm zur Seite legte. Er rührte sich auch nicht, als sie die Decke zurückschlug und aufstand. Sie nahm den Bademantel, der für das morgendliche Schwimmen bereitlag, und verließ lautlos das Schlafzimmer. Der Himmel war im Osten in ein blasses Türkis am Horizont getaucht, über ihr zeigte sich jedoch noch die Nacht. Leise schob sie die Tür auf und trat auf die Veranda hinaus. Das Holz unter ihren Füßen fühlte sich kalt und feucht an. Sie schloss die Tür hinter sich, lief über die Veranda und ging dann die Stufen hinab. Ihre Augen hatten sich an die Dunkelheit gewöhnt, und sie vermochte dem Pfad ohne Schwierigkeiten zu folgen.

Unten am Wasser streifte sie den Bademantel ab. Einen Moment lang stand sie still da, den Blick zum Himmel gewandt. Sie konnte die Sterne kaum erkennen, und es kam ihr so vor, als ob sie vor ihren Augen schwächer würden. Sich von ihr zurückzögen ...

Sie trat auf den Steg hinaus. Die Oberfläche des Wassers war undurchdringlich und schwarz. Sie konnte hören, wie die kleinen Wellen gegen die Pfosten unter ihr schlugen.

Linda Olsson

Eine Schwester in meinem Haus

Roman

224 Seiten, btb 71723
Aus dem Schwedischen von Kerstin Schöps

Ein Haus am Meer und das Ende des Schweigens

Maria sucht die Einsamkeit und hat sich in ein Haus an der katalanischen Küste zurückgezogen. Anfangs ist sie wenig begeistert, als ihre jüngere Schwester Emma überraschend zu Besuch kommt. Die beiden haben kaum Kontakt zueinander – aus gutem Grund. Werden nun alte Wunden wieder aufbrechen, von denen Maria glaubte, sie seien verheilt?

»Eine Erkundung der Liebe voller Herzenswärme und Güte.«
New York Times

btb